D1527770

Nos pasamos de la raya

de la raya

Textos transfronterizos

Nos pasamos de la raya.
Primera edición, mayo 2015
© Casa Editorial Abismos
Dirección editorial: Sidharta Ochoa
Portada: La frontera, Andrew Softel (imagen en madera)
Diseño de interiores: Érika Aguilar
ISBN: 978-1511732741

This project was supported by a grant from HoLa, Hora Latina.

Índice

Introducción

Nos pasamos de la raya: Textos bilingües, biculturales desde una región transfronteriza, es una recopilación de textos que se enfocan en transgredir nacionalidades, etnias, género, o geografías. De hecho, el título y ámbito del libro abarca el cruce de fronteras ya sean metafóricas, reales o existenciales. La frontera se ha caracterizado como un lugar de vanguardia que se instala en el borde, en la línea, en los márgenes de la cultura, del lenguaje o de las ideas; y que muy a menudo resulta en una identidad nueva y única. Este espacio representa límites no solo geopolíticos, pero incluye género, clase, encuentros y desencuentros identitarios. Más aun, en décadas recientes se han generado manifestaciones culturales y existenciales que han llevado a cambios de lenguaje y a la creación de identidades fluidas que se caracterizan por su multiplicidad, apertura y confluencia de la tela inherente del siglo veintiuno.

Este libro es el resultado de una larga amistad y de muchas conversaciones de café o al calor de un vino; hemos estado planeando este proyecto por mucho tiempo. Esta colección pretende mostrar el talento de autores latin@s en los Estados Unidos con una infinidad de experiencias y con raíces en diferentes países latinoamericanos. Sin duda, al ser latin@s en los Estados Unidos, ciertamente comparten el sentimiento de otredad, migración, fragmentación y de experimentar una doble colonización. Sin embargo, estos orígenes no reflejan una identidad caracterizada a través de la ambigüedad, sino que al ser latin@s en los Estados Unidos se apropian de ese ir y venir, de la ambivalencia inmanente de su identidad y sale a la luz en este manuscrito de cuentos, poemas, ensayos y textos híbridos.

¿Quién no se ha sentido atraído por una puerta cerrada, por una barda alta, por un baúl viejo que nos mira desde aquel "otro lado" invitante? El ser humano es inquieto por naturaleza y es gracias a este impulso inquisitivo por lo que hay del otro lado, que deja la comodidad del espacio propio y voluntaria o involuntariamente, pasa, cruza, transita, al otro lado. Esta circunstancia le ha llevado a conquistar otros mares, otras tierras, muy a pesar del inminente riesgo de que la identidad y la integridad propias se vean alteradas, a pesar incluso de la posibilidad de la muerte. Esta oportunidad de abrir puertas y encontrar mundos nuevos y mejorar la perspectiva actual, es una que pocos dejan pasar. Sandra Ramos O'Briant, en *Corazones encerrados y canicas dondequiera*, nos cuenta la historia de una curiosa madre y su hija, quienes enfrentan la realidad de la subsistencia y la convivencia familiar, cruzando las finísimas líneas que limitan los roles tradicionales como madre e hija, para cuidar la una de la otra, cuidar a la familia, y al mismo tiempo vivir su edad, o la que no se pudo vivir, en un espacio híbrido, fluido, recién inventado por las protagonistas.

Ya sea como un juego de niños—en el que los límites son tan difusos que impiden ver la realidad—como en el terrible encuentro entre Pedrito y Peter en la frontera entre México y los Estados Unidos en el cuento *Río Bravo* (Gabriela Toledo); como un rítmico juego de palabras en *La Cumbia del Cambio* (Coral Getino); o como un inquietante ir y venir entre las montañas Apalaches y la costa de Guayaquil, en *Balada Apalache* (Melanie Márquez); nuestros autores, tomados de la mano y al mismo tiempo, desde su propio espacio, se atreven a poner el pie del otro lado.

Nos pasamos de la raya... Una simple frase, un dicho del imaginario común, es una invitación que conmueve primero y que lleva a la acción después. Plumas como la de Paúl Peñaherrera, inventan un mundo nuevo en su *Pollicidio*, y de esta forma parodian el mundo esquizoide que habitamos, indagando en esta dinámica de trasgresión. Esta frase, tan pronto sencilla y familiar, como plagada de implicaciones y vericuetos, es un llamado, una invitación, a trasgredir este espacio en sus múltiples dimensiones. La respuesta surge de manera inmediata y en pocas semanas vemos el proyecto que habíamos soñado por mucho tiempo, tomar forma.

Para el inmigrante en los Estados Unidos, o en cualquier parte del mundo, cruzar del otro lado, "pasarse de la raya", trasgredir la frontera que la sociedad, la naturaleza, la vida, le imponen es una experiencia transformante. El resultado: un Palimpsesto que al tiempo de contarnos una historia nueva nos deja ver las huellas de lo que una vez fue y todavía queda. Es un Terminar la vida al comienzo, como lo plantea Rebeca Rosell Olmedo, en los versos de su *Diversa entonación de unas cuantas metáforas.*

El volumen 1 de *Nos pasamos de la raya* es una colección contemporanea de textos que articulan este proceso fluido y evolutivo que se revela a través de la identidad transfronteriza. Si consideramos los temas de esta colección, que se enfocan no solo en pasar del otro lado, pero traspasar y trascender las fronteras, al no escoger un idioma, sino ir narrando conforme se va viviendo es tal vez lo más importante. De esta forma es que se crea una antología bilingüe-bicultural de trasgreción y traspaso. Tanto los autores como las editoras han trabajado mano a mano en las traducciones para que todos los textos aparezcan en ambas lenguas y hacer la colección más accesible a un público más amplio de lectores del español, el inglés o bilingües.

Ha sido un honor trabajar con cada uno de los autores de esta colección. Las compiladoras quedamos en deuda con Sidharta Ochoa, de Casa Editorial Abismos, y con Carlos Bermúdez y el respeto de la mesa directiva de HoLa, Hora Larina, que depositaron su confianza en nosotras y apoyaron la publicación de nuestro proyecto tan pronto como se lo presentamos. Les invitamos a ser parte de esta experiencia a través de la lectura de los textos que conforman esta colección.

Lori Celaya y R.E. Toledo, mayo del 2015.

RÉQUIEM VÍA TEXTO

Tio t amo kiero q sepas q soy super orguyoso d tener un tio como tu q siempre me yevo x el buen kamino. me acuerdo q siempre me yevavas a jugar bake y q me compraste una bola de bake vien kara y unas tenis nike pa cuando me apuntaron en un ekipo. Perdoname x coger el camino q escoji

Tu sobrino

Querido sobrino:

Me acuerdo de tu dulce sonrisa, tu voz de ángel, tu mirada llena de esperanzas, de lo cariñoso que eras. Al igual que a tu hermosa madre, a ti, todo el mundo te quería. Se me hace difícil pensar qué pasó después… Te perdono amado sobrino. Descansa en paz.

Tu tío

AY DEL LAMENTO

El ruiseñor ya no canta de noche, con acceso controlado, tras las rendijas de una reja con verjas y candado. Calla, para no despertar al pillo. Puerto Rico es un mundo dividido en dos: los que tienen murallas de rejas altas y los que no tienen rejas.

Estado trunco, aquí las temporadas no cambian, llueve más o llueve menos, mitomanía de un país de identidad confusa. La política del trueque, haciendo patria a fuerza de sorullo, sorullo, sorullo, cada cual con lo suyo. La realidad es siempre paranoica de su condición. Extraviada, quizás fuimos cobardes, dóciles, vagos y, ñangota'os, o quizás fuimos más listos y aprovecha'os, colonia hecha "a la Unión Europea" antes que la UE existiera, que NAFTA y los TLC. No estoy muerto en vida ni soy suicida o es que, ¿será más fácil llamarme listo a llamarme cobarde?

Pero este no es un país pendejo, pregúntenle al U.S. Navy,

pregúntenle a Vieques. Somos el perro manso que si lo cucan muerde. De ahí el presagio anexionista *don't push it!* Pero, ¿quién manda aquí? Somos libres, *but not really.* El sueño americano hermoso es, pero allá no sueñan con nosotros y acá, nos alejamos de soñar. Vi un anuncio del Army: "Ven, edúcate con nosotros". Parece que para ser un hombre educado, tanto allá como acá, hay que matar a otro hombre.

Mi hija me pregunta: papá, ¿me quedo o me voy? Las palabras se me trancan en la garganta con arena y cemento moja'o, y los ojos se me nublan de amor y de vergüenza. Le contesto: Hija amada, vete por un ratito en lo que esto se tranquiliza un poco.

Tránsito y traume pero ¿a dónde y a qué?, los rebaños están ciegos pero no hambrientos. Hay hambre, pero no es de pan. Hay hambre de otra cosa. Juventud emigrante, pobre, escapista, presa u homicida. Han dejado de ser de mar nuestros horizontes, son de sangre, de miedo, de vidas sedentarias mezcladas con caldos de violencia.

¿Quién tiene culpa de este desmadre? ¿Por quién pido castigo? Ha sido una noche larga, el sol parece haber tomado otra ruta. La mano dura ensangrentada, el puño sigue cerrado castigando al inocente. ¿Qué cultiva este país? ¿Qué hombres y mujeres crecen de sus ramas? Aquí se cultiva plomo y se cosecha cadáveres, jóvenes casi todos. Se llaman guerreros entre sí - astuto y de gran suerte si logra cumplir 21 años.

En este huerto vecinal caminan los viejos sobrevivientes, se recogen antes de caer el sol, y se mantienen silentes, de todo y de sí mismos – no vayan a despertar al pillo. Las sombras de sus hijos y de sus nietos se pasean, no por el campo santo de batalla, se pasean por las escenas del crimen. Me da coraje ver a la madre y a la esposa y a la chilla y a la mejor amiga llorando su muerte. Lloran ahora pero aceptaron el plasma, el iPhone, las tenis Coach, el carro, el reloj de oro, el cash – todos ensangrentados. Me da coraje y por poco entiendo su necesidad. Pero no fue comida lo que aceptaron, ni medicina, ni libros, era todo vanidad.

Guerra civil, no hay mayor oxímoron, pero esto no es eso, aquí no se pelea por pan, libertad o democracia, aquí no se pelean por Cristos. Aquí se mata y se muere por vanidad. ¿Cuánto tiempo más va a pasar antes del cambio? Los próceres desesperan en sus tumbas. El llanto es siempre ajeno hasta que llaman tu número.

Tengo miedo de salir a la calle. Tengo miedo de sentarme en el balcón a tomar café, tengo miedo de saludar a quien pasa frente a la casa, tengo miedo de tocar la bocina, tengo miedo de pisarle un tenis a un chamaquito de 16 años. Tengo miedo de salir a la calle.

Ladrones de paz. ¿Qué ha de hacer un hombre honesto? Ahora la meta no es ganar, sólo sobrevivir. Corazón agrietado, cruel realidad, ¿cómo he llegado a sentirme tan poca cosa? ¿Cómo revivo? ¿Cómo navega mi isla con tantas anclas a la deriva? Tengo ganas de vivir en el campo, sin rejas, ni en las ventanas ni en los sueños. En 50 años no han cambiado mis ansias, todavía, quiero ser libre.

Poeta, está chévere escribir del amor, de la ñoñería del *angst* sin cicatrices, del KY Jelly, pero sal de Plaza y cruza la calle a Canales. ¿No muere el poeta por darle vida al verso?

Aquí la melancolía no es abstracta y la culpa y la rabia son mutuas. ¿A quién le suspira el hombre que nunca fue niño, AK en mano, de brazos sin abrazos, sin corteza frontal?

Tierra entumecida, la esperanza no puede estar en los horizontes donde hace más frío. Esperanza queda en los ojos de mi estudiante callado sorprendido cuando le insistí que me repitiera en inglés "I don't wanna be a gangster".

Hace tiempo no conozco a un optimista, estamos cabizbajos, coño. Esto no es nostalgia, esto es falta de madre y de un Dios que vive en el cruzacalle. Si existe el alma, vive entre el corazón y la panza, porque ahí es donde me duele. Hace tiempo… hace tiempo…

Hace tiempo no admiro a un hombre vivo. Me regaño y reprendo, está Vargas Vidot y los que le sirven a los intocables. Hay otros, mujeres que siguen siendo madres, maestras viejas, viejas maestras que luchan por salvar un alma sola, aunque sea una sola. Hay otros, hay otras.

Ayer en la tarde, sin esperar, me hizo llorar la risa de un niño. Todavía inocente, libre de culpas y de prejuicios y de aliento en la mirada. Tierra barbecha en espera de nueva cría. Hay esperanza. Tenía una esperanza y ahora otra.

Esperanza es saber lo que no se quiere ser.

EL BUEY MIRANDO EL YUGO

Me dio gran curiosidad la fascinación de mis estudiantes por el italiano y por el francés. Maestro de inglés soy. Profesor, me dicen, si aquí ni el gobernador habla inglés.

Les digo que *Je t'aime* beaucoup quiere decir te quiero mucho en francés y se embelesan mirándome los labios y repiten a viva voz, *Je t'aime beaucoup*. Lo escribo en la pizarra y sus labios en silencioso eco repiten, Je t'aime beaucoup.

Mis muchachos son de caseríos, de esos que se quitaron a los 14 y 15 y volvieron a terminar la escuela a los 25 y 35. Quieren aprender, pero no inglés. Profe, me dicen, si el gobernador Fortuño, que sabía inglés, a huyir se fue a Virginia, pero yo no tengo pa' dónde ir. ¿Cómo se dice abuela en italiano? me pregunta la nena de 33 años, a dos meses de ser abuela por segunda vez. *Nonna* es abuela y *Nonno* es abuelo. Se embelesa mirándome los labios y repite a voz viva, *Nonno* y *Nonna*. Esto jamás lo olvidará.

Les cuento de mi madre que estudió en la Central High donde, además de francés, aprendió latín y las clases eran en inglés. Ay Míster, pa' qué, si el republicano que era presidente del senado tampoco habla inglés.

100 años de inglés, 12 corridos para el 40 por ciento que no se quita, Cable TV, iPhone y, aún estamos en "My name is" - y - "May I go to the bathroom?". Siempre se ríen con el "Meay" pero es más seguro que pedirles que digan "Can I". Bathroom, acuérdense, la Th con la lengua entre los dientes, como si fueran a escupir. A ellos les gusta eso de como si fueran a escupir. La palabra "Escupir" me acuerda que la S en español se escribe Ese y les recuerdo que por eso muchos decimos Eschool. Y que se dice SHHhopping, no Chopin.

Ay, Profe, me dice otro, y cómo se escribe beso en francés pa' textearle a mi gata…

Bueno, ahora inglés, que es importante y les explico que en la isla hace 10 años el 20 por ciento hablaba inglés, pero ahora sólo el 10. Los trato de motivar diciéndoles que en China hay más gente que habla inglés que en los mismos Estados Unidos y que para el trabajo es muy importante. Los ojos se les encancaranublan, sin timón de arado, las miradas se pierden al piso. Vamos a trabajar, les digo. Trincan la mandíbula, se muerden los labios, no quieren escupir la th. Parece que el inglés se ha vuelto el yugo que el buey mira y se niega a cargar.

HERENCIA

Mamá y papá hipotecaron la casa tres veces en 15 años. Mamá y papá se divorciaron por "problemas económicos". Después del divorcio, mamá trató de pagar la casa sola hasta que no pudo más.

Mamá se fue a vivir con abuela
y papá ya vivía con la suya.

Asegurando mi futuro me gradué de bachillerato y leyes con una deuda estudiantil de 75 mil. Mi hermoso novio estudió en Estados Unidos y tiene un MBA con una deuda de 150 mil. Nos comprometimos el verano pasado. Le pedimos chavos al banco para comprar una casa. El banco dijo que no; con 225 mil en deuda, y mamás y papás sin colateral, fuimos denegados. Decidimos no casarnos esperando un trabajo en Austin o Nueva York.

Yo vivo con abuela
y mi novio con la suya.

Stefan Antonmattei nació en el Viejo San Juan en Puerto Rico. Cursó estudios en la Universidad del Sagrado Corazón y en Georgetown University. Ha vivido en Alabama, Nueva York, Washington, DC y Puerto Rico. Fue editor jefe y periodista en un periódico en inglés. También ha laborado como maestro de inglés e historia. Ha escrito cuatro novelas (*The Whisper Box*, *La chica de Estocolmo*, *Temporadas* [una novela en Tweets]) y dos libros de poesía y narrativa (*Erótica, 100 poemas y otras historias*; y *Vanidades*). Actualmente vive en Bayamón, Puerto Rico.

THE STREETS: ALBUQUERQUE

Hoy Santi se levantó con un afán por la vida. Estrenó a las diez de la mañana un nuevo videojuego: *The Streets: Albuquerque*. Él ha jugado con fervor los otros juegos en esta serie tales como Miami, New York, Las Vegas, y Los Ángeles, pero lo de Albuquerque tiene un sentimiento personal. Cada juego duplica la ciudad perfectamente (dizque), hasta los nombres de las calles, las tiendas e incluso los monumentos. Por lo menos de que sepa él porque no conoce estas ciudades. Pero sí conoce Albuquerque: es su ciudad, su hogar, su tierra santa. Nació y creció aquí en esta ciudad donde el Río Grande no está tan grande y las pocas nubes flotan como algodones de azúcar al atardecer. Es por eso que Santi está ansioso para experimentar este juego y además, la razón por la cual se levantó temprano este día veraniego para llegar a *Game Stop* a las diez en punto.

El objetivo del juego es fácil. El jugador tiene dos opciones: completar ciertas metas, por ejemplo, ayudar a un vecino, llevar a una persona herida al hospital en una ambulancia. A veces, dependiendo de la ciudad, las metas pueden ser más peligrosas – entregar unos kilos de cocaína a una casa, matar a un enemigo de tu jefe, involucrarte en todas formas posibles de crimen. La otra opción es hacer lo que quieras, lo cual implica que puedes robar un carro y manejarlo por la ciudad, disfrutando del caos. Puedes matar a peatones, y/o robarlos o encontrar prostitutas en el distrito *Red Light* y si tienes dinero...pues, digamos que es divino. No hay metas, solo el gozo de hacer lo que se te ocurra. Para Santi este gozo es la destrucción y por lo tanto, la segunda opción es su preferida porque hay más libertad y Santi es un tipo que a veces se siente restringido por sus padres, sus estudios y su trabajo. Con la segunda opción, ya no tiene que pensar en metas, reglas, ni en su conducta.

Acabo de regresar de *Game Stop* y entro en mi recámara donde tengo un *Playstation 3* y un Televisor de 3D de treinta y dos pulgadas – solo lo mejor para este juego. Apago las luces y cierro las cortinas para estar en la oscuridad total. Meto el disco en el sistema y lo prendo. Dentro de unos momentitos estaré en otro mundo, pero uno tan conocido, un universo paralelo, un Albuquerque artificial. Así voy a pasar el día jugando y no tengo nada más que hacer, salvo reunirme con mi novia a las siete para cenar, pero todavía me quedan más o menos ocho horas para jugar.

Lo que sobresale primero es la música. Yo diría que, por la influencia mexicana, tejana, indígena, española, y norteamericana, sería difícil captar la música de Albuquerque, pero esta fusión es exactamente lo que define al videojuego por excelencia. La música brinca entre una combinación de country, ranchero, rap, rock, reggaetón, norteño, e indígena. Incluye artistas locales tal como el *Singin' Sheriff* de Socorro, ese pueblito al sur donde el *Sheriff* te arrestará mientras te da una serenata y en el trasfondo llora por sus hijos aquella vagabunda quien perdió todo después de ser rechazada por un hombre que nunca la amó. Los detalles agregan a la autenticidad y los creadores han pensado en todo.

Luego Santi crea un avatar que se ve igualito a él -- hasta los calzones con corazoncitos. Después de hacer su *playlist* de música, está listo para empezar. Quiere iniciar el primer nivel, y se frustra cuando oye que el teléfono suena, pero luego se da cuenta de que fue un teléfono en el videojuego. A veces es difícil diferenciar entre la vida y el juego. Se ríe y al liquidar a un mendigo que meaba en la esquina, empieza. ¡Qué divino!

Cuánto me gusta jugar. Cuánto me gusta encontrar mi carro, un *Subaru Impreza* color turquesa en el juego y usarlo como si fuera de verdad. Me acuerdo de las noches de vandalismo en este carro cuando mis amigos y yo íbamos a los vecindarios acaudalados y les tirábamos huevos a los *Land Rovers* y *BMWs* y desenterrábamos los buzones mientras escuchábamos a Calle 13 a todo volumen. Al ver a mi avatar, vestido en la misma playera granate, los mismos jeans y los *Air Force Ones* que acababa de comprar hacía una semana, me da tanta alegría. Parezco narcisista, pero me encanta la exactitud de mi avatar, como si yo fuera Dios y mirara el mundo desde arriba. Quiero vivir a través de él – el sentido de comenzar la vida de nuevo cada vez y el saber que si algo malo me pasa tendré la opción de apagar el juego y volver a empezarlo, que todo no estaría tan fijo y yo podría cambiar. Dicen que nada es permanente, pero no se siente así. A veces me gustaría olvidar mis pecados, mis remordimientos. Sin embargo, llevo unos recuerdos apegados a mi corazón. Cuánto me gusta manejar al cine en la avenida Central (la ruta 66) donde mi novia y yo fuimos para nuestra primera cita que resultó en nuestro primer beso. De hecho, la nostalgia me inspira a crear a mi novia también. Además, el juego incluye todos los departamentos renovados, los *lofts* que el municipio construyó para los yuppies ya que echó a todos los vagabundos del centro (es verosímil que acaba de construir otro mientras lo pienso ahora mismo). Me divierto al pasar por el centro, a veces manejando sobre las aceras para matar a unos de estos hombres de negocios. Junto con los laboratorios de *cristal,* son ellos los que van a destruir mi ciudad donde uno inhala arena cuando hay mucho viento y ninguna casa está a salvo del terrorismo organizado de las cucarachas. Dejo a mi novia en su casa y manejo hasta llegar a la casa de mis padres, perfectamente retratada por los diseñadores con el uso de *Google Maps.* Ahí paso un ratito con ellos y luego me dirijo hacia al estadio de los *Isotopes* en la avenida *University* para comerme unos *hot dogs* y tomarme unas cervezas antes de partir otra vez. ¿Ves que se puede manejar borracho en un juego porque no es real y si se mata a alguien, pues no es gran cosa? ¡Qué importa!

Santi pasa el día explorando Albuquerque por su pantalla como un joven Oñate de la edad moderna, conquistando área tras área, matando a transeúnte tras transeúnte, violando a mujer tras mujer.[1] En esta ciudad de sol donde llueve quince días por año y todas las razas viven en una armonía fabricada, Santi es la nube negra que presagia una nueva generación de jóvenes perdidos, viviendo por la tecnología. Santi es híper violento, pero solo se expresa así a través de los videojuegos. Es común que le grite al televisor mientras tira su control remoto cuando un policía lo arresta. Digo es un tipo tranquilo, o sea, en la vida real no lastima

---

[1] Don Juan de Oñate era un conquistador español quien subyugó violentamente a los indígenas de Ácoma en 1598 y asentó Nuevo México, llegando a ser el primer gobernador de la Provincia de Santa Fe de Nuevo México.

a nadie y es bastante introvertido porque su vida social toma lugar en el internet, pero estos juegos son un escape donde desata su agresión. Otros juegan a los deportes, o escriben cuentos raros, pero Santi tiene sus videojuegos, y estos juegos ya no son los que encontrabas en el Atari hace veinte años, con el juego de *Frogger*. En vez de ser la rana quien evita los carros, ahora en *The Streets: Albuquerque*, eres el que maneja el carro y los peatones las ranas. A Santi le fascina ese poder, aunque sea artificial.

Ya me tengo que ir porque mi novia me espera y me dijo "no te tardes porque la reserva es a las siete en punto" pero es que no quiero dejar de jugar aunque me siento tan mareado. Salgo en la misma playera granate, los mismos jeans y los *Air Force Ones* de antes. Corro a mi Impreza que está estacionado en la calle y parto. ¡Qué día tan maravilloso! ¡Qué aventuras! Acelero en *Indian School* y doblo la esquina a toda velocidad llegando a *Girard*. A la izquierda está Padilla's, un restaurante nuevomexicano casero. Comí ahí una vez y las enchiladas con chile verde salieron muy ricas, pero no pienso regresar porque tienen un horario extraño. Ahí está el *Hollywood Video* donde mi novia y yo rentamos películas que no vimos en el cine. Juro que veo un peatón caminando con un borrego, pero resulta que es un pinche perro. En *Girard*, distraído por el perro-borrego, uno de estos perros cepillados de alta sociedad que come comida orgánica, pierdo el control como siempre me pasa cuando juego y choco con unos carros. El daño es mínimo, así que sigo a Lomas a pesar de los gritos de los otros conductores exigiendo que yo vuelva. Es que tengo mucha prisa y los otros deben entender que mi novia me espera y además, no me siento bien. Y la velocidad no ayuda la marea que siento puesto que todas las cosas pasan con tanta rapidez. Ahí está la Universidad donde tomo varios cursos y mi profesor preferido siempre me hace comparar la literatura puertorriqueña y la nuevomexicana por sus luchas en común con las tradiciones anglosajonas, la lengua, y el hecho de que los Estados Unidos hiciera prácticas militares en ambos sitios.

Al enfocarse en el ritmo de Calle 13, Santi ni vio a los peatones cruzando la calle hasta que fue demasiado tarde y los cuerpos mutilados estaban por todas partes. La sangre cubre la calle, irónicamente en frente del hospital de esta ciudad donde la Fiesta de los Globos atrae miles de personas que no saben nada de la expansión urbana descontrolada que desilusiona a tantos.[2] Santi sigue en su trance, como zombi, como controlado por algo o alguien. Lleva una sonrisa de complacencia. El parabrisas, o sea la pantalla, o sea…¿podría apagar el sistema? se pregunta cuando suena el teléfono y su novia quiere saber si ya mero llega. En ese momento él se percata que tiene mucho calor, lo cual siempre le hace tener que cagar, desde que era niño porque siempre estaba muy ansioso, y así se despertó de su trance. Y sus *Air Force Ones*, una vez de una blancura prístina, ya rojos. Para Santi su gozo viene en la forma de destrucción y por lo tanto, la segunda opción en el juego es su favorita porque hay más libertad y Santi es un tipo que a veces se siente restringido por sus padres, estudios y trabajo. Busca formas de aliviar el estrés porque puede ser abrumador. Con la segunda opción, ya no tiene que pensar en metas, reglas, ni conducta. No tiene que pensar en el hecho de que los yuppies están invadiendo y arruinando la ciudad con su dinero, tradiciones, y americanismos. Solo existe el instinto primitivo y la oportunidad de destruir lo que alguien más creó. ¡Que divino!

La pantalla o sea el parabrisas o sea…dicen que nada en la vida es permanente así que yo deseo empezar de nuevo o a lo mejor, ya no quiero jugar.

Daniel Arbino es profesor de español en la Universidad de Centre en Danville, Kentucky. Ahí enseña cursos sobre la literatura caribeña y estudios afrolatinoamericanos. Tiene su doctorado de la Universidad de Minnesota y su maestría de la Universidad de Nuevo México. Su obra creativa se trata mayormente de fronteras tecnológicas y como la tecnología paradójicamente nos conecta y nos desconecta. Ha publicado cuentos y poemas en *Divergenicas* y *Alud*. Además, ha publicado estudios académicos en *Callaloo*, *Journal of Caribbean Literatures*, *Mester*, *Label me latin@*, y *Sargasso*.

---

[2] La fiesta de los Globos toma lugar cada octubre en Albuquerque, Nuevo México, desde 1972. La celebración dura nueve días y es el festival de globos aerostáticos más grande del mundo, atrayendo a más de 750 globos de todo el mundo.

TRONAR EL CHICLE

Estoy aquí, reclinada de cabeza, patas pa' arriba sobre la vieja silla cuadrada con cojines hechos de lana, anaranjada quemado, que me pican a través del vestido rosa viejo, lleno de manchitas de raspados y otras cosas que comí ayer. Veo el techo casi sin parpadear. Mis pies descansan sobre el respaldo de madera. La sangre me punza sobre la nuca y el resto de la cabeza, se siente rico. Estoy concentrada en una mancha de agua en particular que se agrupa en el techo blanco con estrellitas doradas; parece un delfín atravesando una nube. Estoy masticando *Chiclets*, los que vienen en cuadritos lila sabor a *tuti fruti*. De repente, las escucho de nuevo. Han estado hablando de ella desde hace buen rato. Su recuerdo se me viene a la mente, como era hace unos años, cuando todavía vivía aquí. Le pedí que me enseñara a tronar el chicle. Ella trata de enseñarme, pongo el chicle en el punto apropiado dentro de la boca, tal como ella me instruye y cuidadosamente trato de imitar los movimientos que me enseña. Como en cámara lenta, pero no pasa nada, mi boca no produce los resultados que ansío. No puedo hacer que mis quijadas hagan lo que hacen las de ella. De todos modos lo sigo intentando concentrada en mi tarea.

Ella me habla cariñosamente, es paciente conmigo. Su recuerdo me transporta a ese lugar seguro dentro de mi que se siente querida, consentida. Cuando trato de abrazarla, la imagen se desvanece y me quedo sola. Pero, eso fue hace mucho tiempo cuando era niña; ella, ya no esta aquí, se fue. Tuvieron que irse de prisa por algún motivo, y yo me quedé aquí a vivir con mi *Nana*. Casi ya no recuerdo su tez, su olor o la ternura con que me toca la cara, el pelo. No. Cuando me detengo a pensar y a sentir, la recuerdo. Ahora viven lejos, en Atil. Un pueblo pequeño depositado entre las lomas de Sonora, entre Altar y Magdalena en donde podían empezar de nuevo y yo estoy aquí, donde quería estar, en donde me emberrinche por estar. Tuve más de una oportunidad de volver con ellos y cada vez la desperdicié. Cuando nos íbamos y veía a mi *Nana* llorar, mis brazos se estiraban queriendo alcanzarla mientras sollozaba. Entonces, mi papi se bajó del autobús conmigo en los brazos y me entregó a los de él. Mi ropa iba en la misma maleta que la de mi mami por eso se fue a Atil con ellos. Más tarde, supe que él hubiera muerto si no se hubieran ido. Decían que él estaba tan flaco, tan frágil y que estaría mejor allá con la familia de mami y lejos de la tentación. ¿La tentación?

Todavía estoy masticando chicle, trato de tronarlo como ella intentó enseñarme. Mi lengua y mis dientes tratan de colaborar, pero no puedo encontrar el ritmo adecuado. Vuelvo a escuchar las voces. Ahora se escuchan con más fuerza. La más alta, mi *Nana*, empieza a hablar de ella. Describiendo sus malos hábitos con detalle. Criticando. Escrudiñando. Algunas veces, hasta arremedando el modo en que se para, como habla, como se tuerce, según ella. Como le cuelgan las manos por delante, sin *quehacer*. "Porque no sabe qué hacer con ellas". De hecho sus descripciones me ayudan a recordarla, pero yo la recuerdo de una manera diferente, lavando, planchando, jugueteando con mi cabello. "¡Nunca había visto una casa tan cochina como la de ella!" Y, sigue. "Nos engaño a todos, con su ropa bien planchadita y su pelo, ondulado, largo y negro. Desde lejos y antes de conocerla bien, parecía la mera cosa. ¿Y cómo saber que resultaría ser tan floja? ¿O que se volvería tan descuidada con la limpieza y con su esposo y sus hijos?" Luego alguien recuerda que estoy en el cuarto de al lado y les sugiere silencio con un gesto. "Shhhhhh", callando al grupo, apuntando hacia mí. Mi *Nana* le asegura a mis tías, "Ella no entiende, y si entendiera… probablemente no le importaría. Ella es nuestra.". *Soy de ellas.* Yo elegí.

Las habitaciones no son grandes y no hay puertas, el sonido viaja de un espacio al otro fácilmente. Estoy escuchando las palabras que la describen. Me causan ¿incomodidad? No, no. Me duele. Me lastiman. Me da pena. Es mi mami. La quiero. "¿Por qué no me fui? ¿Por qué tenía que llorar? Extraño su olor a *Fab* y almidón casero.

La última vez que vi a mi mami, su casa en *Atil* estaba sucia. Ella estaba embarazada y yo, mi *Nana* y mi *Tata* nos quedamos en la casa de al lado. La de la hermana de mi otra abuela. Mi *Nana* le dijo a mi mami que había más espacio ahí y que así no incomodaríamos a nadie ni despertaríamos a los niños. Mi mamá, con una sonrisa forzada movió la cabeza de arriba a abajo mostrando que entendía. La tristeza pintada en su cara, hasta yo lo vi. Mi papá estuvo en desacuerdo con mi *Nana* y dijo que él y mi mami tenían suficiente espacio, y que ellos habían planeado dejar su cama para que Tata y ella pudieran dormir ahí. Y ella, dirigiéndose a mí, podría dormir en un catre que se puso en el comedor para eso. "Ya bajamos las cosas en la otra casa. De cualquier manera nos veremos todo el día mañana, antes de irnos a *San Juan*". Ése es el pueblito de donde es mi papá y su familia. Todas las casas son de adobe, alineadas sobre ambos lados de la única calle. Ése es todo el pueblo. Una calle, la casa donde creció mi *Tata* todavía sigue en pie, a la entrada del pueblo.

Después de que nos fuimos pensé que podría haber hecho reír a mis papis con gestos, pero ya estábamos en la afueras del pueblo cuando se me ocurrió. Demasiado tarde. Entonces, me concentré con todas mis fuerzas, cerrando los ojos y cruzando los dedos, pero solo los de la mano derecha, porque cruzar los de las dos manos es de mala suerte. Luego mi *Tata* se dio cuenta que había dejado su sombrero *Stetson* en la casa de Rafaela en que nos quedamos. Regresamos… ¡Ya sabía que si me concentraba lo suficiente podría hacer que nos regresáramos! Lo había logrado antes. Mientras nos íbamos de Atil por segunda vez, tuve chance de guiñar el ojo y abrir la boca al mismo tiempo. Al verme, los dos se rieron y mi papi se volteó y les dijo algo a los que se quedaron, que no logro descifrar. Mi mirada se quedó clavada en la ventana de atrás del carro, hasta que sus figuras fueron disminuyendo, convirtiéndose primero en nubes y luego en nada. Entonces, finalmente me senté sobre el asiento y me di cuenta de que estaban por brotarme las lágrimas de los ojos, la sien y la quijada me dolían de aguantarme el llanto. Estomago, esa es otra cosa que ella me enseño, antes decía estógamo; lo siento vacío.

Mi *Nana* entra en la sala y me ve colgando patas pa' arriba en la silla y me ordena que me siente de inmediato. "Con juicio". Dice. "Las niñas decentes no se cuelgan patas pa' arriba, eso es pa' *las pajuelas, las sueltas*". "¿Has de querer ser como esas?" Una vez que me levanto, ella se da cuenta de que estoy masticando chicle. Me mete el dedo índice en la boca, engancha el chicle y me lo saca. Lo afianza entre el dedo índice y el pulgar, voltea hacia mis tías, que siguen sentadas en la cama. Y les dice: "Ésta es una de las cosas que debe haber aprendido de ella. De tal palo, tal astilla. La manzana nunca cae lejos del árbol", continúa. Eso quiere decir que soy como ella, lo cual me gusta, pero a ella no, y sonrío dentro de mi sin mostrarlo. Sus comentarios me alegran el día. "A pesar de que hago la lucha por educarla bien. Algunas veces no se puede", asegura ella.

Mi pensamientos vagan a cuando ella estaba aquí y trataba de enseñarme a tronar el chicle. Era una tarde calurosa y seca de esas del verano desértico de Mexicali, estábamos afuera al lado de la casa. Ella estaba sentada en una silla de madera, reclinada contra la pared para recibir la sombra de la casa. Luego vuelvo aquí. Es verano, pero no es lo mismo. Todavía percibo la piel rasposa de su dedo fuerte y seco atravesando la cavidad de mi boca, encuentra el chicle y lo saca. Como si fuera un trofeo. Todavía tenía dulce y estaba suavecito. Podría haberlo masticado hasta tronarlo. Pero era mi último chicle, ahora ya no podré aprender a tronarlo como lo hace ella. Me encanta. La extraño con cada fibra de mi cuero enchinado, de mi boca, mi cara y mi pelo que resienten su ausencia. Tengo el pelo muy finito, pero cuando ella me peinaba no me dolía, porque ella no me jalaba. Lo hacía lentamente con mucho cuidado para que no me saliera orzuela. Ahora siento regresar a mi estómago ese sentimiento de angustia y añoranza por ella, por él, por los míos. Tengo cuatro hermanos y mi mami acaba de tener otra niña. Mi hermanita a la que todavía no conozco. La última vez que me fui a vivir con ellos, llore tanto que mi *Nana* dice que manejó doce horas seguidas para ir por mí. Tenía infectado un oído y solo ella podía llevarme al doctor. Nadie más tenía dinero para pagarle al doctor o comprar la medicina. Ahora ya no me duele el oído, y los extraño tanto, pero no puedo decir nada porque mi *Nana* diría que si vivo con mi mami me convertiré en una *Cochina* como ella, y dice que eso no es bueno. De todos modos, yo solo quiero aprender a tronar el chicle. Si pudiera conseguir más.

Pero no tengo dinero.

AL CÉSAR…. LO QUE ES DEL CÉSAR

No viniste, viste y conquistaste
Llegaste, viste y dijiste…
Sí. ¡Se puede!
Nosotros, El Pueblo
Tu Pueblo,
Su gente, tu gente.

LA CAUSA.

La Huelga-Organizaste…
Huelguista
Marchaste
Ayunaste… y lograste

Los Esquiroles
Los movilizaste
Esos que todos pensaron
Que no podrían y no querían
Lo hicieron. Si. ¡Se puede!

El lugar de la mujer…

Pacifista, sin violencia
Los derechos civiles,
Los derechos humanos
Entre Bobby, y J. Edgar

Pasos perdidos… Los ilegales
Tropiezos… Las filipinas,
Un hombre, no un mito
Amigo, hermano
Padre, pero ante todo
No uno del montón…

Al final… Las Uvas
No fueron fruta de la ira
Fruta de nuestra labor

¡Y nadie nos hizo ningún favor!

Un hombre maduro
Un hombre que escuchó
Sin filtros
Con razonamiento y detenimiento

Ni le quites
Ni le des
No hay necesidad de
Abonar o perdonar

Mucho menos de abandonar

La suma de su vida
Nunca se olvida
No son quimeras,
Su legado-no es figurado
Y enfado,
No ha causado

Lori Celaya es profesora de literatura en la Universidad de Idaho en Moscow, Idaho. Nació en Mexicali Baja California, pero creció en Los Ángeles, California. Obtuvo su doctorado en la Universidad de Tennessee en Knoxville. Se especializa en estudios sobre la cultura y la literatura de México, US latin@s y la frontera que une a México y los Estados Unidos; además de publicar sobre la literatura y la cultura de Cuba. En su escritura no busca enfatizar un "nosotros versus ellos" sino que explora la complejidad de las cuestiones que afectan el estado de las relaciones entre los mexicanos de la frontera norte y su centro, o entre México y Estados Unidos. Su primer libro "México visto desde su literatura norte: Identidades propias de la transculturación y la migración" se publicó en 2013 por el Instituto Internacional de Literatura Iberoamericana, Universidad de Pittsburgh. A este le han seguido varias publicaciones sobre la cultura y la identidad latinoamericana y la de los US Latin@s. *Nos pasamos de la raya / We Crossed The Line* es su primer contribución en un texto creativo.

LECCIONES DE FABRIZIO Y CRUCES DE FRONTERAS

La vida presenta imaginables e inimaginables posibilidades que nos sorprenden de infinitas maneras y nos hace con frecuencia decir ¿cuáles son las posibilidades que esto me ocurra a mí? Después de deambular por varios países de Europa y de las Américas, ¿cuáles eran las posibilidades de que yo, quien tenía toda la intención de permanecer en mi país natal Perú con mi querido hijo y mi alegre familia, fuera parte de la impactante aventura llamada "inmigración y vida en los Estados Unidos? Aunque algunas veces la vida nos deje mudos y nos haga gruñir, pelear o huir, otras veces nos da la oportunidad de ser felices. La inmigración, dice Doige (2007), "es un asunto más difícil que simplemente aprender nuevas cosas; va más allá que esto porque la nueva cultura está en competición plástica con las redes neurales que tuvieron su período de desarrollo crítico en el país natal." Doige añade, "solo los niños inmigrantes que pasan sus períodos críticos en la nueva cultura pueden esperar encontrar la experiencia migratoria menos desorientadora y traumatizante. Para la mayoría, el choque cultural, es choque cerebral" (p. 299). Yo soy una profesora extranjera que vine a los EE.UU a realizar estudios doctorales y a trabajar. Tenía la residencia norteamericana como resultado del trabajo que había hecho anteriormente. Sin embargo, mi experiencia en los EE.UU no me había preparado para lo que vendría: el mundo competitivo y el ambiente delirante de la academia.

En este ensayo reporto algunas experiencias peculiares de mi familia –mi hijo Fabrizio José (FJ) y yo. En algunas instancias, no identifico la institución donde ocurrieron los hechos por mi seguridad y la seguridad de estudiantes y otros profesores que trabajan y estudian en esos lugares.

El proceso de inmmigración. Las circunstancias que me motivaron a inmigrar a los EE.UU son claras. Perú había estado bajo el ataque terrorista desde el levantamiento de Sendero

Luminoso en los años 80. Para responder a este, el gobierno había emprendido un contra ataque que se tornó en terrorismo de Estado. Al mismo tiempo, la criminalidad civil alcanzó niveles extraordinarios comparables a la inflación de la época. En vista de este rampante caos, los peruanos nos volvimos hipervigilantes. Como animales aterrados que intentan sobrevivir, nos protegíamos instalando barras de hierro en nuestras ventanas y aquellos que podían costeárselo, añadían seguridad eléctrica. Estos esfuerzos de seguridad adicional hicieron que los apartamentos y las casas se vieran como prisiones. Este es el país, mi país natal al que había regresado en 1990 con mi único hijo Fabrizio después de vivir en Mendoza, Argentina por más de un año. Estaba divorciándome y empezaba mi vida como madre soltera; necesitaba el apoyo de mi familia.

Nos adaptamos bien una vez en Lima aunque fue muy complejo ser cabeza de familia durante estos tiempos de confusión y caos político que se requería estar alerta como perro de combate olfateando el peligro la mayor parte del tiempo. Incluso los perros se cansaban de esta intensa vigilancia, sin embargo, era necesario hacerla cuando la violencia amenazaba y acorralaba nuestras acciones.

El horror reportado sobre la gente asesinada y mutilada día tras día entumeció nuestros sentidos. A pesar de esta realidad, con el apoyo de mis padres, fui capaz de crear un ambiente hogareño agradable y continué criando a mi hijo mientras alcanzaba mi desarrollo personal.

Un día, sin embargo, durante el verano de 1992, algo ocurrió que cambió mi decisión de permanecer en Perú. Estaba en la Universidad de Lima tomando un curso de cine cuando sentí esta extraña ansiedad que me presionaba a llamar a mi casa y averiguar cómo estaba yendo todo.

Mi vieja amiga y ayudante Mirta, quien sufría de sordera parcial, contestó el teléfono después de que este timbró varias veces. Lo primero que dijo fue "alguien acaba de tocar el timbre de la puerta." Yo lo esuché y también escuché a mi hijo practicar en el viejo piano para mejorar su concentración. Mirta estaba en la cocina con la caja del timbre sobre su cabeza; las dos lo esuchamos sonar exigentemente. Le pedí que viera por el ojo mágico, pero que no abriera la puerta a menos que fuera un miembro de la familia; esto era una orden. La persona al otro lado de la puerta era el muchacho encargado de hacer la limpieza del edificio. Mirta reportó que él no había dicho lo que quería aunque ella le había preguntado varias veces. El muchacho se retiró del tercer piso donde se ubicaba mi departamento y bajó al primer piso. Tocó el timbre y mi vecina abrió la puerta. Ella estaba con sus dos niñas, una de cinco años y la otra de tres. Ella conocía al joven igual que nosotros, pero no sabía que había abierto la puerta a su futuro secuestrador, quien tenía al joven limpiador encañonado con una pistola. Mi vecina y sus dos hijas fueron raptadas. Las dejaron libres solamente después que su esposo pagó el rescate.

Mi preparación para dejar Perú empezó; el secuestro de mi vecina y sus dos hijas me despertó del letargo que la naturalización de la violencia me había impuesto. A menudo contrastaba los recuerdos de mi niñez relativamente felices con las circunstancias inciertas que mi hijo registraba en su mente. Al mirarlo jugar, estudiar y relacionarse con otros niños, supe lo que tenía que hacer. Convertirme activamente en madre. Fabrizio corría a mí frecuentemente cuando escuchaba un estrépito o cuando el departamento temblaba o cuando había un apagón y, con sus ojos muy abiertos me decía "¿mami, escuchaste? ¿Escuchaste? ¿Fue una bomba o un temblor?" Su confusión me indicaba los estragos que el terror de esos años dejaba en su vida, sin embargo, el vivía en mucho mejores condiciones que los niños andinos que se convertían en huérfanos día a día. En esos años de violencia, no podía ver el final del caos político ni el de la corrupción.

Cavilaba cómo le daría a mi hijo las oportunidades para tener una vida mejor. Esto me llevó a desarrollar un sueño, un lugar hermoso donde Fabrizio y yo podríamos tener una mejor vida. Me desvié hacia el lado optimista debido a mi imaginación mágico-realista y produje tierras maravillosas. Solicité una beca para estudiar teatro para niños en Berlin, pero me la negaron. Entonces, concebí un sueño diferente en el país que había visitado y vivido descontinuadamente: Los Estados Unidos.

En este país uno tiene el "derecho a alcanzar la felicidad." Yo estaba seducida por esta búsqueda de la felicidad y mi mente floreció. Siguieron acciones sin descanso. Solicité vacantes en programas doctorales en Lenguas y Literaturas Romances. Recibí tres ofertas; siempre estaré agradecida. Escogí la Universidad de California, Berkeley donde me inscribí en el programa de Lenguas y Literaturas Romances y añadí un énfasis designado en cine. Mi tesis se centraría más tarde en la representación de la violencia política durante los años del terrorismo. Esos años que Fabrizio y yo dejábamos atrás. Necesitaba entender este período que cambió nuestras vidas.

En julio de 1995, Fabrizio y yo salimos de Perú para empezar nuestra nueva vida en Los EE.UU. La salida fue difícil. Mis padres nos llevaron al aeropuerto con incredulidad. Aunque los había mantenido informados de todo, ellos pensaban que yo, su única hija, y Fabrizio, su único nieto, nos quedaríamos con ellos para siempre. Habría sido lindo si esto hubiera sucedido, pero tenía que encontrar un lugar más seguro para criar a Fabrizio y mejorar sus oportunidades. Mi sentido de deber como madre venía del ejemplo de mis padres. Fabrizio lloró todo el camino hasta el aeropuerto; los abuelos derramaban lágrimas largas. Compartía su tristeza en silencio.

Esa noche me convertí en una madre cruel en los ojos de mi amado hijo, cuyo sentido de familia como él lo había entendido desde hacía doce años, toda su vida, estaba siendo destruida por los segundos que pasaban al acercarse nuestra partida. Me dolía todo esto también y me habría encantado borrar esta parte del viaje que no había sido parte de mis sueños; mi optimismo y la desesperación me habían vendado los ojos. Nosotros, en diferentes niveles de conciencia, estábamos empezando a enfrentar las consecuencias de inmigrar. Para Fabrizio, los dos éramos solo madre e hijo, pero no una verdadera familia. Una verdadera familia involucra a todos los familiares cercanos. Fabrizio ya sabía lo que quería y lo que le gustaba: su comunidad. Sentí su crisis, su dolor y su lucha; permanecí aparentemente tranquila y centrada en los semáforos y las casas iluminadas que pasábamos en nuestro camino al aeropuerto. Vi gente en esas casas, familias dentro, compartiendo un hogar cálido como el que teníamos y abandonábamos. Ellos, sin embargo, estaban juntos a pesar del peligro. Eso es lo que Fabrizio quería, pero me enteré demasiado tarde. La acción más difícil llegó con –el desapego físico de nuestro círculo de apoyo, mis padres.

Otra vez un perro guardián y poco a poco un miembro de nuestra nueva comunidad. El vuelo nos llevó en menos de diez horas a la tierra de la esperanza: Los EE.UU. Cuando llegamos a nuestro apartamento alquilado Fabrizio y yo nos quedamos petrificados. El apartamento estaba en el primer piso, las ventanas carecían de las barras de hierro que nos daba una sensación de protección en Lima. No había perros guardianes ni vigilantes de seguridad armados que nos alertara de cualquier asunto extraño; todo mi cuerpo de un metro con cincuenta y cuatro centímetros, y cuarenta y cinco kilos, se quería colapsar cuando Fabrizio y yo evaluábamos los riesgos. Pero, siendo la cabeza de familia, no podía permitirme el lujo de debilitarme en mi rol. Reconocí nuestros miedos y le di a mi hijo el sentido de protección que necesitaba cuando me miró con sus grandes ojos buscando apoyo y seguridad. Pero por las noches apenas podía cerrar los ojos ya que cualquier ruido me informaba de peligros potenciales. Era otra vez un perro guardián, la madre de Fabrizio. Estando en este rol me di cuenta de cómo muchos padres, entre ellos los míos, se convierten en vigilantes de sus cachorros. La fatiga me obligó gradualmente a aceptar una sensación de seguridad; esta seguridad fue el primer choque cultural que tendríamos como inmigrantes peruanos.

Fabrizio y yo tuvimos que aprender y desaprender muchas cosas. Me transformaba en cualquier cosa que fuera necesaria con el fin de proporcionarle a mi hijo la sensación de seguridad y amor que tanto deseaba. Gracias a él fui obligada a crecer. Con el tictac de cada momento trascendí muchas fronteras.

El proceso de la inmigración comienza cuando este pensamiento aparece en la mente de uno y es definitivamente no solo aprender la nueva cultura, sino también desaprender parte de la vida moldeada en el lugar natal, o como Doige (2007) lo pone, "sustraer" (Pág. 298). En nuestro caso, tuvimos que aprender y desaprender rápidamente; millones de conexiones neuronales formadas a través de años de nuestra vida se transformaban sin un proceso de transición, porque la escuela estaba empezando para nosotros dos en tan solo unas semanas. Pasamos de pertenecer a una clase media alta -gracias a mis padres, a estar en el nivel de pobreza o por debajo del nivel de pobreza ya que yo era una estudiante graduada independiente económicamente.

Instalados en la vivienda familiar de la Universidad de California, Berkeley, un antiguo cuartel militar donde los chequeos de plomo eran rutinarios, mi hijo y yo comenzamos nuestras nuevas vidas. Esto fue muy exigente porque además de la conmoción cerebral brutal que Doige describe, también lamentábamos la separación de la familia, tratábamos de recuperarnos del terror, y asistíamos a la escuela. Fabrizio asistía a los primeros años de la escuela secundaria y yo a la escuela de posgrado. Intentábamos entender las escuelas públicas, los complejos sistemas y sus dimensiones que se sentían demasiado grandes para captar en pocos días, semanas o meses. No estábamos acostumbrados a las escuelas públicas puesto que toda nuestra educación hasta ese momento había sido en escuelas privadas, con la excepción de los años de primaria en mi caso. La vida sencilla y tranquila que yo había deseado exigía mucho de nosotros.

Mi hijo y yo, dos personas mayormente felices enfrentamos cuestiones del habla en diferentes niveles. Aunque sabíamos inglés suficiente para comunicar oraciones completas y complejas, lo que decíamos transmitía la semántica de nuestra vida y nada del nuevo entorno cultural, por lo que al hablar sonaba como un idioma diferente que el inglés. Mi cerebro mayor que el de Fabrizio creaba sonidos extraños no solo porque mi mandíbula estaba tensa -después de todo, la tensión tenía el derecho de mostrarse de alguna manera-, sino también porque la mayoría de la gente en Berkeley andaba altamente energizada y todo lo que hacían los asemejaba a los superhéroes. Volaban dejándome sin haber acabado la frase que estaba produciendo. Tuve que esforzarme en acelerar mi elocución. Estas personas hiper-estimuladas vivían seguros de que el futuro podría ser incluso mejor. ¿Cómo podíamos unirnos a este tipo de comunidad con la historia que Fabrizio y yo llevamos con nosotros?

Al acabar de llegar a los EE.UU como inmigrantes, sentimos que nuestra respiración, nuestro pensar, nuestro actuar, nuestro soñar, nuestras esperanza y planes, etc. eran afectados no solo por nuestro desarrollo psicobiológico (edad púber de mi hijo y mis treinta y cinco años), sino también por los efectos traumáticos de nuestras experiencias y memoria sobre el terrorismo en Perú, el terror de estado, y la alta delincuencia. Aunque parezca increíble,

de aprender, enseñar y vivir la "búsqueda de la felicidad" en UC Berkeley se hizo aún más emocionante con él como mi asistente. Presentaba a FJ a mis creativos, brillantes y valientes estudiantes que estaban haciendo todo tipo de sacrificios para lograr su sueño. FJ reía con mis alumnos y me informaba cuando estaban hablando en inglés, ya que solo español se hablaba en clase. FJ tomó en serio su papel; los estudiantes tenían que aprender español porque su madre era la maestra, y punto. Al ver la patineta de mi hijo aparcada en mi salón de clases mientras él conversaba con mis estudiantes me daba un fuerte sentido de interconectividad e infería que podría haber hecho algo bien al decidir venir a los EE.UU. La integración de FJ con su comunidad me inspiraba a relajarme y a despreocuparme un poco por nuestro futuro incierto. Practiqué esto, que en Berkeley es fácil de hacer, y la confianza y la felicidad me llevó a soltarme. Al igual que nosotros, mis estudiantes venían de diferentes partes del mundo y varios estados. Algunos eran la primera generación de ciudadanos estadounidenses nacidos que asistían a Berkeley y querían darles a sus padres tanto cuanto ellos les habían ofrecido.

Un día, el flujo de nuestra lección se detuvo cuando un policía asomó la cabeza y con una gran sonrisa anunció "amenaza de bomba", y se fue. Yo nunca había visto una entrega amistosa de este tipo de anuncio. Aturdida, mi cerebro se dividió en dos realidades. Una llena de miedo letal afectada por mis experiencias peruanas que dieron forma al significado y consecuencias de este anuncio, mientras que por otra parte, mi mente se esforzaba en recordar si la directora del programa de español me había entrenado para esta ocasión. No podía recordar nada, pero mi experiencia peruana me ayudó. Me convertí en mente fría y les pedí a mis alumnos no entrar en pánico y que empezaran a salir de la clase rápidamente. FJ me había entrenado para ser una mamá fuerte, una líder, una maestra capaz de guiar y hacer lo mejor en un momento como ese. Una vez fuera del salón de clase, el frío de la estación nos invitó a sentarnos cerca. Pensaba en FJ. Sabía que estaba seguro y que alguien haría lo mismo que yo estaba haciendo por mis estudiantes en circunstancias similares.

Nos sentamos en unos bancos y en la hierba y continuamos nuestra lección muy lejos del edificio, ya que estaba siendo revisado. Los recuerdos de Perú inundaron mi mente y tuve que hacer un esfuerzo afirmando que este evento no era el pasado, y que en este presente el significado era diferente. En Berkeley, la bomba no era el resultado de un grupo terrorista. Podría ser un activista, alguien fuera de sus casillas o algunos estudiantes que trataban de retrasar algún examen. Mientras mi cerebro procesaba experiencias presentes y pasadas, mis estudiantes se preguntaban quién podría haber dejado la bomba, las razones, y si había realmente una bomba. Posteriormente, la policía nos informó de que había sido una falsa alarma.

Convertida en una mujer de color. Conocí a Stephanie en el autobús que regresaba a la villa familiar donde vivíamos las dos. Era un día viernes frío y lluvioso y estábamos agotadas y hambrientas. A partir de ese momento, ella me invitaba a menudo a tomar el té y comer galletas de jengibre. Stephanie me dijo que yo era una mujer de color. En su opinión, los latinos y los afroamericanos eran personas de color. Me sentí por un lado, honrada y por otro lado, ambivalente porque, a decir verdad, su historia no era mi historia. Aquí me encontré con intenciones que buscaban envolverme con otra etiqueta. Por ejemplo, no pude dejar de notar la necesidad de etiquetar a un extranjero de acuerdo a la ideología personal, en lugar de explorar y descubrir a los inmigrantes y su cultura a través de la interacción.

El discurso de Stephanie, sentí, acusaba una fuerte intención para asimilarme o al menos enlazarme a su mundo a través de "nosotros, las mujeres de color." Sonaba poderoso unirme a este frente de mujeres que había avanzado nuestro desarrollo, pero, también sentía que su discurso me expropiaba de mi experiencia cognitiva, emocional y afectiva forjada en tierra peruana y en mi historia. Yo había sido peruana durante treinta y cinco años. En mi yo peruano y su entorno, las semillas de la asimilación no se desarrollaban solo porque le gustaba a alguien o porque me invitaba a formar parte de su frente político. Necesitaba encontrar primero el valor que desencadena el deseo de querer ser como los demás o tener motivaciones para lograr metas juntas y al mismo tiempo respetar nuestras historias distintivas. A partir de este momento, me conecté con otras personas de color y observé las interacciones étnicas. Me di cuenta de que yo no era solo mi percepción consciente, pero era la percepción de muchas más personas que ni siquiera conocía bien.

Enseñando en Oakland. Enseñé en un par de universidades diferentes cada vez que había una oportunidad durante el año académico y el verano mientras hacía mis estudios de posgrado. Esto significaba enseñar dos veces a la semana de 6 p.m. a 9 p.m. Cuando comencé a enseñar en una de las universidades, mi supervisora me advirtió que no debía ir sola al baño porque eran frecuentes las violaciones. Ella me pidió que animara a las estudiantes a ir juntas. Mi nivel de estrés subió, pero por suerte durante mi tiempo en este lugar no hubo incidentes.

Un verano fui testigo de dos chicos que se amenazaban con un arma en el estacionamiento. Estaba petrificada. No tenía dónde ocultarme; empecé a caminar hacia atrás con movimientos casi imperceptibles. Este tipo de violencia americana con armas de fuego, en la calle, solo porque ... era para mí, inexplicable.

En los cursos diferentes que enseñé, me relacioné con diversas y distintas personas que me dieron extraordinario estímulo. Estas personas valientes perseguían sus objetivos como yo luchaba por alcanzar el mío. FJ y yo finalmente nos sentímos como peces en el agua en este crisol humano – entendíamos y nos gustaba la región cada día más. Luego, llegó el momento de empacar las maletas una vez más.

Arkansas. Me gradué y empecé mi carrera hacia la permanencia laboral (tenure-track) en Arkansas. Mudarnos a este lugar fue otro choque brutal para FJ que ahora tenía diecisiete años. No quería dejar a sus amigos y la comunidad y resentía tener solo un progenitor. Quería mantener los fuertes lazos que tenía con sus amigos y me veía como la destructora de toda la vida maravillosa que había construido de nuevo. Yo sentía su dolor, pero no había nada que esta inmigrante pudiera hacer. Teníamos que seguir el camino que llevaba al puesto de trabajo a tiempo completo y a lo desconocido.

Había alquilado una casa en Arkansas antes de nuestra llegada. Quería que FJ se sintiera que tenía una casa, pero se mudó tan pronto como cumplió los dieciocho. Vivía con unos amigos y comenzó la universidad y la fiesta. Estas dos cosas no van de la mano en mi cultura católica adquirida con las monjas y en la educación para chicas, pero para algunos estudiantes en los EE.UU., eso es la universidad; mi hijo no fue la excepción. La casa estaba vacía, y tenía tiempo para trabajar aún más.

Mi enseñanza y la investigación iban bien. Disfrutaba de mis estudiantes que venían de varios condados, pero todos tenían algo en común - amaban la caza de ciervos y patos. Incluso comían ardillas. A menudo llevaban ropa de caza a la clase ya que esta era parte de su identidad abiertamente compartida con todo el mundo. Tener a adolescentes en mis clases de español al lado de sus madres que ya habían sido convertidas en abuelas me recordó las preocupaciones sobre la maternidad de las madres hispanas en Berkeley. En Arkansas, la maternidad era frecuente entre los ciudadanos más pobres y sin educación. Sin embargo, ¿era realmente un problema o era una forma de rechazar la vida tradicional o rural por los avances de la modernidad y de la ciencia en las ciudades más ricas?

El entusiasmo de los estudiantes por mejorar sus vidas era tan inspirador aquí como lo había sido en Berkeley. Sin embargo, aquí, descubrí vil hipocresía y almas duras entre los más educados también. Algunos profesores como deporte practicaban apuñalarse por la espalda y la alabanza de sí mismos, mientras se complacían en considerarse sofisticados.

Un día una colega se quejó que estaba preocupada por ser vista siempre como "blanco-basura" y temía ser rechazada por hablar como sureña. Le tuve que preguntar sobre qué estaba hablando ya que no sabía lo que quería decir con "blanco-basura" ni entendía cuál era el problema de hablar con acento sureño. Después que me explicó, sentí una tremenda tristeza y empatía por ella; no se aceptaba ni le gustaba vivir en una cultura que la prejuzgaba. Su vida secreta la acechaba. Sus miedos que su preferencia sexual fuera a convertirse en una causa de vergüenza para su familia era otra constante. Esta mujer era un ser infeliz. Su padre había sido un predicador y ella sentía que no había vivido de acuerdo a lo que él esperaba de ella. Me di cuenta qué compleja era la vida en los EE.UU con muchas culturas coexistiendo. Este duro mundo sureño con expectativas religiosas, donde el demonio aparece en la punta de la lengua, no era algo que extranjeros como yo estaban preparados a vivir. Arkansas me mostraba nuevos aspectos de la historia de los EE.UU y el sentimiento de miedo de su gente, gracia y tristeza.

Hubo otros momentos en los que vivir en Arkansas no me hicieron sentir bien porque mi acento me hacía identificable al instante. A FJ no le gustaba esto para nada. Cuando iba a las tiendas, con frecuencia los vendedores me miraban sobre el hombro cuando abría la boca. Pero, si por cualquier razón pagaba con mi tarjeta de crédito y tenía que declarar mi empleador y lo que hacía para ganarme la vida, mi valor asumido cambiaba cuando se enteraban que había alcanzado un desarrollo darwiniano al convertirme en miembro de la facultad en una de las universidades de Arkansas. A mi amiga chilena, cuya piel era más oscura que la mía, le pidieron que saliera de un par de tiendas. Ella me dijo que el "KKK" estaba presente en esta región. Sus palabras me llevaron de nuevo a recordar películas en blanco y negro del tío Tom y tiempos de linchamiento. Y, sin embargo, yo había impulsado a mi hijo a venir a esta realidad rural pensando que esta gran nación era homogénea. "Pero qué película maravillosa había hecho." ¡Qué gran error! ¿Qué frontera había cruzado?

Esta imagen súper atractiva de los EE.UU. que se propaga por todo el mundo representa, en mi opinión, los deseos no sólo de los EE.UU., sino también de los inmigrantes como yo, que vienen y se dan cuenta diréctamente que ellos necesitan construir esa raelidad por sí mismos. Muchas partes de los EE.UU. se parecen a cualquier país en vías de desarrollo, con el poder económico y político centralizado en espacios urbanos y poblaciones abandonadas a su suerte. Lo genial es, sin embargo, que con trabajo inteligente y la participación activa local, regional, estatal y los esfuerzos federales la realidad puede transformarse. En un sentido, los extranjeros y los locales se convierten por igual en constructores de la ilusión que crea un mejor Estados Unidos.

Un amigo que había vivido en Arkansas durante nueve años me advirtió "Lucía, tienes que encontrar un mejor trabajo e irte. De lo contrario, te quedarás estancada aquí para siempre, al igual que yo". Sus palabras tenían un sentido de desesperación. Describió a los "buenos muchachos" y sus conexiones de poder que controlaban los asuntos específicos dentro de la universidad. Mi amigo me preguntó si estaba dispuesta a "besarles el culo" para asegurar mi posición. Esa fue una pregunta extraña, pero explicó que era esencial para la maniobra política.

Nuevamente era hora de dejar un lugar que estaba convirtiéndose en familiar y en hogar. FJ me ayudó a preparar nuestra casa para venderla. Arreglamos el patio que habíamos diseñado; no lo disfrutaríamos juntos nunca más. Trabajamos en silencio y ese silencio habló de sentimientos. Muy pronto me embarqué en un nuevo camino. Una colega y amiga que había estudiado en la Universidad de Duke me dijo que si ella tuviera la oportunidad, ella viviría en Charlotte. Decidí probar suerte y econtré trabajo en Carolina del Norte.

Carolina del Norte. FJ condujo el único U-Haul disponible en esta parte de Arkansas. Alguien había manejado el camión desde Tejas, y era el único en el pueblo; los otros habían partido con la gente que se mudaba de Arkansas. ¡Era grande la demanda! Mientras FJ manejaba, nos preparábamos mentalmente para nuestra separación. Ahora FJ tenía 20 años y no se mudaría conmigo. Eso no es lo que hombres de su edad hacen en los EE.UU. Pero, él era extremadamente considerado y llevó a su madre donde ella tenía que estar. Finalmente, después de cruzar las montañas de Tennessee llegamos a la casa alquilada, mohosa y con luces tenues.

Las plantas que había traído conmigo de Arkansas con la esperanza de plantarlas en un nuevo hogar ya no tenían mucho sentido. Había sido una manera de aferrarse a mis sueños. Sin embargo, una nueva fase de la vida había comenzado cuando mi hijo volvió a Arkansas. Él vivía los valores estadounidenses y yo tenía que adaptarme a esta realidad. El tiempo pasaba más rápido de lo que yo lograba mis metas.

Empecé como profesora asistente en el nuevo trabajo académico. La universidad había emitido un anuncio de trabajo en el que se describía como una universidad privada cristiana afiliada a la organización sureña bautista. ¿Qué significaba todo eso? Hasta ahora mi experiencia académica había sido en universidades seculares. La primera vez que me reuní con la facultad, me informaron que dos miembros de la facultad competían por el poder y por imponer sus ideologías de enseñanza.

El jefe del departamento salió de sabático el semestre que

empecé. Aprovechando su ausencia, la jefe interino impuso un libro sabiendo que el jefe permanente no quería tal adopción. Ella vino a mi oficina a intimidarme para que aceptara el cambio. Cuando el jefe regresó y encontró la nueva adopción del libro que supuestamente "yo" había pedido, él vio esto como una traición sin siquiera preguntarme qué había ocurrido. Nuestra relación fue duramente afectada. Luego, otro evento siguió. Él envió un correo electrónico a los miembros del Departamento acusando a tres asistentes de enseñanza (una de Colombia, una de Costa Rica, y una de México) de indecencia y "conducta porno." Como coordinadora de las asistentes, me reuní con estas mujeres jóvenes. Ellas se habían tomado fotos en bikinis cuando fueron a Myrtle Beach y habían utilizado una computadora de la biblioteca para guardarlas y enviárselas a sí mismas porque su cámara no tenía suficiente memoria. La bibliotecaria había encontrado las imágenes en el archivo de basura y con indignación llamó al jefe del departamento; nadie iba a utilizar la computadora de la biblioteca de esta manera.

Las fotos estaban muy lejos de ser pornografía. Si tuviera que comparar la cantidad de piel que las asistentes de ensañanza mostraban en la playa con la cantidad de piel que las estudiantes en esta universidad cristiana muestran al tomar el sol como las tortugas en la hierba los días soleados, las tres latinoamericanas parecerían sus abuelitas. El problema no era verlas en sus bikinis, pero el ojo y la mente que fantaseaba con imágenes pornográficas y prejuicios contra las latinoamericanas.

Les pedí a las asistentes de enseñanza que hablaran con el jefe del departamento y aclarasen esta cuestión. Él negó tener cualquier preocupación y las despidió con una sonrisa muy grande. En otras palabras, no tuvo el valor de tener una conversación honesta con ellas. En nuestra primera reunión del departamento le pedí que cualquier situación similar se investigase primero. Además, expresé que como mujer latinoamericana encontraba el mensaje que había enviado ofensivo. Mi petición fue demasiado directa para los oídos de este hombre sureño. Yo había alterado el sistema al ser asertiva. En vez de sonreír y apuñalar por la espalda como es la tradición en el sur, mi comunicación abierta había sido vista como una declaración de guerra, pero el único que luchaba era el jefe del departamento. Más tarde, durante el semestre, el jefe del departamento y el decano me anunciaron que mi contrato no sería renovado. El Consejo de la Facultad encontró todas las acusaciones del jefe no solo insostenibles, pero también construídas de la nada.

Aprendía más acerca de la cultura de esta región y esta universidad cristiana que promovía la complicidad de los "buenos muchachos," hombres que carecen de carácter.

A lo largo de diciembre y los meses posteriores, me puse a buscar puestos de trabajo hasta que me ofrecieron dos oportunidades consecutivamente como profesora visitante en dos universidades privadas y de buena reputación. Para ir a una, manejaba cuatro horas cada día; dos de ida y dos de vuelta. Para ir a la otra, conducía una hora y quince minutos en cada sentido. Hice esto durante tres años porque estaba decidida a mantener mi vida profesional. Sin embargo, mi salud comenzó a fallar con el alto nivel de estrés. Luego, el 15 de agosto 2007 escuché en la radio que el epicentro de un terremoto de magnitud 8 – letal— había sido en la ciudad de mis padres en Pisco, Perú.

Estaba sola en mi casa y comencé a llamar a todos los miembros de mi familia que viven en los EE.UU. Les pedí aunar esfuerzos y averiguar el estado de mis padres y hermanos. Marcaba el número de mis padres cada media hora hasta que finalmente al día siguiente esuché primero la voz de padre y luego la de mi madre. Hice lo único que podía hacer: los escuché, me enteré de todo lo que había pasado y les di todo mi amor. Tuve la oportunidad de ser su apoyo y ayudar a construir esperanza en medio de la catástrofe natural. Sin embargo, una noche, agotada por las exigencias de la vida, arropada en mi bata y sintiendo el frío del invierno en mis huesos, me eché en mi cama y me quedé observando el tono negro de la noche fuera de mi ventana. Entendí por qué a veces la gente se suicida, pero esto no era ni siquiera una opción para mí. Yo no podía hacerlo porque amo a mi hijo y a mis padres más allá de cualquier cosa. En mi mente sólo había una cosa que hacer –iluminar la noche como si yo fuera una estrella fugaz.

A lo largo de ese mes, la vida me ofreció una nueva oportunidad de integrarme a una comunidad de personas con las que ahora comparto muchas expectativas en educación, desarrollo profesional, y servicio a la comunidad en el Sur.

Actualmente vivo en Charlotte, donde diversas comunidades y culturas se unen y construyen relaciones basadas en la inclusión y la diversidad. Los inmigrantes como yo y los lugareños sueñan grandes sueños y trabajan juntos. Nuestros esfuerzos se basan en nuestras fantasías concebidas para construir una mejor realidad en Los EE.UU. El sur se está transformando. Espero que un día no haya solo los "buenos muchachos" y el nepotismo que mantiene el status quo para que el progreso pueda florecer.

Lecciones aprendidas al cruzar muchas fronteras. En mi vida como madre, inmigrante peruana y miembro de la facultad he aprendido lecciones cada día que me han hecho más fuerte y más comprensiva de todas nuestras maravillosas habilidades e inhabilidades para entendernos. Aprendí de mi hijo cómo enseñar y entender la vida de los adolescentes mejor, así como escuchar con atención. FJ fue testigo de cómo viví la discriminación en diversas situaciones y trato injusto en el mundo académico y cómo, debido a esto, nuestro futuro se convirtió en alguna ocasión incierto. Esta experiencia compleja ha enriquecido nuestras vidas y nos ha hecho apreciar más las oportunidades desafiantes que mi sueño nos dió. Como Csikszentmihalyi (1990) dice: "los mejores momentos suelen ocurrir cuando el cuerpo o la mente de una persona se estira hasta sus límites en un esfuerzo voluntario por lograr algo difícil y que vale la pena" (p. 3). Me esforcé para ofrecerle a mi hijo abundantes oportunidades. Nuestras experiencias no fueron todas fáciles ni exentas de dolor, pero nos han dado sabiduría y un mayor entendimiento. Al principio de nuestra vida como inmigrantes mi hijo y yo naufragábamos en aguas tormentosas, pero los mares se han calmado. Ahora disfrutamos de una vida más tranquila que nos permite participar plenamente en otros detalles de nuestras vidas y disfrutar de Los EE.UU. tal como son y no como yo locamente lo imaginé una vez.

Mis experiencias también me enseñaron que las perspectivas humanas cambian al igual que los colores emitidos por los diamantes. Cada circunstancia me enseñó sobre los demás y sobre mí misma, la importancia de los vínculos familiares fuertes, los fuertes valores, y la comprensión de las culturas. Sin lugar a dudas, mis experiencias culturales como profesora nacida en el extranjero y que trabaja en Los EE.UU. se han visto afectadas por la historia racial internalizada de cada región y la cultura agresiva. Doige (2007) dice que "en un grado mayor de lo que sospechábamos, la cultura determina lo que podemos y no podemos percibir" (p. 299). La forma en que yo fui percibida y categorizada: primero, como "latina", donde ser madre "latina" significaba tener muchos hijos o ser un oprimido sujeto femenino de color; pobre y carente de educación, y luego luchadora, exótica y criatura atrevida, muestra que la fabricación del otro/a es un concepto que expropia a la persona de su condición humana única. Los conceptos son precisamente eso, no determinan quién es uno, lo que hacemos, o lo que creemos.

Necesitamos un lenguaje de respeto que considere la cultura de cada uno y que esté basada en apreciación mutua. Los profesores extranjeros tenemos la responsabilidad de comunicar claramente y afirmarnos cuando nuestras diferencias corren riesgo de ser destruidas o maltratadas.

El proceso de la inmigración no es sólo chocante para el cerebro por las experiencias aditivas y sustractivas que se producen durante la aculturación (Doige, 2007), sino también por las infinitas ecuaciones de cálculo que estas cosechan en el cerebro adulto. En este proceso, la distribución de la energía es una inversión compleja en curso en el que cada inmigrante tiene que decidir ajustar, resistir o rechazar las demandas que la inmigración presenta en el nuevo entorno donde el inmigrante siembra y hace crecer sus sueños. Sigo logrando los míos y también lo hace mi hijo.

La **Dra. Lucía Galleno Villafán** es profesora asociada en Queens University, Charlotte. Estudió lenguas romances y literatur con un énfasis en Film en la Universidad de California, Berkeley. Su investigación sobre la representación de la violencia política en Perú la condujo a estudiar el trauma y la motivó a proseguir una maestría en consejería educativa, salud mental. Posteriormente Lucía añadió una maestría en ciencias organizativas y un certificado en coaching. El trabajo literario de Lucía ha sido presentado nacional e internacionalmente. Actualmente se dedica a escribir crónicas, cuentos y un guión para cine.

PIEL DE LA FRUTA

Tuve un sueño en donde estaba en un supermercado grande en Johnson City en Tennessee. En mi sueño todas las personas que estaban en el supermercado eran Latinos y hablaban en español. Debí haber sabido que era un sueño ya que en la década de los noventa parecíamos ser los únicos Latinos ahí. Veíamos a otros en los trabajos de construcción y en los campos de siembra, fuera de eso, parecíamos una población invisible. Ni siquiera sabía dónde vivían los otros, o dónde iban a la escuela. Sin embargo, en mi sueño, su presencia era una condición que acepté sin cuestionar, ignorando la improbabilidad demográfica. Hablaba con un hombre en la sección de frutas y verduras, tenía manos grandes y bellas. Lo vi escoger una pera y ponerla en su carrito. Me dijo: "Buenas señorita ¿qué onda?" Al principio se me dificultaba hablar con él porque hay grandes huecos en mi vocabulario, huecos que incluso en mi subconsciente perdido en la fantasía de mi sueño no podía ignorar.

Mientras conversaba con el hombre, merodeábamos entre las frutas y las verduras. Las manzanas y los jitomates eran de un profundo tono rojo que me capturaba con su textura redonda, hipnótica. Cuando tomé los jitomates, sentí que mi vida se entretejía en su fibra, llena y a punto de reventar, pero seguramente acogida por su fuerte y fina piel. Los colores vibrantes de las manzanas, las peras y las uvas me hablaban en un lenguaje único. Mientras continuaba tocando las uvas, imaginaba las manos que las habían cosechado de las viñas. Manos como las mías, las de mi madre, y las manos nómadas de mi abuela que cruzó la frontera para cosechar la misma fruta de mis sueños. Las uvas me entregaban mensajes desde otro mundo a través de su olor que cruzaba por su delgada textura. Mientras continuaba tocando las frutas y las verduras, toda su esencia parecía filtrarse a través de mi piel y palabras mágicas empezaron a llenar los espacios de mi inadecuado lenguaje. En un instante adquirí fluidez. La magia era difícil de aceptar, pero estaba tan agradecida de haber llenado los vacíos que lo acogí con cada punto y fibra de mi *corazón rojo*. Ahí, entre los jitomates y las manzanas me sentía completa, en mi hogar, palabras mágicas brotaban libremente como pensamientos innatos al respirar y ser.

Desperté, intenté aferrarme al sueño, pero se me había ido. Me dirigí hacía el refrigeradorcito de mi pequeño estudio. Se encontraba en un estado apocalíptico: había bicarbonato, leche agría, media barra de proteína y una bebida roja que alardeaba su contenido de nutrientes y electrólitos. Tenía un vago sabor a gelatina diluida en agua. Me volví a la cama a esperar que sonara la alarma. Era una de esas mañanas en las que no sentía nada, más que lo vano de la rutina diaria y mi mente se fue a las exigencias del día. Tenía una junta con la jefa del departamento. Solté un gemido y me acurruque en el olvido de mis cobijas. Estaba a punto de entregarme a la buenaventura de la negación cuando sonó el despertador.

Es el primer año de mis estudios de posgrado; mientras espero afuera de la oficina de la directora del programa, siento como si pudiera rebanar mi miedo en tajadas del mismo aire que respiro y luego ahogarme en él. Ansiosa por hacer algo con las manos juegueteo con mi bufanda. Insuficiente, entonces juegueteo con una pluma; un libro, el pelo, las uñas, cualquier cosa que pudiera entretener mis pensamientos y mis dedos. Observo los posters en la pared cuyas historias me son familiares guerra, opresión, perdida, amor, descubrimientos de algo, de todo, variaciones de temas conocidos. La sentí acercándose por el final del pasillo terminando de conversar con alguien más. Mujeres como ella me hacían consciente de que había mucho más en el cielo y la tierra de lo que esta al alcance de mi filosofía. Cuando se movía, los electrones en la atmósfera parecían cambiar, como la calma que precede a la tormenta, podía sentir sin duda alguna, su presencia a la vuelta de la esquina. Se dijeron algunas palabras finales; luego me invitó a pasar a su oficina. Pregunte si me permitía cerrar la puerta y caí en cuenta de que había usado demasiadas palabras para un pedido tan simple. Estaba aterrorizada de embarcar en una conversación acerca de raza con una mujer negra que por donde se le viera era intelectualmente superior a mi.

Una vez que habíamos terminado con los asuntos académicos; cambié a la difícil conversación que había ensayado.

"¿Recibió mi *email*?", le pregunté. "¿Por qué no fui incluida en la invitación?" La invitación a la que me refería era a una audición abierta para actores latinos en el área a fin de que mostraran su trabajo a compañías regionales. Había ensayado un sin fin de respuestas, "lo olvide" o "Si te la envié". Yo anticipaba algo que por algún motivo dejaba fuera a las latinas blancas. Quizá ella pensó que la invitación era solo para las latinas de piel morena o para gente que nació en un país latinoamericano. O quizá pensaba que mi español no era lo suficientemente bueno. Ella hizo una pregunta que no ensayé: "¿Te identificas como actor latino?"

"Sí", respondí instantáneamente sin detenerme en la respuesta. Hubo una pausa abrumadora. Entonces, dijo que en el futuro recibiría la invitación y me animó a que hicera la audición. ¿Algo más?, me preguntó. ¡¡Eso es todo?! Yo miraba al suelo. No quería que los ojos me traicionaran: estaba enfurecida, en shock y no sabía qué hacer con mi ignorancia. Pensé que un erudito negro entendería la política racial. Pensé que la gente negra conocía los problemas raciales. Según yo ellos simplemente entendían, lo sabían. ¿Qué si me identifico como latina? La pregunta me insultó y me humilló profundamente. ¿Qué es lo que quería de mí? ¿Un gran discurso acerca de todos mis problemas de identidad racial? Dios sabe que tenía mucho material de dónde escoger. Recuerdo a chicos más grandes que se burlaban de mi "nariz étnica". Incluso mi propia madre sonriente y con brillo en los ojos la llamaba "La nariz Celaya" y dijo que ella pagaría por la cirugía. "Lo siento cariño, te tocó La nariz Celaya" como si mi cara fuera la culminación de un chiste cruel: piel blanca y "La nariz Celaya". Recuerdo la vergüenza que sentía de que mis facciones no tuvieran sentido. Mi cara era un error. Debía haber sido uno o el otro. ¿Quería un ensayo que le explicara que entre los latinos también hay gente blanca? La rutina de "es complicado." ¿Necesitaba broncearme o explicarle mi árbol genealógico, de los trabajadores migrantes en mi familia, de la violencia de la frontera y de las curanderas que matizan mi historia familiar? ¿Qué es lo qué hace la identidad? ¿qué se requiere para validar con suficiente precisión la autenticidad de mi identidad racial? Le recordé que en mi aplicación había constatado mi raza y lo importante que era nuestra historia para mi. Ella respondió que había leído tantas que no podía recordar. Entonces caí en cuenta. ¿Por qué había sido tan ingenua como para asumir que ella sabía que yo era latina? Siempre asumí que la gente sabía. Cuando miraba en el espejo yo veía una latina y entonces asumía que los demás, por lo menos veían algún indicio, algún tipo de "ambigüedad étnica, tal vez latina o algo así". Con tanta gente que me paraba en la calle para preguntarme, ¿de dónde era? Parecía que ella había alcanzado una especie de catarsis en su silencio, por lo que se disculpó. La miré a los ojos. "Fue un error excluirte, no volverá a suceder."

"Sucede todo el tiempo" comenté. Ella parecía estar esperando algo más, tal vez. Así que yo dije "La identidad latina es un tanto complicada. La identidad latina es diversa... es complicada." Repetí tontamente.

"Tal vez tu monólogo final podría incluir algo sobre tus pensamientos del tema." Todos antes de graduarnos tenemos que presentar un monólogo final, como requisito de la maestría y mientras que estaba de acuerdo de que ese sería un gran tema..., No me meto en camisa de once varas con un monólogo individual sobre mi raza. Nunca me he encontrado cómoda en ninguno de los moldes raciales que se habían presentado ante mí; ni entre los *Blancos*, ni entre los *latinos*.

"Soy bi-racial" Dije abruptamente, como si al ser bi-racial se me excluyera naturalmente del diálogo.

Entonces recordé que hay quienes piensan que las latinas de piel blanca no deben llamarse a si mismas bi-raciales. Me disculpé y trate de pensar en una palabra que me describiera y que no fuera un término despectivo ni para ella ni para mi. De razas mezcladas.... No.... chicana.... ¿sería más acertado? Joder, realmente no había una palabra para mi. Quizás Mita, o media, pero yo no soy la mitad de nada. Nunca me gustó el concepto de mitad o describir mi identidad en mitades o fracciones. No hay mitades, mi identidad racial no es una ecuación algebráica con fracciones. Si quisiera utilizar las matemáticas para darle sentido al mundo, no hubiera estudiado teatro.

Ella respiró profundo y me dijo que entendía que había muchas complicaciones para las personas "de color". ¿Se habría percatado de mi pánico por encontrar una palabra adecuada? ¿Sería una ofrenda de su parte? ¿Soy una "persona de color?" ¿Me queda eso? De color.. tal vez. Color, por ahora, tendría que ser una de las palabras mágicas que llenen el vacío. Color…

Christen Gee Celaya, se tituló en literatura inglesa y teatro en la Universidad de Tennessee en Knoxville. Christen ha aparecido en varias obras teatrales en la ciudad de Nueva York y otros teatros regionales. Además terminará su maestría en teatro en la Universidad de Washington, Seattle en junio del 2016. Después de su graduación, Christen pretende retomar su carrera teatral y continuar escribiento obras de teatro, poesía y prosa.

LA CUMBIA DEL CAMBIO

Cambia la cumbia,
compadre,
cubre la chamba, don.

Cimbrea la cobra,
dale a la comba,
cobra la cincha,
pincha la chinche.
Cambia de cumbia, ¿no?

Abre la cancha,
cierra la concha,
cacha el chancho,
limpia la roncha.
Dale a la chamba, com.

Cachucha en la mano,
destapa la chela.
No queda ni chicha, ¡ni ron!

Dame bizcocho,
poblano, chipotle,
ceviche, sancocho.
Charola caliente,
pechuga de pollo, pon.

Atrás quedó el rancho,
la Malinche, los charros,
los chismes, cochambre,
la chispa y la madre.
Cómete el chicharrón.

No quiero chamacos,

rechonchos ni flacos.
Ponte las chanclas, ¡va!

Yo soy chilanga, chicana,
cholita española,
ketchup, coca-cola.
Pechera de dardos,
penacho de nardos, soy.

Cambia, comadre,
mueve las nachas,
baila la cumbia, ¡y ya!

Coral Getino es una doctora en Ciencias Químicas trasplantada hace 24 años de su tierra natal española a las colinas de Tennessee. Cambió una carrera de científica por otra de madre, instructora de español en la Universidad de Tennessee y fundadora de una organización dedicada al arte y la cultura latina. En la actualidad es presidente de la firma Spanish Language Solutions, Inc. donde es consultora, editora, traductora e intérprete de español, realiza investigación de campo sobre la cultura, artesanía y costumbres latinas, y escribe como pasatiempo.

BALADA APALACHE

Cambio de emisora y los parlantes vibran con la voz ronca de Johnny Cash. Voy sola en mi auto, rodeada de pequeñas montañas azules, con música country y cristiana como las únicas alternativas en la radio. La acalorada voz de un pastor quiere entrometerse por ahí y contarme las razones por las que mi alma está condenada. Es Johnny quien gana la batalla y tarareo junto a él un verso que dice 'camino la línea'. Me encuentro en estas palabras y pienso que yo también intento caminar por una línea. Pero a diferencia de la línea de la canción, la mía no es recta. Es más bien bastante torcida y algunas veces, hasta tengo que moverme en zigzag.

Subo el volumen y me pregunto cuánto falta para llegar. La duda permanece ya que es difícil saber donde estoy exactamente. A lo mejor estoy en Kentucky o quizás en el suroeste de Virginia. En estos lados las fronteras son borrosas y se confunden. En un punto cerca de aquí se puede contemplar el encuentro de tres estados y al mismo tiempo sentir que no se está en ningún lado. Hay una foto por ahí en la que tengo un pie en Kentucky y otro en Virginia separados en la imagen por una línea muy delgada. Me recuerda a otra foto del mismo estilo donde estoy sobre la línea que cruza la mitad del mundo, allá en el lugar de donde vengo. De repente veo las dos fotos transpuestas. Las líneas se cruzan y se enmarañan. Se encuentran y se separan en un complicado baile y yo intento seguirles el ritmo mientras bailo alrededor y entre ellas.

Me pierdo en mis pensamientos y la música de fondo se convierte en notas ondulantes llenas de recuerdos que me transportan cinco años atrás. Mi viaje al trabajo de oficina involucra cuarenta minutos de edificios, tráfico y docenas de vallas publicitarias. Un día decido que necesito un cambio de ritmo. Anhelo una nueva vida, un nuevo ambiente y un nuevo propósito. Mi espíritu de aventura entra en acción y escojo una recóndita ciudad sureña del país del norte. Pienso que por más apartada que se encuentre, el hecho de que aloje una universidad garantiza que sea un lugar civilizado y con muchas cosas interesantes por descubrir.

Un frío cruel sirve de anfitrión cuando piso por primera vez estas tierras en una tarde de enero. Parece una afrenta al calor sofocante que enmarca el inicio de mi travesía en el medio de una madrugada guayaquileña. Durante el viaje me preocupa no haber acordado en un punto de encuentro con la persona de la universidad que me viene a recoger. ¿Y si está en otra puerta? ¿Y si pierdo mi transporte en un sitio donde no conozco ni a un alma? Sin embargo, esa preocupación se disipa tan pronto aterrizo y da paso a una peor cuando diviso el diminuto aeropuerto que apenas se deja ver entre la abundante nieve. ¿Dónde he venido a parar?

En el medio de la niebla, los edificios se disuelven en montañas, el tráfico en soledad, y las vallas en letreros que despliegan severos versos bíblicos. Giro de nuevo el sintonizador de la radio. Ahora me ofrece *bluegrass* como alternativa. Los instrumentos se afinan y poco a poco empiezan a tocar para mí la sinfonía de las montañas. La música de los Apalaches es la nueva acompañante de mi danza alrededor de la memoria.

La mandolina trina y vuelvo a mi primera cena de pascua con una familia de esta zona. Luego de la pesada y simple comida, la madre se levanta de la mesa y anuncia como si nada que va de paseo a buscar culebras. Yo solo espero que los animalejos no quieran también dar un paseo para buscar humanos. El pequeño banjo tañe y me veo en mi primera feria de pueblo, abrumada con el mareante olor a frituras y perseguida por la mirada curiosa de una niñita rubia quien, al parecer, me encuentra bastante exótica.

El violín vibra con un sonido agudo que me recuerda el chirriante acento sureño con el que mis oídos deben luchar todavía. Marca también el ritmo de un viejito bailarín de nariz puntiaguda y un puñado de pelusas blancas en la cabeza. Sus pies golpean rápidamente y ligeramente el piso con una mezcla de pasos escoceses e irlandeses. Viste una camisa de franela y un pantalón de mezclilla del cual sobresale una gran hebilla plateada que salta con sus movimientos.

Las cuerdas de la guitarra acústica rasgan la melodía y me

encuentro en medio de una clase universitaria donde soy la única estudiante latinoamericana. Una vez más el profesor me ha preguntado cómo son las cosas en aquel lugar pintoresco del que piensa que yo vengo. Invento una historia colorida y dejo al despistado académico satisfecho con el minuto étnico de su clase. La letra de la canción de fondo quiere recordar al profesor que es precisamente esta región la cual es capaz de inspirar un montón de historias folclóricas.

Gruñe el bajo y resuena con montañas y más montañas, pastizales y más pastizales, rieles y más rieles, iglesias y más iglesias, banderas y más banderas. Este interminable coro me aturde y hace que añore mi ciudad natal. Extraño el mar de personas, las luces de los edificios y el graznido unísono de mil bocinas. A ratos me siento una citadina atontada por el silencio seco e inmovible de la vida rural. Pero luego de que la emoción del cambio de paisaje y de ritmo de la ciudad grande desaparece, algo raro sucede. Lo que me abruma ahora es el incesante alarido del tráfico, la muchedumbre constante y el paisaje cargado de edificios apretados uno contra otro impidiendo el paso de aire fresco.

En el medio de la estridente conmoción guayaquileña, la voz melancólica de las montañas me alcanza. Quieren que vaya hacia ellas y que me una a su monótono canto. En aquel momento, siento que me halan los dos lados de la línea. Me caigo y no sé de qué lado estoy. Es como aquel juego del elástico de la época del colegio. Se comienza saltando de lado a lado, separando los espacios y delimitándolos. Pero a medida que se progresa, los movimientos del jugador enredan los dos lados del elástico; los gira y los tuerce hasta que no se puede distinguir el uno del otro. Yo juego esperando no tropezarme mucho y lograr sobrevivir las inevitables caídas.

El final tenue de la canción que sale de la radio da paso al nostálgico eco de los Apalaches. Las montañas me susurran, al ritmo del viento, historias sobre las minas, el *moonshine*, las colchas de parches, la pobreza, y la inocente alegría de su gente. Las montañas me llaman entonando una balada y yo las escucho. Intento seguir su ritmo mientras camino sobre la línea torcida alrededor de la cual bailan mis notas. Un tren se acerca. Su bramido se une a la melodía.

Melanie Lucía Márquez nació en Guayaquil, Ecuador en 1976. Obtuvo un Máster en Administración de Empresas en Florida Atlantic University y un Máster en Estudios Liberales en East Tennessee State University. Ha presentado sus trabajos en varias conferencias académicas. Desde hace cinco años vive en la región de los Apalaches entre Tennessee y Virginia. Trabaja como profesora de español en una pequeña universidad ubicada en el suroeste de Virginia. Este es su primer cuento publicado.

PEQUEÑOS BOCHORNOS

Los niños siempre le llamaban para que Isaac se acercara a la valla con el único propósito de molestarle. No es tan difícil. Él casi siempre está solo, con la excepción de las poquísimas veces que le acompaña su padre. Los niños en mi clase se entretienen insultándole, "ve retardado, ¿a dónde vas hoy?" Isaac se ríe y le gusta la atención, pero cada vez que oye "tarado" salir de sus bocas golpea la valla negra de hierro forjado con su mochila y les lanza unas cuantas palabrotas. Todos los niños de la clase se juntan ahí a lado de la valla esperando que Isaac pase.

Odio la rutina de las mañanas en la escuela. Tengo que esperar en el recreo hasta que abran las puertas a las 7:45, y como mis padres tienen que estar en la fábrica a las 7:30, mi mamá me deja a las 7:15. Es una media hora entera en el recreo con estos niños. Las niñas llegan tarde, mucho más tarde, y, hasta ese entonces, me hacen picadillo. No hablo mucho con las niñas tampoco. No sé que decirles. Quiero ser su amiga, pero siempre me escogen como última para cualquier deporte. Softball, Balón prisionero, o a Las trais; siempre soy la última que escogen. No sé por qué porque la verdad soy rápida, además soy más rápida que todo los niños excepto Robbie, pero no puedo pegarle a la bola para nada. Tal vez por eso.

Por un lado, me siento tan mal por Isaac; me siento muy mal cuando le llaman retardado. Luego, por otro lado, estoy contenta que él pase cada mañana a las 7:20, sino sería mi cabeza en la guillotina: "ESSMMERALDAAA," ""melarda," "mela," "lela." Lo peor es que yo les contesto y regreso a ver cuando les oigo llamar. ¡Yo sé, soy una idiota!

El Ford, Pinto, 1971, de mami color amarillento tirando a vomitado llega a la entrada de la escuela. Solo tiene 11 años el carcacha, pero, hasta ahora, es el peor auto que hemos tenido. Yo estoy en el lado del pasajero sosteniendo la puerta con una piola de nailon. La calefacción tarda como 43 minutos hasta que empiece a funcionar, y hasta que no funcione, la puerta no se cierra. En realidad, tampoco se abre hasta que pongamos agua caliente por el ojo de la cerradura y en la puerta misma. Es un movimiento rápido y un Dios te salve María, porque si la puerta no se abre, se congela. Traducción: el abuelito me llevará a la escuela caminando. ¡Ay, la humillación! Ya tengo suficiente con lo que me recoge el abuelito todos los días, sí, cada día, después de la escuela, pero ahora son las mañanas también y todo porque esa puerta no se abre.

Echo el agua a la puerta y empiezo a soplar en la cerradura. Por favor ábrete, por favor ábrete, por favor ábrete, por favor ábrete. Está a 13 grados Fahrenheit, y es enero en Chicago. ¿Les mencioné que odio el invierno? Me saco los guantes y froto el mango de metal. Mis nudillos se ponen azules. Empiezo a patear la puerta, ¡Síííííííííí, se abre! Después de que mami se estaciona en la escuela, escucho la misma retahíla de advertencias, como cadena de nudos de la piola que sostiene la puerta o la sarta de cuentas del rosario: *No te salgas del recreo, cuidado con ir a la casa sola caminando, hoy te recoge tu abuelito.*

Cómo no que mi abuelito me recoge. El espera en el peldaño del primer piso, en posición militar. De vez en cuando, hasta me recibe con el saludo militar mientras yo bajo las gradas. Además, se hizo amigo del portero, el Sr. García, y eso fue lo suficiente para que él suba al segundo piso y me espere justo afuera del salón de mi clase: "Oye, melarda, lela, tu abuelito está aquí." No es un niño, pero todo un tropel que grita eso. Me acerco a mi abuelito para darle un beso en la mejilla. No me importa hacer esto cuando estoy en casa, pero ahora tengo todo el sexto grado que me está mirando. Afortunadamente, solo hay 30 niños en la clase en St. Tims, pero, eso también quiere decir que son 30 respondones con los que tengo que lidiar. Los días que María, mi amiga croata, camina conmigo a casa estoy contentísima, no solo por la compañía, pero resulta que esos días puedo caminar en frente de mi abuelito y puedo hablar con ella. Básicamente, no tengo que ir de su mano mientras regresamos a casa. No somos chicas plásticas de la clase, pero con tal de que podamos estar juntas, vamos bien. Somos las únicas niñas que hablan otro idioma. Hay dos niños, Gus y Robert que también hablan otro idioma; Gus habla griego y Robert habla polaco. Fuera de eso, son puros gringuitos.

Ese domingo estamos en la iglesia de St. Tims. Una niña esnob, Missy Meyer, está sentada en frente de nosotros con su familia. Durante la señal de la paz, papi le dice a su mamá, "gusto de conocerle." A ver, papi ha asistido a suficientes misas para durarle unas dos vidas, pero se ha de haber dormido o tal vez se le olvidó el Concilio Vaticano II. Nos reímos a carcajadas, especialmente mami que le encanta cuando papi es el hazmerreir de todos. Missy nos queda viendo. Si quieres, puedes añadir esto a mi repertorio de hacer el ridículo.

El lunes por la mañana llega como un perro rabioso listo para devorarme. Viramos la esquina a la Avenida Washtenaw. Estoy bien agarrada de la piola, de otra forma me caería del auto y ahí sí que picadillo. Salgo, y los niños, como siempre, listos para lanzar sus injurias matutinas a Isaac. Jake LaFromboise sobrepasa a todo el pelotón. Solo tiene 12 años, pero ya mide 5 pies y 10 pulgadas. Isaac está listo para la pelea. Jake grita, "Isaac el tarado no sabe ni que es malo." Isaac se saca las botas y se las tira a Jake. Los niños empiezan a reírse. Claro que las botas no le llegan a Jake, entonces Jake se las tira a la calle justo en frente del Ford de mami que está estacionado. Ay mierda, está saliendo del carro. Camina hacia Jake, ella con sus 5 pies y 3 pulgadas de altura, y le golpea en el centro del pecho: "Chut up you estupid kid. Go peek up de boots, NOW!" Ella señala la dirección en que están las botas y Jake las recoge y se las lleva a Isaac. Ella me da un beso y dice, "chau, mija linda." Olvídate, me van a comer viva. Los niños se ríen y Jake les da dedo. Robbie se acerca y me dice en el oído: "Tu mamá tiene cojones."

Danny sigue en el juego y me agarra y dice, "Te toca a ti."

Gizella Meneses es Profesora Asociada en la Lake Forest College en Lake Forest, Illinois. Dicta cursos de lengua española, literatura latinoamericana, español para hablantes del español por herencia, y literatura y cultura latin@ en los Estados Unidos. Sus campos de investigación son testimonios de inmigrantes latin@s de primera y segunda generación, y etnicidad y raza en la tradición oral colonial y contemporánea. Ha publicado en literatura latin@ en los Estados Unidos y su documental *Second Generation Stories: Growing Up Latino/a in Chicago* se estrenó en el Festival de Cine Latino de Chicago en el 2010 y en el Festival Internacional de Cine de Illinois en el 2012.

Elizabeth Jiménez Montelongo

DANZANTES SIN PIES

¿Por qué afirman que unos a otros
nos arrancábamos los corazones?
¡Fueron *ustedes* quienes intentaron arrancar los nuestros!
Pero cuando intentaron sujetarlos
ya los habíamos escondido.

Así que ustedes nos quitaron los pies,
las manos,
las lenguas.
¡Nos quitaron las cabezas!
Solo nuestros corazones permanecieron.

La sangre escurría,
pero escurría de las puntas
de las cruces filosas
que clavaron en nuestras vidas.
Ustedes las metieron,
aun chorreando sangre,
en tinta
y escribieron mentiras para disfrazar su maldad.

Nosotros plantamos sus cruces,
plantamos nuestras flores alrededor,
amarramos hojas verdes a las puntas.

Ahora, mientras que sin pies danzamos,
mientras que sin manos tocamos los tambores,
mientras que sin lenguas cantamos nuestras canciones,
y aún sin cabezas
recordamos la sabiduría de nuestros antepasados,
lavamos sus tintas
con la condensación
de nuestros cantos azul turquesa

y quemamos sus mentiras
con el fuego de nuestros corazones.

Volveremos a ser completos.
Compartirán con nosotros
sus pies, sus manos
sus lenguas, sus cabezas.
Remplazarán lo que nos quitaron.

Volveremos a ser completos.
Nos convertiremos en la Luna
y las aguas andantes
voltearan sus cabezas
y sabrán la verdad.

Volveremos a ser completos.
Compartiremos con ustedes nuestros corazones,
lavaremos la sangre y la tinta de sus manos,
y cuando al fin logren vernos
con sus ojos cerrados,
sabrán que somos uno.

El trabajo de **Elizabeth Jiménez Montelongo** está influenciado por
el estudio continuo de la cultura y filosofía de sus ancestros Anáhuac
(Mesoamericanos) y nativo americanos. En su arte, ella presenta
sus enseñanzas o las relaciona al pensamiento, vida, y problemas
sociales contemporáneos. Montelongo tiene raíces mexicanas que
incluyen una mezcla de herencia Anáhuac incluyendo la Purépecha
del área de Michoacán en México. El estudio de la lengua Náhuatl y
su participación en el baile mexica también influencian su trabajo.

En el 2010, Montelongo se graduó con una licenciatura en
Bellas Artes en pintura con una concentración en pintura y dibujo,
así como también una licenciatura en francés de la San José State
University. Actualmente vive y trabaja en Santa Clara, California.
Además de escribir poesía, Elizabeth Jiménez Montelongo es una
artista visual que ha presentado su arte en San Francisco, Seattle,
Washington y Nueva York. También forma parte del proyecto *We
Are You, de Nueva York.*

CORAZONES ENCERRADOS Y CANICAS DONDEQUIERA

—Sus niños se miran bien portados, Sra. Sandoval -dijo la viejita mientras inspeccionaba a Oscar, Charm y a mí. Nos paramos en una línea al lado de mamá, cada uno sonriendo dulcemente, excepto Charm que tenía su dedo pulgar en la boca. Ella tenía sólo tres años.

Estábamos ahí para rentar su casa en la Calle Mercy en Santa Fe. Era el año 1969 y mamá había escapado de Texas y de papá. La renta era demasiado barata para que mamá se pusiera a negociar los requisitos de la señora: teníamos que darle mantenimiento a la casa, dejar las cabezas de venado guindando sobre las paredes de la sala -las seis cabezas todas cazadas por su difunto esposo, y no se nos permitiría entrar al cuarto que quedaba al lado de la cocina. Un candado pesado colgaba del pestillo, y no nos daría la llave.

—Unas chucherías y retazos nada más -dijo la señora refiriéndose al contenido del cuarto clausurado. La casa había pertenecido a su familia y había vivido en ella toda su vida. Ella se iba a mudar al otro lado de la ciudad con su hijo y la familia de este.

—Tu hija debe ser una gran ayuda con los chiquitos -dijo la viejita.

—Oh si, Lydia es muy responsable para sus catorce años. Ella cuida de niños, si sabe de algunos -le respondió mamá.

Miré a Oscar y él hizo bizcos. No se portaba mal para tener ocho años y no se metía en mis cosas. Rozaba el talón de su zapato contra la grama para aflojar un pedacito de tierra.

—¡Miren! -dijo Oscar, recogiendo una canica enterrada en la grama.

—¡Ja!, has descubierto nuestro secreto. Hace mucho tiempo que perdimos nuestras canicas -dijo la viejita riéndose. Oscar le fue a entregar la canica pero la señora le hizo señas con la mano de que se la quedara.

—Toda tuya hombrecito y cualquier otra que encuentres.

Aparecen dondequiera -dijo la viejita. Nos examinó una última vez. -Y, ¿solo tienen un perro y un gato?

—Sí, señora, dijo mamá, solo estos dos-.

Yo no podía mirar a nadie cuando dijo lo que dijo.

Nos mudamos con los nueve animales que teníamos. Mamá consiguió un trabajo de mesera seis noches a la semana de 5:00 p.m. a 2:00 a.m. Los clientes viejitos del restaurante le contaron sobre la explosión, hacía unos 50 años que había cerrado la fábrica de canicas. Nadie murió, pero hubo una lluvia de canicas. La gente perdió sus trabajos y se mudaron a otros lugares.

Eran las vacaciones de verano y yo no conocía jóvenes de mi edad, así que me acostumbré a quedarme dormida temprano con mi hermano y hermana pequeña y cualquiera de los niños que cuidaba. Me despertaba a medianoche a leer hasta que mamá llegaba a casa. En ese momento leía Jane Eyre.

A primera luz escuché la puerta de un auto cerrar. Ninguno de los perros se despertó. Una briza suave levantó la cortina llevando en si el aroma maternal del mentol del cigarrillo que fumaba mamá. El crujido de la bolsa de papel me informaba que había traído a casa unas sobras gourmet: filete y camarones para los perros y los gatos. La voz de mamá, de un retumbar ronco, se adentró a la casa flotando. El bebé durmiendo a mi lado se movió. Era la hija de Rosa, una de las meseras que compartía el mismo horario que mamá.

Miré por la ventana. Mamá se había agachado cerca del seto cubierto de lilas que separa nuestra casa de la casa de Gordon. Le tendía su mano a algo, quizás algún animalito. Me deslice de la cama para no despertar al bebé y en puntitas caminé hasta asomarme sobre sus hombros.

—¿Qué es?

Mamá se asustó y quedó de una pieza sosteniendo un camaroncito sobre su corazón. -¡No te le asomes a la gente así! -dijo mamá, mientras miró su uniforme. Un signo de interrogación de salsa de camaron se le había marcado sobre la blusa blanca. -¡Carajo! Espero que la mancha salga al lavarla -dijo mamá.

Algo se movía entre los arbustos y aguantamos la respiración hasta que dejo de moverse.

—¿Un gato?

—No estoy segura… pero lo que sea puede que este hambriento -dijo mamá mientras encendía otro cigarrillo.

—¿Todo bien en la casa?-preguntó exhalando.

—El hámster de Oscar desapareció. Dejó la jaula en el balcón -le contesté.

—¿Se escapó?

—Nah, alguien tiene que habérselo llevado, pero dejaron una canica en su plato de comida; una tipo ojo de gato azul-. Oscar había conocido a todos los chicos de su edad en un radio de cuatro cuadras de la casa y todos coleccionaban canicas. La viejita no había mentido, las canicas aparecían por todos lados.

—Algún tramposo -dijo mamá. Los mitos locales sobre timadores era una gran cosa en Santa Fe, especialmente los dioses de la fertilidad como Kokopelli. Había leído como las niñas jóvenes le temían. Mamá se rió cuando le pregunté al respecto. -No solo niñas jóvenes -me dijo con un guiño.

Miramos nuevamente al arbusto de lilas. Su aroma perfumaba el aire de la mañana temprana. Midnight, mi gato negro, tomaba siestas entre las lilas y traía consigo su aroma a mi cama. Mamá se veía cansada.

—¿Todo lo demás, bien?

—En la tele reportaron OVNIS y Rosa no ha venido por su mocosa-. Caminé alrededor del carro cerrando los seguros.

—Claro, anoche los clientes no podían hablar de otra cosa-. La observación de OVNIS era un deporte en Santa Fe. Mamá escaneaba los cielos. -Quizás seamos la nueva Área 51-dijo mamá. Ella creía en extraterrestres de la misma forma que la gente creía en Dios. -No hablaban de otra cosa- volvió a repetir. Cabeceaba, aun mirando a los cielos, sin escuchar cosa alguna. El cielo aclaraba, pero las estrellas aún estaban visibles, ese punto medio de estabilidad entre la luz y la oscuridad.

—¿Por qué llegaste tan tarde?

—Salí con las chicas a desayunar. Querían ir a cazar OVNIS, pero yo estaba demasiado cansada -dijo al terminar un bostezó. -Rosa se fue temprano del trabajo, algo con su novio. Vendrá a recoger al bebé pronto.

—¿Por qué no llamaste?

—Mira que bien, mi mamá regañándome. ¿Qué? ¿Me vas

a castigar?

—Siempre me dices que llame y que...

Un auto chilló por la esquina y arrancaba por nuestra calle. Viró en una derecha cerrada hacia nuestra entrada y se detuvo a pulgadas de nuestro carro. La puerta del conductor se abrió y Rosa cayó de rodillas a la calle. El labio superior de mamá se curvó en una mueca de pintalabios rojo cuando vio el rostro magullado de Rosa. Su camisa blanca de Oxford tenía sangre en todo el frente.

—No lo hizo a propósito -la escuché decir.

Mamá se la llevó a la cocina para darle una bolsa de hielo, como siempre, y escuchar las excusas que Rosa creaba por su novio; era bien comprensiva con el *amor*. No quería escuchar lo mismo de siempre, así que me fui al cuarto a terminar Jane Eyre. No podía adentrarme en el romance, Rochester era muy rudo y complicado y Jane demasiado tolerante. Me estaba quedando dormida, pero podía escuchar algunas de las cosas que mamá y Rosa hablaban: maridos malos, padres malos, hombres malos.

—¿Tú crees que son buenos? -preguntaba Rosa, -o sea, que no son monstruos o algo así.

—Ellos lo que quieren es ayudarnos -decía mamá. ¿Qué otra razón tendrían para viajar desde el espacio hasta acá? No los hombres. Los extraterrestres-. Solo mamá podía entrelazarlos.

Después de sentarse en la cocina susurrando por lo que pareció una eternidad, Rosa y mamá se pararon frente a la puerta a despeirse. El bebé arrulló y movía sus brazos mientras Rosa se dirigía al auto. La vimos dar reversa.

—Es un mundo de hombres y Rosa deberá dejar de caer en las trampas del amor -dijo mamá. Siempre fue objetiva sobre los asuntos amorosos de sus amigas. "Asuntos", les llamaba, no amor, ni romance, y jamás matrimonio.

—A veces pienso en volverme a casar -decía ella. Dejaba de hacer lo que estuviera haciendo y me miraba a mi o a alguna de sus amigas o incluso a Oscar. -Por la seguridad nada más, ya sabes-. Pausaba sopesando sus opciones. -Entonces pienso en tener que cocinar sus comidas y lavar sus calzoncillos y hacerle sus cosas, y pienso, ¡NAH!-.

Ella se reía y sus amigas se reían y yo solía reírme también, pero, ahora miro a mamá y miro a sus amigas y me pregunto...

me pregunto acerca de las cosas que uno tiene que hacer en un matrimonio. Me pregunto sobre el amor y dónde encaja el amor en todo esto y a dónde va a parar el amor cuando finalmente se va. Seguí a mamá hasta el baño. Dos perros y un gato se nos unieron. Ella se sentó en el inodoro y orinó, suspirando. Las mascotas se acostaron en círculo a sus pies, sus colas dando golpecitos al piso. Me apoyé en la lavadora.

—¿Puedo tener un poco de privacidad?-mamá preguntó sonriendo.

—¿Ves algo distinto? Colgué una pequeña pintura abstracta en la pared opuesta al inodoro. Gordon *Dahling* me la dio. Es una mujer bajo una cascada-.

Gordon era nuestro vecino y vivía con Judy Darling. Eran hippies y ella usaba un apellido distinto al de él. Ambos tenían el pelo largo en trenzas amarradas a un collar de cuero y cuentas. Gordon trabajaba como obrero en el vecindario, pero en realidad era un artista. Señalé el remolino de color rosa.

—Las líneas que van de esta manera son la cascada. Esa es la mujer-. Mamá miró a la pintura con cierto desdén.

—Parecen arañazos de pollos, y su apellido es Lucero. Te dije que te mantuvieras alejada de él-.

Mamá confiaba en los niños y los animales, pero no mucho en los adultos, particularmente en los hombres. Sin embargo, pensaba que si los extraterrestres visitaban el mundo estaba bien. Su creencia en esas cosas era, quizás, su único romance. Junté las manos sobre mi corazón mientras revoloteaba mis pestañas.

—Siempre será Gordon *Dahling* para mí. Wendy Darling se unió a los niños perdidos… Ya sabes, ¿Peter Pan? ¿Los muchachos perdidos?

—Claro está, él si es un niño perdido.

—Mira-le dije a mamá-esto es lo que haces. Gira tu cabeza hacia un lado. No, eso es demasiado. Entonces, vuelve a mirar. No toda la cabeza, gira los ojos nada más. Mira el espacio al lado de la pintura, no a la pintura directamente. ¿Puedes ver a la mujer y la cascada?-Mamá estiró el cuello como una contorsionista y se puso bizca.

—Sí, realmente puedo verlas ahora-. Ella se río, se levantó y bajó la cadena. Uno de los perros saltó sobre sus patas traseras para beber agua de la taza del inodoro. Desmonté la pintura del clavo con coraje.

—¡Nunca entiendes nada!- Mamá puso sus manos sobre mis hombros. -Lydia, cariño, eres demasiado joven para Gordon. Encogí mis hombros debajo de las manos de mamá. Nos miramos una a la otra con cierto coraje.

—¡Mamá!-Oscar, con ojos soñolientos y no del todo despierto, entró al baño y orinó sin levantar el asiento.

—¿Madre?-

Oscar inclinó ligeramente contra nosotros con su cuerpo sobre desarrollado orinando un camino entre el asiento y el suelo.

—¡Mamá! -grité. Ella se rio y agarró un poco de papel higiénico para limpiar.

—Cariño -le dijo a Oscar, trata de recordar levantar el asiento. Las niñas se sientan a orinar y los niños orinan de pie, y…

—Y no nos gusta sentarnos en el orín de nadie -le dije. Oscar me miró, parpadeó sus ojos soñadores. Tenía las mejores pestañas, casi tan lindas como las Gordon Lucero, quiero decir, Gordon *Dahling*.

—Eh, ¿mamá-? Oscar me miró y luego miró hacia abajo. Ella se puso en cuclillas para mirarle directamente a los ojos. Solía hacer lo mismo conmigo. -"Dígame, mi hijo", le dijo mamá a Oscar en español. Ella solo hablaba español cuando estaba demasiado cansada y bajaba la guardia.

—Escuché los ruidos otra vez, dijo, usted sabe, los de la habitación cerrada con llave.

Todos habíamos oído ruidos que venían desde el cuarto cerrado. Poco o nada, pequeños rasguños y chirridos como resortes de cama. A veces escuchábamos la vibración de una nota musical, así al azar, como si alguien hubiera tocado la cuerda gorda de una guitarra. La casa entera crujía y gemía. De seguro había ratones en las paredes y mamá nos había advertido no acercarnos a la bodega donde ella había encontrado un nido de zarigüeyas. Gordon se deshizo de las zarigüeyas, selló las ventanas del sótano y le cobró poco a mamá por su trabajo. Rellenó algunos agujeros y reemplazo algunas telas de cortinas metálicas, pero la casa todavía parecía tener vida propia.

—Todas las casas tienen ruidos -le dijo Gordon a mi madre poco después de mudarnos. Habían estado bebiendo café en la cocina. Yo tenía tres bebés en los brazos ese día, pero me mantuve cerca de mi madre y nuestro nuevo vecino. Gordon era el hombre más guapo que había visto de cerca.

—Las casas se asientan -dijo Gordon.

—¿Se ajustan a qué, a menos? -preguntó mamá. Se rieron. Yo no entendí.

Mamá se quedó mirando fija a los ojos de Oscar. Nadie se movió, ni los perros, ni la gata. Un sonido feroz de succión acabó con el silencio. Charm estaba en la puerta del baño, su pulgar arrugado en la boca. Retorció sus rizos de cuervo entre los dedos de la otra mano. Sus ojos se dirigieron lentamente hacia arriba y hacia la derecha.

—¡Qué rico!, ese pulgar debe de estar sabroso -dijo mamá. Charm se balanceaba como si estuviera oyendo música que sólo ella podía escuchar. -Ven, dame un poquito-. Mamá arrodilló frente a mi hermana pequeña. El pulgar salió de su boca con un estallido y ella lo levantó al aire como una bandera. Mamá le besó el pulgar. Mi hermana sonrió y se abrazó al cuello de mamá.

—¿Quién tiene hambre? ¿Qué tal unos panqueques-? Con Charm aún en sus brazos nos condujo hacia la cocina, pero se detuvo y apretó su oreja contra la puerta de la habitación cerrada con candado. Yo y Oscar y los perros nos mantuvimos detrás, todos mirando con cautela hacia la puerta.

Mamá movió a mi hermana sosteniéndola sobre su otra cadera, pescó un cigarrillo del paquete en el bolsillo de su camisa y lo encendió con una sola mano.

—No pasa nada allá dentro-. A través del humo mamá nos miraba de soslayo observando a cada uno de nosotros hasta el último perro cobarde. Ella se dio otra calada del cigarrillo, alejando el humo de Charm. Trocitos de ceniza caían con cada chasquido.

—Me encantan los misterios -dijo y se marchó a la cocina.

Mamá tomaba sorbos de café negro mientras comíamos. Capté su mirada fija en mí.

—¿Qué?

—Estás creciendo linda, cariño. Y siempre has sido inteligente.

—Estoy demasiado flaca -contesté mirando hacia abajo a

mis pechos planos.

—Dese tiempo. Usted tiene atractivo sexual, y nada importa más, siempre y cuando lo tenga.

Envolví mis pechos entre mis brazos, animada, pero también alarmada. Atractivo sexual. Dos palabras que a menudo usaban mamá y sus amigas. Me gustó el sonido de la primera palabra, pero no sabía cómo manejar las dos juntas. Mamá cerró los ojos, aun sosteniendo a Charm en su falda. Eran las 8:30 de la mañana y ella no había dormido. El sonido de ganchos metálicos golpeando uno contra el otro le abrió los ojos de sopetón. Venía de la habitación cerrada con candado.

—¿Eso pasa de noche? -preguntó mamá. Los ojos de Charm se volvieron grandes y redondos OO… Mi cabeza dijo que no. Este era un ruido nuevo del cuarto clausurado.

Mamá posó a mi hermana sobre el suelo.

—Ya basta. Voy a resolver este misterio, pero primero tengo que ir a la tienda de comestibles-. Charm se negó a soltar a mamá y se aferró a su pierna.

—Vetealacama,mamá. Yovoyyrecojolonecesarioparalacena de esta noche y el desayuno de mañana. Oscar me ayuda.

Después de llegar a casa, Charm y Oscar miraban los muñequitos en la tele mientras mamá dormía. Fui al patio y llamé a los gatos para que comieran.

—¿Lydia? ¿Eres tú?

—¿Gordon?

—Sí, acércate a la pared-. Los arbustos de lilas se abrían cerca de la parte trasera de la casa para revelar un muro bajo de piedra por donde se podía hablar con el vecino, tener un atajo a la casa de un amigo, o… encontrase con un amante. Gordon *Dahling* esperaba ahí, su camisa estaba salpicada de sangre.

—No es nada. Un rasguño pequeño en la mano debe de habérseme abierto de nuevo. Ni siquiera lo sentí hasta que me di cuenta de mi camisa. Tenía su cuaderno de dibujo bajo el brazo. Carraspeé mi garganta.

—¿Quieres un poco de alcohol para la herida? Voy a buscarlo-. Me di la vuelta para irme.

—¡No, espera-! Los ojos de Gordon se apartaron de los míos con cierta culpa. -¿Harías algo por mí, Lydia? ¿Algo especial-? Asentí con la cabeza, casi sin poder respirar.

—Brinca -dijo dándole un golpecito a la pared. -Me gustaría dibujarte. La luz está perfecta. Se sentó en la grama y pasaba páginas de su cuaderno. -Háblame -dijo, mientras acariciaba el papel con su lápiz. Acomodé mi cabello detrás de las orejas y trate de sentarme derecha.

—¿Has oído hablar de los OVNIS? Yo no creo en ellos, pero mamá sí que cree-.

Gordon me miró sin levantar la cabeza. Sus ojos perdieron su redondez de costumbre y se volvieron encapuchados como los villanos en los cómics.

—Sí, todos tenemos que creer en algo. Todo el mundo en Santa Fe va a estar afuera buscándolos. De seguro no me gustaría encontrarme con uno, especialmente en la oscuridad. Oye, ¡te ves asustada! Me gusta-. Su mano voló sobre la página.

Me incliné contra la pared para estudiar el boceto que Gordon había hecho de una chica joven, sus labios carnosos separados por una sorpresa, los músculos de su cuello tensos como si estuviera lista para el vuelo. Tenía una mirada salvaje. Se veía bonita.

—¿Lydia? Salté atrás sobre la pared. Mamá se acercó a mí. -¿Qué estás haciendo-? Sus ojos estaban hinchados del sueño y su cabello sobresalía en ángulos extraños. Todavía llevaba su ropa de trabajo. La mancha del signo de interrogación sobre su corazón se había oscurecido.

—¿Gordon está ahí? ¿Qué hiciste?-Le entregué mi nuevo tesoro.

—¡Nada! Solo hablábamos y él me dibujó-.

—¿Qué tiene él que decirle a una niña de catorce años? -dijo mamá mientras partía el boceto en dos pedazos. Las mitades separadas de la niña bonita flotaban hacia el suelo. -Te dije que te mantuvieras lejos de él.

—¡Eso es mío! -dije mientras recogía los pedazos del suelo, tratando de juntarlos como un rompecabezas. Mamá ya se había vuelto camino a la casa.

—Vamos a abrir la habitación.

—Haces que todo parezca malo -le grité. -¡Yo no soy como tú! ¡Nunca voy a ser como tú!- Mamá cerró de golpe la puerta de la cocina. -Es mi vida, no la tuya -le dije al patio vacío.

Iba hacia mi habitación a llevar mi desgarrado dibujo cuando le pasé al lado de Oscar, mamá, y los tres perros que estaban parados frente a la puerta cerrada con candado. Charm dormía la siesta. Oscar me agarró la mano. -¡Vamos a entrar!- Mamá me sonrió como si nada hubiera pasado. La ignoré, pero quería ver la habitación. Ella insertó un destornillador debajo del pasador de la bisagra de la puerta y le dio un par de golpes con el martillo.

—¡Ja! No me pueden dejar afuera. ¿Qué creen que encontraremos ahí adentro?

—¡Tesoro! -dijo Oscar. Mamá se echó a reír.

—¿Qué les parece una momia arrugada en un baúl viejo?- Oscar sonrió. Fruncí el ceño.

—Lydia, ¿qué crees que vamos a encontrar? -preguntó mamá.

—Más preguntas sin respuestas -dije cruzando los brazos sin mirarla.

Dio otros golpecitos separando la bisagra de la puerta y la levantó, equilibrando con cuidado que el candado se quedara en su lugar. Esperamos a que liderara el camino, el resto de nosotros detrás de sus talones. Una cama de hierro fundido con felpa blanca sobre ella estaba directamente frente a nosotros. Había peluches de animales puestos contra las almohadas, y una guitarra colgaba en la pared sobre la cama. Cortinas de encaje blanco enmarcaban la única ventana. El sol brillaba color oro a través de una sombra amarillenta, destacando la pesada capa de polvo que habíamos perturbado. Había un tocadiscos con una pila de álbumes próximos a él, y una pila de revistas de cine de la época. Algunas de las páginas habían sido arrancadas y pegadas a la pared. Reconocí a Frank Sinatra de películas antiguas. Un suéter colgaba de la parte posterior de una silla. Mamá sostuvo su dedo sobre los labios. -Escuchen...-.

Un pequeño chirrido comenzó y luego se detuvo. Mamá echó hacia atrás el colchón de la cama y justo en el centro había un agujero gigante. Felpa vieja se deshizo y un nido de ratoncitos se veía retorciéndose. -La mamá y el papá deben de andar por aquí. Este cuarto debe ser como un paraíso para ellos -dijo mamá.

Abrió una gaveta del pechero frente a la cama. Estaba lleno

de ropa interior blanca, cada sujetador y braga cuidadosamente doblada. Otra gaveta tenía solo calcetines. Abrió el armario. Vestidos de algodón colgaban con otra ropa de invierno echada a los lados. En el suelo, varios ganchos de metal parecían haber caído dispersos de la barra. -Tal vez los ratones corren a través de los ganchos en el armario y las cuerdas de la guitarra -dijo Oscar.

Un gavetero con un espejo encima estaba de pie a lo largo de otra pared. Mamá se acercó y nosotros nos alineamos junto a ella. Un retrato de familia se reflejaba en el espejo. Mamá se quedó mirando mi reflejo. Evité sus ojos y miré hacia abajo a un cepillo y un peine con tope de tortuga que se encontraba a cada lado de un recipiente de vidrio transparente. En ella, cientos de canicas con ojos de gato azules brillaban como zafiros.

Los resortes de la cama crujieron detrás de nosotros. Charm se había sentado sobre la cama. Sus ojos miraron hacia arriba y a la derecha y el pulgar se deslizó fuera de su boca señalando a la guitarra. ¿Quieres tocar la guitarra? -preguntó mamá. Charm asintió, devolviendo su pulgar a la boca. Mamá tomó la guitarra y tocaba sus cuerdas mirándome. Viré mi cara. -Las sirvientas usualmente tenían este tipo de habitación.-Una joven doncella violada y asesinada por el marido. Le dispararon como a los venados en la sala. Su habitación es un trofeo-.

Le di la espalda a mamá y me miré al espejo. La habitación y mi familia reflejadas sobre el espejo se desvanecían. Me hablé a mí misma. "Tal vez una de las hijas de la casa quería estar sola en esta habitación, lejos de su familia, tal vez ella era diferente a ellos: romántica y musical y ordenada". Enfrenté a mi mamá. -Tal vez ella tenía un amante secreto que subía por la ventana de noche y le daba una canica por cada beso. Tal vez esta habitación pertenecía a la viejita. Quiero decir, tal vez era su habitación cuando era joven y aun sentía esperanzas. Tal vez ella lo guardó para recordarle del amor.

—¿Amor? -dijo mamá. Tragó duro.

—Y esperanzas.

—Las cosas no siempre...

—Salen bien. Lo sé, mamá.

Oscar le tiró de la manga. -¿Puedo quedarme las canicas? -"No, mi hijo" -le contestó mamá en español. Miró alrededor de la habitación una vez más hasta llegar a mis ojos. Los ojos de mamá se habían vuelto tan tiernos que me dolía mirarlos.

—Ella era muy querida, quienquiera que fuera.

—Sí, el amor, sea lo que sea -dije.

Mamá siguió mirándome, sin coraje, como si yo fuera una obra de arte que estaba viendo por primera vez. Devolvió la guitarra a su lugar en la pared. La observamos clausurar la habitación.

Rosa llamó para decir que su novio se había mudado. -¡Qué bien! ¡Qué se vaya! -dijo mamá. Después de decirse adiós, mamá mantuvo el teléfono en su mano por un tiempo. Entonces llamó al trabajo diciendo que se sentía enferma, algo que ella nunca había hecho. Para la cena preparó mi plato favorito, macarrones con queso, y vimos la televisión hasta tarde. No hablamos mucho. Charm dormía en el sofá y Oscar apenas podía mantener los ojos abiertos.

Justo antes de la medianoche, las luces y la televisión comenzaron a parpadear apagándose y prendiéndose y volviéndose a apagar. Mamá se quejó. -¿Y ahora qué? ¿Dónde están las velas, Lydia?- La televisión llegó de nuevo, y se escuchó un informe de prensa: "estelas de luces en el cielo nocturno que muchos de ustedes están llamando OVNIS. ¿No los ha visto? Simplemente saque la cabeza por la ventana, eso es todo…"

Mamá salió corriendo a fuera de la casa con Charm bajo el brazo como si fuera un balón de fútbol, y Oscar y yo le seguimos.

—¡Mira! -dijo señalando a las intersecciones de luces en el cielo que parecían estar espaldeando. -¡Esto puede que sea! ¡Esto podría realmente ser! Imagínate, Lydia, todo nuestro mundo cambiaria. Tiene qué ser así. ¿Dónde están las llaves del auto? -preguntó mientras corría de vuelta a la casa. Agarró los cigarrillos y su cartera, dejando la puerta abierta y sin seguro.

—Lydia... ¿vamos? –dijo, sus ojos brillaban como en las películas viejas de miedo.

—Si los extraterrestres te invitaran, ¿te irías con ellos? -le pregunté a mamá.

Su cara se puso plana. Cerró los ojos y frotó la barbilla contra la cabeza dormida de Charm que descansaba sobre su hombro. Se tomó un tiempo para responder.-Porque yo sí que no me iría -le dije.

—¿Tras las huellas de los OVNIs? -preguntó alguien. Gordon no esperó una respuesta. -El noticiero informó que la

Fuerzas Aéreas están haciendo maniobras-. Gordon sonrió y me guiñó un ojo. -Quizás es verdad, quizás no-.

—Gordon, ¿podrías hacer un retrato de Lydia para mí? Cuando yo esté presente.

Miró a mamá, me miró a mí y volvió la vista a mamá. Un cuerno de caza nos hizo a brincar a todos. Era Judy llamado desde la casa de al lado. Gordon se apresuró a regresar a Judy. Mamá me miró de nuevo.

—Yo nunca los dejaría por nadie -dijo. Levantó la vista hacia el cielo otra vez, protegiéndose los ojos como si fuera de día y no de noche. Yo no le creí ni por un segundo. Los extraterrestres eran su Rochester. Me sentí triste que hasta los extraterrestres pudieran decepcionarla.

Mamá poso a Charm en el centro del asiento delantero y se sentó al volante. Agarró el guía con las dos manos mirando al frente como si estuviese balanceándose. Yo cerré la casa. Oscar se sentó en la parte trasera con los cinco perros, y yo me senté al frente en la ventana del pasajero. Mamá miró al cielo de nuevo y salió en reversa. -¿Tienes miedo, mamá? -preguntó Oscar.

Ella puso el freno de emergencia y se giró para mirar a Oscar. Su blusa blanca brillaba fantasmal contra las luces del tablero, la mancha sobre su corazón más oscura que nunca.

—Probablemente no encontraremos nada, cariño. Sólo vamos a tener una aventurita siguiendo esas luces. Pronto el sol va a salir y será un nuevo día, y no vamos a poder ver las luces aunque van a estar ahí. Eso es lo que algunas personas creen-. Soltó el freno de emergencia y seguimos hacia adelante. Saqué la cabeza por la ventana y miré hacia arriba.

—Estamos siguiendo las luces en la oscuridad que nos llevaran a un nuevo día -dijo mamá, y en ese instante la noche se llenó de esperanzas.

Sandra Ramos O'Briant es la autora de *The Sandoval Sisters'*
Secret of Old Blood (La Gente Press, 2012). Esta novela ganó el
primer lugar en dos categorías en el ILBA XV, 2013: Mejor novela
historica y Mejor primera novela. Sus cuentos y ensayos creativos
han aprecido en diversas revistas impresas y en linea. Sus blogs
aparecen en el Huffington Post y www.bloodmother.com Se
puede encontrar un listado completo de sus publicaciones y
enlaces a las mismas en www.sramosobriant.com

Patricio Paúl Peñaherrera Cevallos

POLLICIDIO
Historia basada en hechos reales

Se oye el cacareo en todo el camión. El chisme dispersado por las gallinas es que por orden del excelentísimo señor presidente de alguna república, más cercana que lejana, se ha cerrado el paso por la frontera a cualquier tipo de animal, bípedo, cuadrúpedo, carnívoro, herbívoro, rumiante, ave, humano o maquinaria.

"Solo las piedras podrán pasar la frontera", dijo el excelentísimo, sin temor a equivocarse.

Un tronco de 20 metros, procedente de un árbol cercano, cayó en la mitad de la línea que dividía a los dos países, como señal desafiante hacia los vegetales que trataran de ingresar.

Bípedos vestidos de camuflaje verde se observaban paraditos junto al árbol con sus rifles en posición horizontal. Su camuflaje se confundía con las hojas del árbol que ya reposaban en la carretera y representaban una gran mancha de sangre.

El cacareo no paraba en el camión, algunas empezaron a poner huevos por la preocupación.

La decisión de cerrar la frontera del excelentísimo, según dio a conocer un pico que se encontraba cercano a la radio, fue ocasionada porque en el país del otro lado del cadáver del árbol, un brillantísimo presidente anunció que ciertos frijoles negros necesitarían visa para ingresar a su territorio.

Esto habría sido el detonante para que al excelentísimo le hirviera el cerebro y tache a la medida impuesta por su par como racista.

El excelentísimo presidente, con sus dos dedos de frente y gracias a sus asesores, llegó a la conclusión de que a ningún tipo de frijoles, sin importar su color, ni procedencia, tenía que imponérsele un visado. Es decir, según lo afirmó en cadena radial, los frijoles deben tener vía libre por todo el mundo.

El cacareo seguía constante y cobró su primera víctima. Una gallina de ojos oscuros y plumas negras estiró la pata. Esta gallina iba a ser hervida al otro lado de la frontera. Su destino no pudo cumplirse. El cacareo cesó por un minuto en honor a la primera víctima.

El pico se volvió a abrir cuando se escuchó que, en un país no lejano, también habían decidido cerrar las fronteras. En este país no era por cuestión de frijoles sino que un preocupadísimo presidente tenía miedo de que muertos vivientes, asilados, exiliados, refugiados, sicarios y otro tipo de animales, tan comunes y corrientes en estos días, entraran por la frontera y decidieran ejercer su derecho al voto.

Esto preocupó a cada una de las gallinas y pusieron huevos al mismo tiempo de la paridera que existía por este cierre de fronteras del mundo mundial.

La mayoría empezó a cacarear al aire para que les lleve las noticias a sus gallos para ver si estos ponían algún recurso de amparo que permita su paso inminente y urgente. Si esto no sucedía, el camión que las lleva a su destino, en lugar de ser transporte de pollos, terminaría siendo un gran panteón y el conductor y dueño del vehículo, correría el riesgo de que incauten el coche y lo declaren campo santo en honor a todas las gallinas y los huevos que fallecieron por el cierre de la frontera.

El mensaje surcó los cielos del país vecino. Voló como nunca las gallinas podrían volar. El cacareo hizo eco en los oídos del brillantísimo presidente que en un gesto gallinatario decidió inmediatamente quitar la visa a todos los frijoles.

Lamentablemente el mensaje llegó tarde. Y de las 500 gallinas que iniciaron el viaje solo llegaron 150. Los nombres y apellidos de las víctimas de este pollicidio serán develados en una placa junto a la estatua del árbol asesinado en una ceremonia dirigida por el excelentísimo y el brillantísimo.

Estos recuerdos serán puestos en la mitad de la línea que divide a los dos países para que no se vuelvan a cometer actos de tal barbarie. Algunas raíces del árbol fallecido decidieron seguir juicio a los dos países. Su demanda fue anulada por jueces conocedores del derecho natural. Los frijoles podrán seguir andando por el mundo sin visa hasta nuevo anuncio

Patricio Paúl Peñaherrera Cevallos nació en Quito en 1981. Estudió comunicación y literatura en la Universidad Católica del Ecuador y realizó un master en literatura latinoamericana en la Universidad de Purdue en Indiana, en los Estados Unidos. Inició su carrera como periodista de la sección cultura de diario Hoy de Quito y después continuó en el diario Expreso de la ciudad Guayaquil como redactor de temas ambientales y energéticos. En estos periódicos publicó reseñas y crónicas que reflejaron la cotidianidad de la comunidad y su desencuentro con la modernidad. Actualmente cursa sus estudios de doctorado en literatura latinoamericana en la Universidad de Tennessee y posee varios textos inéditos.

CRUZANDO ESPACIOS IN/VISIBLES:
¿CÓMO SE LE OCURRE?

"Oh, no, se pasóóóó". Un dicho que escuchaba y reconocía de cuando estaba en el jardín de infancia, cuando los miembros de mi familia comentaban acerca de alguien que había sobrepasado alguna norma social, comportamiento tradicional, un límite de cualquier clase, ya fuera una línea invisible de protocolo o un código de conducta. "Te pasaste." Cruzaste la línea imaginaria o, el leer entre líneas sería, "está vez sí que te metiste en un lío y lo vas a pagar."

En los tres volúmenes de la antología *Déjame que te cuente* hay cuentos de inmigración, de cruces transnacionales y cuentos de gente que vence obstáculos, sus hazañas y las experiencias sobre ubicarse en un nuevo ambiente. Pasar a otro ámbito significa transformarme, atravesar a otra dimensión. Nos pasamos de la raya implica que hemos cruzado una línea dibujada en la arena o una línea in/visible.

Nos pasamos significa que atravesamos. De hecho, los latinos han cruzado, o en algunos casos la línea ha cruzado a los latinos, de tal manera que el cruzar ha causado un impacto en la economía, en lo social y político, y en la cultura popular estadounidense. Las perspectivas en cuanto a los Estados Unidos como país y los latinos como parte de ese país han cambiado. El impacto del latino se ve a diario y nosotros los latinos, somos colaboradores de la expansión, no solamente de una nación, sino también de lo psicológico de la diversidad de una cultura que pertenece a la fibra constitutiva estadounidense. Dice Juan González en *Harvest of Empire*: -Nosotros hispanos no nos vamos a ir. Las estadísticas demográficas y tendencia histórica apuntan a un aumento de la presencia latina a lo largo de este siglo, no a una disminución. Sin embargo, nuestra conquista no es una reconquista armada buscando tirar a los invasores de las tierras sagradas que alguna vez pertenecieron al latino. Es una búsqueda de sobrevivencia, de inclusión basadas en la igualdad.

Es una búsqueda fundamentada en la creencia de que, después de quinientos años desde que se inició el experimento, todos nosotros somos americanos del nuevo mundo, y los enemigos más peligrosos no somos nosotros mismos sino la gran muralla de ignorancia que existe entre nosotros.-

Mientras que los latinos pasan barreras, y sobrepasan los desafíos que surgen vía líneas fronterizas in/visibles a nosotros, creamos un espacio para relatar nuestros cuentos y aportar al entendimiento celebratorio de que los latinos son incluidos y avanzan en los Estados Unidos. Ciertamente, el papel de la sexualidad y el género juegan una parte en la encrucijada de la vida. Creamos un sitio al cruzar, *Nepantla* donde consideramos y meditamos sobre los próximos pasos necesarios para lograr el sueño de la prosperidad. Psicológicamente, los latinos pueden obtener la riqueza de una gran experiencia y este ensayo es un *Testimonio* de las múltiples travesías que yo, como una chilena/estadounidense, he hecho.

Llegar al otro lado. Reflexionar sobre cómo sería la vida y luego vivirla a la vez que se reflexiona. Rebasé límites, sin embargo, ninguno de ellos se me había delineado para que lo viera. Yo estaba convirtiendo lo invisible a algo muy visible o mi pareja estaba representando una nueva realidad. Para entender mi experiencia de cruzar a lo otro y los espacios, tendré que empezar desde el principio. Mi padre.

El atravesó el océano, y el continente de América, para encontrar a mi madre en Chile. Se casó con ella y la trajo a los Estados Unidos donde nací. Desde la edad de seis años al presente, me enseñaron que no había ningún otro sitio como mi hogar. Sin embargo, no me prepararon para lo que enfrentaría en la escuela. Y a los seis años me di cuenta que el jardín de infancia era un terreno ajeno, y yo era a quien los otros llamaban "esa niña hispana". "Ok, entonces, ¿a dónde pertenezco?" Todavía, no obtengo esa respuesta, después de décadas de ser calificada por otros.

"Se pasó de la raya" sería la frase que algunos miembros de mi familia usaban para referirse a mi. Crucé la línea que otros en mi familia ni siquiera sabían que existía. Tengo muchas hermanas y me importa lo que pudieran pensar. Mi pelo tan corto no se considera femenino, y no es tolerable para algunos de ellos y tampoco lo es el *look* de mi hombre. Mi madre y mis hermanas se habían ido a al playa. Dos habían regresado de Puerto Rico. Estaban consternadas de haber perdido la oportunidad de verme durante mi corta visita familiar en Providencetown y mi hermana Juanita que se había quedado en Massachusetts les informó a Lola y Clari lo que pasaba. Se tiraron fotos que, como todavía no estaban en *Facebook*, entonces ameritaba una excursión al restaurante con vista al mar para conectarnos y compartir detalles. Las fotos aparecieron y empezaron las preguntas.

"¿Quién es ese?" dijo Lola.

"Ese es su hombre," Juanita contestó con aire despreocupado refiriéndose a mi pareja.

"No parece hombre," Clari comentó.

Juanita respondió como si estuviera en un auditorio de fisiología, "Demasiado estrógeno. Bajos niveles de testosterona." Todas inclinaron la cabeza asintiendo.

Mi madre me llamó para recontarme los sucesos del restaurante. Ella se preocupa por mí y de "¿lo qué dirán?" Mi madre siempre me había advertido que el migrar obliga a la persona a seguir adelante, a alcanzar la visión máxima que pudiera existir en el mundo de uno, creado por las decisiones y acciones de uno. Con tal consejo, "adelante con ganas" era mi lema mientras trabajaba para realizar mi sueño profesional —un sueño que se convertiría en realidad por una migración transnacional a lo desconocido, a las tierras extrañas y exóticas de Washington y Montana. A pesar de que aún antes de esto, yo estaba acostumbrada a moverme a diferentes regiones geográficas: Mi familia emigró a los Estados Unidos de Chile, precisamente a Massachusetts de Valparaíso. Y esta es mi historia de vivir pasando la raya desde la costa este hacia la del oeste y aventurarme en el amor.

Todo pasó un fin de semana de abril mientras viajaba por Montana a dos conferencias en Missoula y una reunión del grupo de artistas del noroeste en Miles City. Al regreso de Miles City a Missoula es cuando encontré la confirmación a mis sentimientos. Algunos errores de juicio en cuanto a las rutas —y mi teléfono móvil de la década pasada, no tan inteligente como las versiones del 2014— me dirigió a una posada en el *Spa Hot Springs* de White Sulfur Springs, Montana ya avanzada la noche. Después de regístrame y asegurar una habitación, me informaron que el spa cerraba a las 11pm, y como todavía tenía tiempo de meterme en las aguas sulfúricas, me saqué los pantalones que llevaba y me puse mi malla. En la piscina había una señora que me dio una bienvenida placentera y nuestra conversación sirvió como una copa antes de dormir. Además, muy sorpresivamente, solidificó mis sentimientos hacia un hombre que había conocido el año anterior.

Me habían invitado a participar en el seminario de teoría visual y cultural en abril del 2013 en la universidad, como parte de una serie interdisciplinaria de la facultad. Consistiría de reuniones informales para los tres participantes en un café local dirigido por un profesor francés, a quien le encantaban las tartas de chocolate con fruta suculenta, los vinos tintos, además de Helene Cixous y Julia Kristeva. Aunque tenía que buscar empleo, acepté la invitación y leí los libros que se habían seleccionado para la ocasión —Visual and Other Pleasures por Laura Mulvey y *The Visual Culture Reader* editado por Nicholas Mirzoeff, entre muchos otros de la lista.

Fue durante la segunda reunión en el café que quedé deslumbrada con el tercer miembro de nuestro grupo, tan deslumbrada que me había enloquecido por él —o mejor dicho quedé "perdidamente enamorada de él". Sé que no podría haber sido el aroma del vino tinto o la vista colorida de la tarta del profesor francés que me provocó mirar fijo a ese hombre, su cara hinchadita en forma de huevo, con un corte de cabello de marino, sus ojos castaños radiantes relucían suavemente cuando hablaba sobre los temas de arte e identidad de género. No fue hasta el final de la última reunión, su pelo rubio ya no portaba el corte de marino de cuatro semanas antes, sino que le había crecido a unos rizos de dos pulgadas que lanzaba hacia atrás, que su hidalguía emergió y me pidió que intercambiáramos números de teléfono por si acaso cualquiera de nosotros quisiéramos pareja para ir al gimnasio.

El suave color de sus ojos castaños nunca me llamó. Empecé a buscar la razón de por qué, yo, una latina, estaba alucinada con este intelectual, anglo, colega de Idaho. Siempre pensaba que iba a quedarme en mi elemento bilingüe, pero estaba más disponible emocionalmente para este hombre que cualquier hombre de mi barrio, específicamente, me refiero a un neoyorquino del Bronx. Aun así, mi recién descubierto vaquero no me expresó muestras de cariño por ningún medio tecnológico del 2013; mientras o después del seminario. Entonces, antes de irme a Nueva York por el verano, le deje una nota "que tenga un feliz verano, carita sonriente", y un trozo de chocolate negro orgánico en su casilla postal de la facultad.

En una conversación con una anciana jubilada en los manantiales termales, pregunté acerca de sus experiencias con las aguas medicinales. Respondió que le encantaba nadar en las piscinas de esa propiedad y que ella tenía un pase de temporada. Su llegada a White Sulfur Springs en el año 1989 había sido más que nada por su esposo quien, a pesar de que era del barrio, no le gustaban las aguas termales.

"No le gustaba el agua. Lo único que hacía era pescar," dijo ella, mientras hacía señas con su antebrazo y mano girándolos hacia adelante y hacía atrás lanzando una caña de pescar imaginaria y dando vueltas con la otra mano enrollando el sedal y cebo. Había estado en la fuerza naval, ubicada en una base de la costa del este, y su esposo había estado en la infantería de la fuerza marítima estadounidense. Cuando me informó que su esposo, quien había fallecido hacía trece años (QEPD), fue un marino estadounidense, hizo gestos con su torso, sus codos doblados a noventa grados ajustados a ambos lados de su tronco, sus manos depositadas en la armadura —una mano ahuecada debajo de la ametralladora imaginaria, la otra posicionando el dedo de tiro. Giró de la izquierda a la derecha, primeramente enfocándose en el mural del águila pintado a un lado de la piscina y luego enfocando su puntería a la escena del venado y el antílope del mural pintado al lado opuesto de la piscina. Asentí y la siguiente anécdota me abrió un nuevo mundo de comprensión.

Necesitaba la anécdota para entender el cariño que había adquirido por el hombre de Idaho y para explicárselo a él de la manera más sencilla que me fuera posible. Había tenido todo el verano para descifrar lo que era en él que me magnetizaba. En cuanto regresé a Washington de Nueva York, me reubiqué en la oficina de la universidad, y, una tarde, mientras caminaba a la oficina principal, lo vi. Mis ojos capturaron los suyos que buscaban algo en la pared: el reloj, bajo el cual me paré estratégicamente. Sonreí. En ese momento no sabía cómo era románticamente, pero fue lo suficientemente abierto para invitarme a su mundo de pasturas verdes, cimas de montañas cubiertas de nieve con robles de hojas perennes y aguas fluidas que solamente se ven en la ruta doce viajando a y regresando de Missoula. Me invitó a cenar con él una noche despejada, estrellada de Shabat: destinación Whoopemup en Waitsburg, Washington.

La mujer anglo sajona de pelo canoso, sus mejillas ruborosas ahora, un color que se comparaba con las rocas rojas vistas al costado de los caminos por los que había viajado por Montana, narraba su cuento con un tono que era informativo, testimonial y apesadumbrado todo a la vez, en un periodo de tres minutos. Concluyó su cuento con una confesión de amor, y me serviría como una validación de mi amor, del romance que estaba viviendo. Me dijo que en sus años de juventud, cuando el amor por su marino era fresco y nuevo, sus amigos de la fuerza naval y los civiles le preguntaban con sarcasmo, "¿Cómo podrías amar a un marino?"

Mientras nadaba como un pato en las aguas terapéuticas encogió los hombros, sus ojos azules mirando fijamente los míos, castaños, sentían su anhelo por ser aceptada. Pero de repente, mis ojos se movieron a toda velocidad al mural a nuestra derecha que portaba a los colonizadores e indios americanos —miré el lado que reflejaba la tradición de mi familia en cuanto al respeto por un anciano. Sin embargo, sé que el gesto se podría considerar irrespetuoso por otros de otra cultura. Entonces, solamente duró segundos, volví a fijar mi mirada en la suya, y humildemente, pupila a pupila, esperé la conclusión de su relato. En ese momento se sonrió y concluyó, "Por años no dije nada y luego, un día, después de escuchar la misma pregunta por la centésima vez, ¿Cómo podrías amar a un marino?' me armé de valor para responder a mis amigos…" Y las próximas dos oraciones estaban en un tono que avanzaba más alto al terminar la oración. "Bueno, cuando me enamoré…no sabía qué era..."

Me sonreí y suspiré. Asentí mi comprensión, ambas para ella y para mí misma, y mi amor —el hombre que todavía estaba descargando el vehículo y acomodándonos en la habitación del hotel, *Spa Hot Springs*. A estas alturas mis aguas turbias estaban clarísimas.

Después de nuestra cita en Waitsburg —y muchos viajes, conferencias, besos y diversiones— mi esposo me pregunta con frecuencia, "¿Cómo se te ocurre? ¿Cómo podrías haberte enamorado de mi? No soy guapo. Definitivamente no soy un modelo GQ o una estrella BET". A esas declaraciones respondía que fue un sentimiento —que comprendía su alma. Su aura me atrajo a su espacio por razones concretas desconocidas. "¿Cómo podrías amarme? No soy adinerado", diría él. Yo casi siempre enumeraba sus atributos como su riqueza, y él regresaría a su defensa en cuanto a su configuración biológica preguntándome si alguna vez yo lo dejaría para irme con cualquier otro hombre que estuviera "mejor equipado biológicamente". Esa conversación me entristecía y me sorprendía simultáneamente. Pensar que él creía que yo quisiera a alguien por una parte de su cuerpo y no a la persona entera. Me hacía daño admitir el hilo de pensamientos negativos y luego pescar tal hilo por horas, que a veces se convertían en días. Entonces me preguntaba: "Bueno, ¿preferirá a alguien que es más semejante a su pareja ideal en su mundo *queer*?" Yo era, lo que pensaba, una niña heterosexual. Y qué si hubo algunas temporadas homosexuales en mi vida, seguía identificándome como tal —y luego me di cuenta de que no había ninguna respuesta clara al caso de mi identidad de género, mi multi-hibridismo. "¿Cuál es mi definición ahora? ¿Cómo me auto-etiqueto hoy, en este momento, con esta persona que amo?"

Me despedí de la señora unos minutos después de las 11pm y entré a mi habitación ubicada cerca de la sección de hidromasajes del hotel, el sonido del agua chorreando calentando mis oídos a través de las paredes. Encontré a mi hombre escribiendo en la cama y cantando una canción de David Nail, "Whatever She's Got". Me oye y me pregunta: "Así es que, ¿todos empezaron a hablar con mi chile latina ahí afuera? Me sonreí, y le dije, "No papi. Llevo un bikini de camuflaje". Rugió: "Ja, ja, ja".

Sabía que en algunos minutos iba a escuchar su pregunta, entonces inicié la libertad de voz y amor. "Así que, papi, usted sabe que de vez en cuando usted me pregunta: ¿Cómo puedo amarle?"

Quitó su vista de la computadora y me miró: "¿Sí?" Y declaré orgullosamente, "Bueno, cuando me enamoré de usted fue un instinto natural aunque yo no sabía quién era usted totalmente, físicamente." Se sonrió con superioridad, su labio derecho oscilando hacia su oreja y el ceño fruncido. Vociferó: "¿Qué?"

Me quito el bikini y me acurruco a su lado y esta vez reitero más explícitamente: "Cuando me enamoré de usted no sabía que era trans". Silencio. Y luego añadí: "Estoy tan enamorada de usted, de una manera holística, que usted me importa, no a lo que usted le da énfasis, en cuanto a su anatomía. Usted es usted. Cualquier configuración que tenga le acentúa como persona, y la persona a quien amo permanece igual."

Esa noche fue el comienzo de una verdad que dura para siempre, que se fortalece cuando el amor es incondicional y sigue los anhelos del corazón. La vida se vive en libertad y se disfruta cuando uno se desarrolla por sí mismo sin preocuparse sobre asuntos profesionales, de estatus o género. Me encanta escucharlo cantar y él canta sin inhibiciones por cualquier crítica y así es como él vive.

Al regresar a Walla Walla de Missoula tomamos la ruta indirecta, la más larga. Una ruta norteña, un giro de último momento que pensamos que era la ruta directa que necesitábamos tomar, solo para encontrar que nos fuimos por las regiones cubiertas de una esplendida nieve del mes de abril. Sirvió como un bautismo para los dos mientras viajábamos con más consciencia de nuestra evolución como pareja. Ese camino que uno toma que se enriquece por la comunicación, la confianza, el amor y conocimiento de lo que le satisface al otro, y lo que nos alegra y da paz ya estaba establecido en los ritos de nuestra relación. Estar con una pareja que declara firmemente *queerness*, es para mí, estar de forma segura en Nepantla. Sé que en mi relación él me ama y me respeta, y disfruta la confianza y el gusto de su configuración más apropiada que refleja su ser: trans.

Al analizar mi vida por medio de la escritura, y el hecho de que escribo este testimonio, demuestran que he sobrevivido y ciertamente tengo una nueva perspectiva en cuanto a mi mudanza tan lejos de mi familia. Aunque el migrar sin familia es difícil, a la misma vez, estar donde hay muchas posibilidades para el amor, el empleo y la educación, a pesar de muchos momentos de ansiedad, es lo que necesitaba para mi alma y mi espíritu. Hay una energía que he llevado conmigo, del sur de América al norte de ella, y del noreste al noroeste, y el viaje internacional y transnacional corresponde a mi estatus transformativo. Me conformo con los misterios maravillosos del presente, cómo forman el futuro y cómo se aprecia cada momento mágico. He llegado a reconocer tales momentos mágicos en las lecciones del destino y creo también que tener fe en uno mismo, en que en cada viaje que se emprende, eventualmente se superará cualquier obstáculo.

No me puedo imaginar los detalles que seguirán, lo único cierto es el amor y el control de las emociones. En fin, uno debe reconocer las bendiciones para seguir adelante con fuerza y confianza. Es el hecho de creer en el realismo mágico. Y si en un momento a una persona le toca migrar, mi consejo sería tener la seguridad de que el universo lo llevará siempre a cumplir su destino. En la vida hay muchas encrucijadas pequeñas: las finanzas, la moda, lo culinario, el aseo, la rutina diaria y en general el bienestar del cuerpo, la mente, y el espíritu. Pensaba que podía encargarme de tales encrucijadas pequeñas, pero en el momento que tenía que cruzar un gran espacio, transformarme, por así decirlo, me preguntaba si podría encargarme de los cruces pequeños. La geografía, las barreras de género, la interacción social en vivo, el estado de ánimo, esos son los cruces duros. Afortunadamente, mi mente es flexible, lo cual significa que siempre hay un lugar donde cruzar. Siempre quise saber, "¿Cómo sería tener un espacio que pudiera ser propio?" Y, la parte más bella de ese lugar sería que nadie te insultaría, criticaría o humillaría en ese lugar de paz, que se traduciría a realizar su capacidad más saludable, abundante, inteligente y amorosa. "Oh, no, me paséééé. Me pasé de pura vida e imaginación".

Margarita E. Pignataro, Ph.D. es exalumna de Arizona State University. Profesora invitada de español, enseñó en Syracuse University y Whitman College. Sus cursos se relacionan con los estudios latinos/as chicanos/as; de género, de identidad, la inmigración latina, el arte, la lirica, la poesía, los medios de comunicación, el cine, el teatro, y performance. Su obra teatral, "A Fifteen Minute Interview with a Latina," se encuentra en *Telling Tongues: A Latin@ Anthology on Language Experience.* También ha publicado en la antología bilingüe Déjame que te cuente y en línea en: *Label Me Latina/o.*

Rebeca Rosell Olmedo

PALIMPSESTOS O LA DIVERSA ENTONACIÓN
DE UNAS CUANTAS METÁFORAS

Miami on my Mind
You can't go home again.
Thomas, one must go home again.
Terminar la vida al comienzo.
El camino no recto
serpentea y caracolea
como un río.

Relatos de familia,
historias de inmigrantes,
¿suben o bajan?
Your footprints create the road.
That's all.

The mighty torrents,
Rumbling tributaries, and tiny streams,
One and the same.
Vanity of vanities,
All is vanity.
Terminar la vida al comienzo.

Ars Poetica
No se espera mucho.
Words, no oraciones.
Impresiones, no coherencia.
Searching for a language that…
Expresses my voice.

No se espera mucho.
Le mot juste mission quasiment impossible.
Palabras, palabras confusas.
What is the exact name of things?

Searching for a language that enunciates me.

Spanglish, franglais, quechuañol,
Ethos, logos, pathos.
All fleeting.
¿Carpe qué? Castilian?
Replacing the Spanish Royal Academy, Cuban stew.
Contrapunteo cubano.

Prévert, Baudelaire, Juan Ramón Jiménez,
 Proust, Borges, Ortiz, Aristóteles.
¿Herramientas literarias que logran rendir cuentas?
Lengua inapreciable.

Language, embody my life experiece.
Mi magnífica desolación.
No herramientas sino correspondencias.
¿¿¡¡No se espera mucho!!??

Not many words woman.
Unassailable eloquence.
Evanescent style.
Mi voz, representación trans-lingüística.
Contrapunteo cubano in exile.

Rebeca Rosell Olmedo nació en Cuba donde pasó su infancia. Terminó de crecer en Miami, Florida. Como adulta ha vivido en Francia, Suiza y Perú. Actualmente reside conjuntamente en Carolina del Norte y sus amadas montañas en Virginia. Rebeca terminó su doctorado en letras hispanicas con una concentración en artes visuales en la Universidad de Carolina del Norte en Chapel Hill. Además de tener una maestría de la Universidad de Hollins (con una concentración en religión) y una segunda maestría en francés por la Universidad del Norte de Iowa. Su trabajo se ha publicado en el *Journal of Hispanic Modernism*, *Label Me Latino(a)*, *Art and the Artist in Society*, y *World Literature in Spanish*.

RÍO BRAVO

Cuando encendí el celular, eran las cuatro con treinta y tres de la tarde del lunes siete de junio. Me puse a revisar mensajes, contesté un par de ellos y apuré mi vaso con agua. Antes de apagar el teléfono me detuve un momento para ver la foto de fondo… mis hijos, Juan, José y Pedro, el mayor de los tres… sonreí al ver sus caritas amables y dulces, luego me fui a clase. Entré al salón, me paré frente a los padres de familia y los invité a sentarse para continuar la clase. El calor era agobiante. Mientras caminaba hablando frente al grupo, gruesas gotas de sudor comenzaron a resbalar por mi espalda. Estaba realmente incómoda, después de un rato me dio frío; pedí un momento para volver a salir del salón. Iba apurada rumbo al baño para tratar de refrescarme cuando vi que Pedro, mi marido, venía corriendo desde la dirección a encontrarme. Me detuve a esperarlo un tanto impaciente.

Pedro era director en la misma escuela en la que yo daba clases; de hecho nosotros la habíamos fundado hacía ya algunos años. Aquella tarde habíamos de terminar el curso de orientación para padres de familia, antes de que comenzaran las vacaciones de verano.

Cuando estuvo más cerca de mí, vi en su cara una mueca de dolor mezclado con miedo que me estremeció, lo recibí en mis brazos y en silencio lloró; no hubo necesidad de calmarlo pues fue solo un momento. Una vez que se soltó de mis brazos, me miró fijamente y entonces supe que nuestro mundo estaba a punto de volver a cambiar.

Aquella tarde en la Ciudad de Chihuahua hacía casi veintidós años, en la recepción de la casa de huéspedes donde vivíamos Pedro y yo, tomé una llamada de Lucía. Ella había sido novia de Pedro hasta unas semanas atrás y amiga mía. Hablamos por largo rato, yo la escuché atenta y alegre como siempre; sin embargo, mientras ella hablaba yo iba sopesando sus palabras y calculando mi estrategia. Me dijo que estaba embarazada, que Pedro y ella habían estado juntos mientras él había ido un fin de semana a Ojinaga a visitar a la familia, hacía poco más de dos meses. Yo le prometí apoyo, sin embargo me alegré de que ella estuviera en problemas pues siempre me pareció que era una muchacha banal y torpe. Según mi muy particular punto de vista ella iba por la vida como si alguien le debiera, desperdiciando oportunidades y mirando por encima del hombro a los demás, sobre todo a mí que era su amiga y a Pedro que siempre la había amado.

Recordaba los hechos como me los había contado Pedro una vez que había regresado de Ojinaga. El me había dicho que un día después de su noche de amor y antes de que él regresara a la ciudad Lucy había desaparecido. Había cruzado la frontera para ir a Miami en busca de su madre y no le importó dejar a Pedro partido de dolor por su desamor. Lucy ya me había contado sus planes desde hacía mucho tiempo, y por lo mismo no había querido ir en ese viaje a ver a mi propia familia. Yo tenía mis propios planes, dejé que todo pasara y una vez que Pedro había regresado a la ciudad, yo estaba ahí, esperándolo para rescatarlo. Estaba devastado y yo enamorada de él desde hacía mucho tiempo, estaba ahí para cuidarlo. A poco más de un mes de aquel evento y sin preguntarle si estaba de acuerdo, me cambié a vivir con él; yo estaba más que feliz.

La llamada de Lucy me puso en alerta. A ella le dije que Pedro tenía una relación seria con otra muchacha desde hacía más de un año. Lucy lloró de rabia, pero me pidió que lo convenciera de que hablara con ella. Yo se lo prometí, pero nunca tuve la intención de cumplir aquella promesa. En cambio arreglé todo para cambiarnos de casa de manera inmediata sin dejar dirección o teléfono para rastrearnos. Como siempre yo no le pregunté a Pedro si estaba de acuerdo; él seguía dolido y vivía como en automático, aceptando todo lo que yo decidía para los dos. Empacamos todo y lo mandé con la mudanza por delante. Yo me quedé a esperar su llamada. Aquella tarde, le dije a Lucy que él se había marchado, lo cual era verdad. Pero le dije que él se había ido al conocer la noticia de su embarazo y que no sabía dónde localizarlo, que se había expresado de una manera horrible de ella, diciendo que tal vez su bebé era de alguno de sus otros pretendientes. Lucy montó en cólera. Orgullosa como era, reaccionó tal como yo esperaba. Las personas tanególatras, son totalmente predecibles y por lo mismo presa fácil para ser manipulados, siempre y cuando se les dé un poco de lo que piden. Bastó con calentarle la cabeza un poco para escucharla terminar jurando lo que yo anhelaba escuchar. —No va a volver a saber de mí, ni de mi bebé—. Dijo que se iría lejos y comenzaría una vida nueva sin acordarse del pasado. Feliz por mi victoria me quedé al lado de Pedro y seguí mi plan hasta que me casé con él.

Es cierto que no era el esposo amoroso y tierno que yo esperaba, pero era respetuoso y honorable. Tenía grandes cualidades. Era líder por naturaleza, me encantaba escucharlo. Yo lo ayudé a llevar a cabo sus planes, los cuales gustosamente hice míos. Nos llevábamos bien. La vida nos había dado la oportunidad de fundar la escuela que tanto soñamos y de pilón nos regaló tres hijos varones; sanos, inteligentes y encantadores. No podíamos pedir más.

Cuando por fin se soltó de mi abrazo y dejó de sollozar dijo que debíamos ir al hospital de la zona militar. Entonces supe que algo muy malo debía estar ocurriendo pues Pedro era un hombre muy correcto, incapaz de perder la cordura así como así. Sin dar ninguna explicación salimos corriendo.

Antes de subir al coche, Pedro, me dijo que teníamos que ser fuertes, que Pedrito había tenido un accidente. Su voz se apagó en un sollozo. Subimos al coche y nadie habló en el trayecto. Llorando en silencio yo rezaba entre dientes mientras que él manejaba como loco. La escuela estaba en un barrio de escasos recursos muy cerca de la frontera, en la Ciudad de Ojinaga.

Nuestros hijos a veces se juntaban con otros niños del barrio para jugar mientras nos esperaban. Pobres, siempre eran los primeros en llegar y los últimos en irse. La escuela era su segundo hogar.

Aquella tarde los niños habían estado muy ocupados jugando al beis y luego fútbol en el parque cercano a la escuela. Por fin ya cansados, se habían sentado a contar historias. Más tarde Pedrito les recordó que solo tenían permiso hasta las cinco, así que decidieron seguir jugando para lo cual se fueron hacía la línea, al "bordo" como le llaman ellos al lugar donde supuestamente pasa el río, pero que durante la época de calor está totalmente seco; era un buen lugar para jugar diferentes cosas. Podían jugar carreras subiendo y bajando por las paredes empinadas de la construcción y también a esconderse tras las columnas y muros que soportan el puente para espiar a los agentes de la *border patrol*.

A veces, desde los matorrales que están justo antes de llegar a la pared de bajada; se esconden y observaban a los agentes con las manos pegadas a la cara haciendo rollito los dedos, semejando unos catalejos. Esto les divierte a ellos que además aprovechando la distancia y les gritan "cosas" a los pelones verdes que custodian la frontera al otro lado. Pedrito es el mayor de los muchachos y por lo general pone orden y los hace regresar y jugar a otra cosa; sin embargo hoy, Pedrito se ha dejado llevar y se ha unido a la palomilla de chiquillos que embravecidos les gritan cosas y les hacen señas a los agentes de la patrulla fronteriza.

Harry entró en la cocina, donde su esposa estaba preparando una cena especial para su hijo Peter, quien había sido promovido a un puesto fijo en las filas del *Border Patrol*. Todos en la familia estaban muy orgullosos de él; sobretodo ella, pues Peter era su mayor tesoro. Harry entró directo a servirse un vaso con agua fresca, se sentó y la llamó para que sentara con él. No era extraño que él la llamara. Siendo el hombre tranquilo y cariñoso que era, desde que lo habían jubilado hacía todo lo que ella le pedía y más. Deseaba con todo el corazón hacerla feliz, pues a pesar de tantos años juntos algunas veces sentía que algo faltaba, pero no sabía qué.

Había conocido a su esposa en Florida durante unas vacaciones. El amigo de su padre, quien había ofrecido su casa para alojarlo, organizó una fiesta, y ahí estaba ella. Él se había enamorado de inmediato. No hubo tiempo para noviazgos largos pues él debía regresar a su trabajo en la base de la frontera de San Ysidro, California, donde trabajaba para el *Border Patrol*. Durante la velada hablaron hasta la madrugada, se contaron todo lo que quisieron y no necesitaron saber más; se rieron a la par de muchas coincidencias y bailaron juntos alguna melodía cuando la fiesta había ya terminado y eran los únicos que quedaban. Dos semanas después, en una modesta fiesta, ellos dos, los padres de la novia y un par de amigos; se hicieron marido y mujer. Se fueron de regreso a San Ysidro. Tres años más tarde, a Harry lo ascendieron de rango, con una posición fija, mejor sueldo y base en la frontera del Paso, Texas. Ahí se establecieron. Ella había estudiado y se graduó con honores como maestra de primera enseñanza. Era respetada por su rectitud y cariño a los niños de su comunidad. Vivían bien, tenían una linda casa en una buena zona cerca del río. Tenían dos hijos, Peter y Sarah.

Sentados uno frente al otro, Harry toma su mano y la besa. Luego le dice que tiene noticias de Peter; hace una pausa y ella ve cómo se va descomponiendo, su cara se pone roja y luego rompe a llorar. Es como si él no fuera él y ella no fuera ella. Lo abraza y llora con él. No sabe que está pasando pero su corazón le dice que es algo grave, se siente inquieta. Por fin Harry la mira y le dice —Peter ha tenido una mala tarde, ha habido un accidente y está detenido, debemos ir al centro de detención de la Border Patrol—. Ella se levanta lentamente, se seca las lágrimas y sin mover un solo músculo de la cara va a su cuarto, se calza los zapatos de calle y baja sin prisa, como flotando. Ya en el centro de detención hay muchos compañeros y alumnos de Harry, todos lo saludan, o se cuadran a su paso.

Al entrar los llevan a la oficina del Mayor Johnson, encargado del centro de detención. Él les habla con rectitud pero claramente. —Peter está detenido por haber disparado su arma en contra de un joven. Hay versiones que dicen que fue del lado mexicano y es por eso que ha sido detenido. Hasta no saber claramente lo que pasó no estará libre. Pueden pasar a verlo. Hablen con él, le conviene decir la verdad de lo ocurrido, hay muchos testigos y su versión es contradictoria. Esto ya corre en las redes, incluso hay videos. No quiero engañarlos, la situación de Peter es muy "complicada" por decir lo menos. "Los de arriba" van a querer dar un escarmiento y me temo que no saldrá bien librado. Lo mejor es adelantarnos y declararnos culpables. ¿Tienen abogado? Porque podemos proporcionarle ayuda legal, ¿pero esto ya lo sabes verdad Harry? —Es lo último que escuchan del Mayor Johnson antes de que se cierre la puerta tras él, ya que a medida que hablaban los ha ido conduciendo al interior del centro hacia las celdas de detención.

Peter, parado frente a la ventana del pequeño cuarto con la mirada clavada a lo lejos, repasa en su mente lo ocurrido. No puede creer cómo todo se le salió de control. Al escuchar la puerta voltea y ve a sus padres; va directamente con su madre que lo recibe para abrazarlo —¿Qué pasó mijo, que pasó?—

Dan unos pasos y se sientan en el camastro; su padre se arrodilla y amorosamente se une a aquel abrazo de apoyo para el mayor de sus hijos, sollozan juntos.

Peter se ha graduado de la escuela la tarde anterior, le han dado su arma y su contrato. Luego de entregar el reporte de sus últimas horas de servicio social, ha terminado su turno. Está feliz, —lo orgulloso que va a esta mi *daddy*,— piensa mientras recoge sus cosas para ir a casa. A la salida se encuentra con sus compañeros, que le invitan al bar para festejar. Como nunca bebe, se emborracha fácilmente. Antes de media noche, sabiendo que necesita descansar, decide poner fin a la parranda e ir a casa. A la mañana siguiente, enfermo y de mala gana, se levanta a las 6 y se baña. Se siente mareado y con náuseas; su madre lo riñe pero le hace un café cargado y le prepara un par de sándwiches para más tarde. Peter le promete no volver a beber, y planea cumplir su promesa porque adora a su madre. Se reporta con su superior al cuarto para las ocho. Hacia las 4 de la tarde está totalmente harto, cansado y acalorado. —*An hour to go! Can't wait to get home and hit my pillow.* — Le dice a su compañero, —una vuelta más y seré libre—. Observa con sus catalejos recorriendo palmo a palmo su zona. —*Look there, those fucking chamacos again!* — Exclama mientras ajusta la mira solo para ver claramente que los niños les están haciendo señas, mentándoles la madre... —*Those little bastards!*— dice, sube a su unidad la enciende y se va. Ha decidido ir al encuentro de los pequeños intrusos, promete esta vez darles un escarmiento. —Solo un sustito pa'que aprendan a respetar y pa'que sepan que con los de la *Border Patrol* nadie se mete, y menos un puñado de fucking escuincles mugrosos—.

Al llegar al borde del río, se baja del vehículo; desenfunda su arma y comienza a perseguirlos gritándoles toda clase de insultos en inglés y todas las malas palabras que puede recordar en español. —*¡Come here little bastards!, ¡I´ll teach you a lesson! I´ll show you who´s the boss here!* —¡Pinches escuincles mugrosos, nalgas miadas! ¡Móndrigos piojosos!—. Los niños corren muertos de risa, se habían bajado por el muro y ahora van de regreso haciendo eses por en medio del río seco. Peter ha llegado al borde y sin pensarlo dos veces, baja corriendo por el muro inclinado, resbala y cae de lado golpeándose la cabeza. Antes de levantarse para seguir corriendo se da cuenta que esta sangrando. Cuando se levanta se siente confundido. Los niños se han detenido para mirarlo y se burlan de él a carcajadas. Peter enfurecido les hace señas con su arma y al ver que ellos ni se inmutan, dispara un par de ocasiones una vez al aire y otra directamente al grupo. Es entonces que los niños siguen corriendo, sus risas se vuelven angustia y gritos. Dos compañeros de la *Border Patrol* han seguido a Peter y tratan de alcanzarlo para detenerlo; le gritan que pare, que se detenga, que regrese, pero Peter se ha cegado y no escucha. Sigue correteando a los niños...

Todos los niños, menos uno, han llegado al lado mexicano; es Pedrito, que paralizado del susto, tembloroso y llorando y se ha escondido tras un pilar del puente. Peter está totalmente fuera de control, empieza a subir el muro inclinado del lado mexicano. Los compañeros de Peter retroceden. Peter dispara una vez más. Los niños, con el corazón a punto de salírseles por la boca, siguen corriendo más ligeros que el viento, dando tropezones, llorando y gritando.

Por fin Pedrito reacciona y al ver al agente corriendo hacia el lado contrario de donde está él, cree tener una oportunidad de escapar, sale de su escondite y corre escalando la pared rápidamente, alcanzando suelo mexicano. Peter que había estado dándole la espalda, voltea repentinamente y va de regreso hacia él. Lo alcanza casi de inmediato pues el chico ha tropezado y cae de bruces. Peter lo coge por el cuello de la playera, el chico dando manotazos tratando de zafarse, solo logra apretar su cuello con la misma playera, y comienza a ahogarse. Peter aprieta el puño con que lo tiene tomado de la playera y vuelve a insultarlo antes de accionar el gatillo, esta vez a quemarropa. Pedrito lo mira a los ojos y abre su boca para tomar aire pero su intento muere en una palabra inaudible, por un breve instante Peter se ve reflejado en los ojos de aquel niño.

Frenético, Peter quiere hacer algo, decir algo, pero es demasiado tarde, la bala ha hecho su trabajo. El niño, dando un último suspiro muere recostado en su antebrazo. Peter, lo estrecha contra sí y le pide perdón. —*I'm sorry. I didn´t want to..., I only wanted to scare you, please forgive me*—. Peter todavía más confundido, no puede creer lo que ha pasado, esta aturdido. A lo lejos, de repente escucha a sus compañeros que a gritos le piden que regrese. Se levanta dejando al niño en el piso. Emprende la carrera de regreso cuando ve a la gente que apretujada se ha parado en el puente a ver lo que estaba pasando; ve que algunos lo están grabando con sus celulares, va a taparse la cara con la mano y entonces se ve manchado de sangre, la suya y la del niño. Es hasta entonces que comprende por completo lo que ha hecho.

—Te lo juro *mum*— dice Peter llorando como un niño pequeño.

—Solo quería darles una lección. De verdad que solo quería asustarlos, ellos nos avientan piedras… Siempre nos insultan y me caí mamá, me resbale y me caí, y mira ma´ me salió sangre de la cabeza,—. Estaba buscando una excusa para sí, para poder entender lo que había hecho. Y continuó —La verdad es que no sé lo que pasó, todo se me salió de control, pero era mi deber. Estoy ahí para defender la frontera, *Isn´t that my duty dad?*— Peter guarda silencio por un instante esperando ansioso escuchar que su padre le responda que sí, pero de sobra sabe que eso no sucederá. Sabe que su padre es enemigo de la violencia, y sabe que su padre nunca hubiera disparado. El tono de su voz ha ido disminuyendo, y continúa casi susurrando —el niño era tan pequeño ma, murió mirándome a los ojos. Dicen que se llamaba Pedro *mum*, igual que yo, se llamaba igual que yo. Le pedí perdón, mami, te lo juro que le pedí perdón, no quería matarlo mami, no quería matarlo… ¿Tú me crees mami? ¿Verdad que ustedes dos me creen que no quería matarlo? Era un niño pequeño, no puedo creer lo que hice mami, perdóname, perdónenme los dos. ¿Y ahora… ¿qué va a pasar ahora?, ¿qué va a pasar?—. Su madre lo abraza fuerte y él cierra los ojos solo para ver el rostro ensangrentado del niño que ha fallecido entre sus brazos, mirándolo de frente.

Al llegar al hospital recibimos la noticia de que Pedrito, mi Pedrito, ha sido baleado y muerto… en condiciones un tanto dudosas, nos dice un policía que sigue hablando sin que nosotros escuchemos nada. Firme aquí le dice a mi marido y nos deja pasar. Viene un médico a nuestro encuentro. Nosotros caminamos apoyados uno en el otro conteniendo el terror como quien sostiene el aliento, avanzando queriendo llegar a nuestro destino y al mismo tiempo queriendo correr hacia el otro lado. Pedro, mi marido trata de detenerme pero yo solo quiero ir a verlo y cerciorarme de que no es él, de que no es mi Pedrito el que tienen allá. Quiero comprobar que todo es un error.

Me seco la cara con ambas manos, respiro profundo y le digo a Pedro —quédate tú si quieres, verás que todo es una equivocación—.

Soy la primera en entrar a la sala de urgencias donde tienen a mi pequeño cubierto con una sábana. Lo primero que veo son sus calcetines anaranjados de rayitas, sus favoritos; los mismos que la noche anterior me rogó le ayudara a secar para que pudiera usarlos hoy. Entonces me abalanzo y ni siquiera tengo que levantar la sábana, ya sé que es él, ¡Mi Pedrito! Me abrazo al cuerpo inerte de mi niño y lo beso. Quiero morirme con él, solo quiero morirme con mi pequeño…

Cuando recobro el conocimiento estoy en una cama del hospital, conectada al suero y a un respirador. Pedro, mi marido está muy pálido y se ve como enfermo, se acerca y suavemente me dice: —Sofi tenemos que ser fuertes. Tenemos a Julián y a José. Nos están esperando, también nos necesitan, son tan pequeños. La noticia ha corrido como pólvora por todos los medios, seguramente ya vieron o escucharon algo, tengo que ir a hablar con ellos, prométeme que vas a estar bien, solo ten calma, descansa, vuelvo enseguida.— Yo asiento con la cabeza y cierro los ojos. Él está a punto de irse cundo el doctor entra a la habitación y nos dice que los padres del joven que le disparó a nuestro hijo están afuera, quieren hablar con nosotros. — ¿Qué hacen aquí? ¡Qué se vayan! ¡Qué se vayan! — Hago por ponerme en pie pero no puedo. Pedro le dice al doctor que irá a entrevistarse con ellos.

Al llegar a la sala de espera se encuentra con una pareja, él mayor que ella; bastan dos segundos para que él la reconozca. De toda la gente que hay en el planeta nunca imaginó que ella estuviera ahí. Harry se pone de pié y Pedro se acerca y extiende la mano, va a comenzar a agradecerles que estén ahí, justo hoy para apoyarlos; sin embargo ella lo mira al lado del doctor, y se da cuenta de lo que ha pasado; la vida los ha puesto frente a frente casi veinte años después, en las condiciones más terribles. Pedro la mira a ella y comienza a entender, aunque no por completo, lo que ha pasado. Él entonces baja la mano y Lucy baja la cabeza. El doctor los presenta. Lucy clava la mirada en el piso y enmudece. Harry habla con Pedro mientras Lucy solo atina a pensar que Peter ha matado a su medio hermano. Se siente perdida y devastada. Cuando por fin vuelve a la plática, Harry en el mejor español que puede, le está pidiendo perdón en nombre de su hijo.

Pedro que ha escuchado solo la mitad de lo que Harry ha dicho, se ha quedado paralizado y perdido en sus pensamientos. Habían vivido siempre tan cerca. Separados tan solo por un río triste y seco, por dos muros inclinados, por un sinfín de recuerdos reprimidos en el silencio de las muchas noches que trataron de olvidarse. Al volver a la conversación, Pedro les pide que se vayan. —¡Qué ironía, el hijo de Lucy ha matado a nuestro Pedrito!—piensa. Sus entrañas hierven, quiere gritar y vomitar al mismo tiempo.

Sacando fuerza de mi sed de justicia, me levanto de la cama y salgo al pasillo en donde alcanzo a ver a la pareja que se va... reconozco a Lucy. Un micro segundo basta para darme cuenta de lo que ha sucedido. Lo más horrible de todo era lo que estaba por venir, puesto que yo sabía desde hacía casi veinte años que mis hijos tenían un medio hermano, que mi amado esposo tenía un hijo con Lucy. ¡Maldita, mil veces maldita! Corro hacia ella y me le voy encima a golpes, quiero matarla. La sombra de su recuerdo nunca había permitido que Pedro me amara como yo lo merecía y ahora su maldito hijo le arrebataba la vida a mi pequeño, que era sol y sombra de mi existencia, no solo porque era el primogénito sino porque en todo se parecía tanto a su padre. Enloquezco un poco más, la insulto y le grito cosas horribles. Alguien me lleva de regreso a la cama y me ponen un calmante. Alcanzo a escuchar que Pedro le pide al doctor que me mantenga sedada hasta que considere que puedo sobrellevar los acontecimientos.

De regreso en el cuarto, intento entre sueños hablar con Pedro, decirle la verdad. Pero me quedo ahí, con mi secreto bien guardado. Antes de dormirme totalmente pienso que esa era mi última oportunidad de hablar. Intento abrir la boca pero no puedo, se que Pedro está ahí, puedo escuchar su suave respiración, siento que esta acariciando mi mano, pero mis labios sellados no se abren, mis ojos permanecen cerrados. Entonces mi corazón late aprisa y estoy corriendo en el parque con mis hijos, estamos jugando a la gallinita ciega — un juego que jugamos parados en un círculo, una persona cuyos ojos son cubiertos con una pañoleta, tiene que atrapar a alguien del círculo, la primera persona que es atrapada se convierte en la gallinita ciega. La gallinita ciega elige si quiere ruido o silencio, entonces la gente del círculo aplaude o se queda en silencio, moviéndose para no ser atrapados. —luego vamos corriendo en la playa y nos metemos al mar, estamos jugando saltando las olas tomados de las manos. Luego solo remolinos de viento y tormenta y las nubes negras que obscurecen el cielo encima del techo de la casa y de la escuela. Mi hijito, pobrecito, tiene sus piecitos fríos. Yo lo estoy vistiendo y le vuelvo a colocar sus calcetines naranja de rayitas azules y luego lo arropo y lo beso y me quedo acostada junto a él. Nos morimos todos juntos.

Pedro decide ir a casa, tiene que ver a sus otros hijos, y a hacer los arreglos en la funeraria. Sus hermanos, sus amigos, los papás de sus alumnos lo reciben, los papás de los otros chicos que estaban con Pedro en el momento del asesinato también están ahí. Todos vienen a presentarle sus condolencias y a brindarle apoyo al querido maestro Pedro. Los medios de comunicación se arremolinan en la puerta de su casa. Pero Pedro solo quiere hablar con Julián y José y tan pronto los mira sin saber que decir, los abraza y llora con ellos.

Los padres de Sofía y sus padres están ahí. Pedro con su dolor a cuestas enfrenta a los medios y pide todo el peso de la ley para el asesino de su hijo y rompe en sollozos —Solo quiero justicia. Por favor, pido respeto. No hagan un circo de esto—.

Harry y Lucy están en el auto camino a casa, también se sienten devastados; sin embargo es ahí cuando Lucy decide confesarle a Harry que Peter es hijo de Pedro. Harry se estaciona y toma sus manos y mirándola directamente a los ojos la corrige diciéndole suavemente, —*Peter is my son, he´s always been my son*. Peter es mi hijo, siempre ha sido mi hijo—. Va a dejarla a casa. Y con todo su amor de padre, decide volver a acercarse a Pedro.

Al llegar a la funeraria, entra al velatorio con temor. Hay mucha gente, ve de lejos la caja cerrada y reconoce el olor a dolor. A la luz de las velas, Harry puede ver el rostro abatido de Pedro y se asombra al descubrir el parecido con Peter. Se acerca a una señora y le pide que llame a Pedro; le dice que necesita hablar con él unas palabras, que viene de la embajada americana. Decide mentir ante la posibilidad de que Pedro rechace la entrevista. Le pide discreción —para no alertar a los medios—le dice, y que lo esperará en la oficina. Pedro acude sin hacerse esperar.

Ya en la oficina Pedro ve a Harry e intenta irse, pero éste lo detiene. Empieza por disculparse de nuevo, le dice todo lo que puede en pocas palabras acerca de Peter; de cómo se ha esforzado siempre por ser un buen chico, le suplica desde el fondo de su corazón de padre con lágrimas en los ojos que perdone a su hijo. Pedro se ve muy alterado. Está muy enojado pero se mantiene en calma y en silencio. Ante la dureza en la mirada de Pedro, Harry se ve obligado a decirle la verdad. Pedro no entiende nada. Es entonces cuando Harry le cuenta qué Lucy estaba visiblemente embarazada cuando se conocieron y cómo cuando ella trató de darle explicaciones él le dijo que el único padre que su hijo tendría sería él; que Lucy le había contado todo la noche anterior, justamente después de regresar del hospital.

—Antes de eso yo no sabía nada. Y nunca la habría

cuestionado, porque la amo y amo a Peter como a mi propio hijo. Sin embargo, dijo—esto no cambiaba el hecho de que en algún momento equivoqué el camino en su educación, ya que no pude enseñarle los límites entre las acciones como oficial y aquellas que son solo su responsabilidad como hombre, como ser humano. Sin lugar a duda no he hecho un buen trabajo, y por esto le pido perdón, por no haber educado a su hijo correctamente.—

Pedro había quedado de pie junto al escritorio, mismo que le sirvió para sostenerse. —Voy a hacer todo lo que esté a mi alcance, se lo prometo.— le ofreció su mano.

De vuelta en el velatorio inclinado sobre el féretro, Pedro está rezando, pide entender todo lo que ha pasado y cómo resolverlo, ¿cómo se lo va a decir a Sofí? En un impulso va apresuradamente a la salita de reposo. Ella, que había llegado hacía un rato, estaba sentada hacia el fondo, junto al ventanal. Estaba como zombi, sin embargo algo atrajo su atención y cuando alzó la cabeza, vio en los ojos de Pedro la verdad que había casi olvidado y que ella había sabido por tanto tiempo. Se levantó para abrazarlo; quería explicarle. Pedro cayó en cuenta que ella había sabido la verdad todo ése tiempo, entonces dio media vuelta y sin decir nada salió del velatorio.

—Ella sabía todo y lo ocultó. ¡Maldita sea! Yo sé que ella siempre me amó, pero me engañó, traicionó mi confianza, decidió por mí—.Al acercarse a la salida comenzó a llorar de nuevo, esta vez sin vergüenza alguna dejó que sus lágrimas corrieran. Alguien se acercó y rechazó el abrazo: necesito estar solo— dijo.

Ya en la calle el sol comenzaba a asomarse en el horizonte. El aire fresco le dio de frente y sintió alivio. Vio a Harry, quien se había quedado sin subirse al auto, tratando de aclarar sus pensamientos antes de regresar a casa. Caminaron lado a lado sin decir palabra por más de una hora. Después Pedro, le ofreció su mano para darle las gracias por amar y proteger a su hijo: *—hay momentos en la vida que independientemente de lo que los padres nos enseñan somos nosotros quienes ejercemos nuestro derecho a elegir. Y a veces elegimos el camino incorrecto. Dígale*

eso a Peter. No se culpe más amigo, vaya a casa tranquilo. —

"Agente de la Patrulla Fronteriza dispara y mata a un joven de 14 años" CNN.

Lunes 7 de Junio 2010

Se cree que agentes de la Patrulla Fronteriza dispararon contra el menor, quien, según sus familiares, se encontraba jugando con sus amigos en las inmediaciones de la frontera.

Gabriela Toledo Anaya, nace en la Ciudad de México en Mil Novecientos Sesenta y Tres. Pinta y escribe desde temprana edad. Ha viajado y vivido en Inglaterra, Francia, los Estados Unidos y México. Mediante el estudio y el trabajo ha incrementado su conocimiento de otras culturas. Actualmente cursa el programa de escritura creativa en la Universidad del Claustro de Sor Juana. Es maestra particular de inglés como segunda lengua y traductora *Free Lance*.

GALLO GALLINA

Ya tenía veinte minutos de retraso y Salvador esperaba pacientemente a que Paula apareciera en el bistró de moda de La Joya donde generalmente se veían para almorzar. Era un pequeño lugar decorado estilo campestre francés. Las ventanas estaban adornadas con encaje blanco y la porcelana en que servían tenía las típicas gallinas y gallos. Las francesas dueñas del lugar, se habían mudado a San Diego hacía varios años, y estaban orgullosas de tener un pedazo de Francia en el Sur de California. La plata siempre pulida, los blancos manteles perfectamente planchados, todo deslumbrante, justo como a Salvador le gustaba. Horneaban su propio pan cada mañana y cocinaban la sopa a fuego lento. Salvador hacía una reservación para la hora del lunch dos veces por semana. A los dos les gustaba ese estilo Vintage europeo. A Salvador le recordaba a su bisabuela española.

Paula llegó corriendo, abriéndose paso por en medio de la gente y buscándolo con la mirada. Era mediana, con cabello rubio, una pequeña nariz angular y profundos ojos verdes. Llevaba en una mano un muestrario de tela y algunas revistas en la otra. Se veía elegante enfundada en aquel traje gris de falda de dos piezas, a pesar de aquel aire salvaje que le daba su cabello alborotado. Paula sonrió tan pronto lo vio. Al mirarla él pausó un momento en su sonrisa que se torcía ligeramente hacia un lado, lo cual la hacía absolutamente adorable, y lo hizo olvidar de inmediato los veinte minutos de espera y le devolvió la sonrisa.

"¿Cómo estás? ¿Todo bien?", cerró la revista que había estado hojeando mientras esperaba y se levantó para besarla y jalar la silla para que ella se sentara, luego se volvió a sentar y tiernamente le acomodó el cabello, como un estilista profesional preparándola para salir al aire en la televisión. Se besaron brevemente, mientras ella apretaba su mano.

"Lo siento cariño pero tengo un gran problema en la oficina. La campaña para la Ford necesita estar lista para esta noche y Tommy, el escritor, está enfermo. Así que estoy atascada con el otro escritor quien no tiene ni idea del concepto hemos estado manejando para esta campaña ¿Captas? Tuve que actualizarlo antes de venir para acá." Ella puso sus cosas en una tercera silla y comenzó a ver el menú. "Creo que no podré ir a la cena esta noche. Tengo que quedarme en la oficina hasta que todo esté terminado."

"¡Qué lástima!" Salvador llamó a la mesera con la mano y continuó, "De verdad quería que conocieras a Francisco. ¿Estas segura que no puedes llegar?"

"Ya deberías de saberlo, en estas campañas cuando hay una fecha límite, hay que cumplirla y no hay mucho que pueda hacer ante esto".

"Creí que… Sabes que esto es importante para mí".

"No es que no me importe, pero es mi trabajo Sal".

"Ya sé, llamaré a Francisco y posponemos la cena para el viernes. ¿Ya habrás terminado para entonces verdad?"

"Claro que sí mi amor, te acabo de decir que la campaña necesita estar lista esta misma noche. Vamos a presentarla al cliente mañana temprano. Ni siquiera creo poder regresar a casa esta noche. Insisto en que vayas tú de todos modos. Ve y diviértete con tu viejo amigo, lo necesitas. Has estado muy estresado; has estado trabajando tanto y luego con lo de la boda… Te has hecho cargo de todo… hasta de las flores".

Ordenaron el almuerzo; él tomaría una ensalada y té verde helado. Ella pidió un panini, sopa y una cerveza. No era común que ella tomara a la mitad del día. Él la miró con sorpresa y, una vez que el mesero se había retirado, Salvador le dijo,

"¡Vaya!, ¿vas a beber una cerveza a la mitad de un día de trabajo? Apenas son las doce. ¿No estarás demasiado estresada?"

"Bueno, solo un poco, y siento que necesito relajarme. No te preocupes Sal. Mejor échale un vistazo a este muestrario de telas. Ayúdame a decidir cuál es la mejor para mi vestido y para el vestido de las madrinas… ¿Cuál te gusta?".

Mientras ella seguía hablando, Salvador jugueteaba con los cubiertos. Se le vino a la mente cómo su abuelo comenzaba a beber a mitad del día. En España esto no era raro, un vaso de vino en el almuerzo. De cualquier manera, años más tarde, cuando ya vivían en México, su abuelo no podía parar en un vaso de vino, tomaba dos o tres. Para el final del día ya se había tomado toda la botella, algunas veces incluso dos. En realidad nunca se veía borracho, solo enrojecía. Iba de regreso a trabajar y nadie decía nada. ¿Y cómo, si él era el dueño de la *Hacienda*? Nadie, ni siquiera la abuela podía decirle nada.

"¿Quieres un traguito?" Dijo Paula ofreciéndole el vaso alto y dorado, y él aceptó, tímidamente, forzándose a regresar a la mesa y enfocarse en ella. Ella nunca había tenido problemas con la bebida, y no iba él a condenarla por un trago. Era solo el hecho de que hubiera pedido una cerveza, ni siquiera vino, y a la mitad del día, lo que lo había puesto a pensar. "Creo que esta tela se vería fabulosa en éste estilo. ¿Qué te parece?"

"Creo que este estilo es maravilloso. Te va muy bien. Seguramente te verás elegante, sin embargo creo que deberías elegir la seda color champagne en lugar de la blanca brillante. Es más sofisticado".

"Sal, tienes un estilo muy clásico. Pero no sé… creo que mejor me voy por algo más contemporáneo. Te prometo pensar en ello, y así será una sorpresa para ti. ¿Sabes qué? De verdad que eres el novio ideal; has estado tan pendiente de todo y te has involucrado en todas las decisiones: las invitaciones, el banquete, te has encargado hasta del más mínimo detalle". Paula exhaló con alivio y lo besó cariñosamente.

Aquella noche Salvador se encontraría con Francisco. No había visto a su mejor amigo de la universidad en los últimos tres años, desde que Francisco había decidido irse a vivir a Las Vegas. Después de graduarse se veían casi todos los días, aun a pesar de que tenían carreras completamente diferentes. Francisco era arquitecto y había comenzado su carrera con una compañía de diseño de interiores. Salvador era consultor financiero en SmithBarney. De todos modos tenían mucho en común; amaban la playa; les gustaba el teatro, el ballet y el cine. Salían con los amigos del trabajo de Francisco. Salvador casi no tenía amigos propios pero a Salvador no le importaba porque Francisco era su mejor amigo.

Una noche en que estaban en una fiesta mientras Salvador conversaba con una chica, su amigo se le perdió. Habían llegado juntos a la fiesta; así que cuando él decidió que era hora de marcharse porque había bebido lo suficiente, fue en busca de Francisco. "Creo que esta en el estudio," dijo alguien, así que fue en esa dirección. Escuchó susurros y besos antes de abrir la puerta, pero pensó que sería una buena broma abrir la puerta y sorprender a su amigo. Al abrir, Francisco estaba enredado, sin camisa, besándose y acariciándose. La mano de Francisco metida dentro del pantalón del otro. Al levantar la mirada ellos le sonrieron a Sal, pero él solo agachó la cabeza y se fue. No esperó a Francisco y se marchó solo a casa.

Después de eso, Sal empezó a alejarse de Francisco. Inventaba excusas para evitarlo. "Demasiado trabajo en la oficina" decía, hasta que un día Francisco lo enfrentó:

"Sal, hermano, ¿cuál es el problema? Creí que sabías. No tienes que correr para escaparte de mí de éste modo."

"Esa bien, Francisco". Salvador lo había interrumpido. "No te preocupes por eso. Todo está bien."

"¡Vamos Sal! Hablemos, es peor evitarlo".

"No hay nada de qué hablar, solo necesito hacerme a la idea. No te preocupes Francisco. Estamos bien, hermano".

No fue sino hasta el día que conoció a Paula que comenzó a llamar a Francisco de nuevo. Estaba tan contento que necesitaba compartir la felicidad con su amigo.

"¿Cómo estas hermano? necesito verte. Tengo novia, y me gustaría que la conocieras y vieras lo increíble que es. Paula es hermosa, tiene unos ojos verdes grandísimos. Tú sabes cómo me encantan los ojos verdes. Hombre, necesitas conocerla. Creo que te va a caer bien". En el otro lado de la línea se escuchó un suspiro.

"Bien por ti, Sal. Me imagino que eso es lo que necesitabas. Tenemos que vernos pronto. También yo quiero que conozcas a alguien muy especial" dijo Francisco con voz calmada.

"¿Cómo se llama?"

"Kevin. Doctor Kevin McCoy" contestó, enfatizando la palabra doctor.

"Estoy planeando irme a vivir a las Vegas muy pronto, veámonos antes de que me vaya."

"¿Qué? ¿de verdad? ¿es en serio? ¡No puedes estar hablando en serio!" Salvador comenzó a juguetear con el cordón del teléfono, "¿qué vas a hacer con tu trabajo?"

Ya me entrevisté con una compañía allá, pronto darán una respuesta. Kevin dice que debería abrir mi propio negocio, a lo mejor le hago caso, si es que lo del otro trabajo no sale".

Salvador colgó el teléfono y golpeó la pared con el puño cerrado. Los nudillos le sangraron. "¡Dios mío, va a irse de verdad!" pensó.

Días después se vieron por un breve momento. Ni Kevin, ni Paula pudieron llegar aquella noche. Salvador notó inmediatamente un estilo diferente en Francisco. Era un hombre alto, moreno y delgado. Siempre vestía de manera informal pero elegante: pantalón negro y camisa deportiva, pero esta vez su cabello desordenado había desaparecido. Tenía un look mucho más refinado, más serio; vestía un traje de doble solapa, azul obscuro, a rayas. Francisco llegó directamente con Salvador y le dio un gran abrazo, palmeando ruidosamente en su espalda como en sus tiempos del football americano.

"Hermano, ¿qué onda con ése traje?" Salvador notó la frialdad de Francisco, así que dio un pequeño paso hacia atrás y empezó a hablar de Paula.

"Es tremenda. Tiene estas piernas maravillosas y un gran sentido del humor."

"¿Cómo se conocieron?"

"En una reunión de trabajo. Su agencia estaba haciendo una campaña para SmithBarney aquí en San Diego. Después de la tercera reunión, la invité a tomar el lunch; días después al cine, y a cenar. Aquella noche se quedó a dormir en mi casa, y a partir de entonces no nos hemos podido separar. Ya llevamos varias semanas saliendo. ¿Qué tal tu? ¿Dónde conociste a Kevin?"

"Nos conocimos en una fiesta. Él estaba con otra persona. Es un gran tipo. Es cirujano plástico y tiene su propia clínica en Las Vegas. Estaba aquí de vacaciones, también surfea; así que fuimos a surfear el día después de la fiesta y estuvimos juntos el resto de sus vacaciones. Ha venido más de seis veces en los últimos cuatro meses. La pasamos muy bien, así que decidí irme para allá y ver que pasa".

Algo en la conversación estaba mal. Salvador sentía como si estuviera en una reunión de negocios. *¡Carajo! Parece que el pinche Kevin ése, está cambiando a Francisco*, pensó—ya no se sentía su mejor amigo. Después de un par de tragos Francisco dijo que tenía mucho que empacar todavía, se iba en los próximos días. Él y Kevin irían manejando una mudanza hasta Las Vegas, en donde Kevin había vivido por varios años. Se le veían unas bolsas obscuras bajo los ojos.

"Bueno Francisco, pues cuídate ¿ok?, te ves cansado. Descansa antes de ponerte al volante".

"Claro, no te preocupes por mí, estaré bien. Kevin ha manejado varias veces hasta Las Vegas, así que no hay problema. Cuídate tú también y le das un beso a Paula de mí parte. La conoceré la próxima vez que nos veamos".

Cuando Francisco se fue, Salvador se quedó mirando el Martini que quedaba en su vaso, agitando los restos de la bebida de cuando en cuando.

Salvador se probó varias camisas y siguió mirándose en el espejo. No podía creer que hubieran pasado ya tres años desde la última vez que vio a Francisco. Aquella tarde cuando hablaron en el teléfono, Francisco no se escuchaba tan frío como la última vez; al contrario, hablaba en ése tono familiar de los viejos tiempos.

Llegó a la Trattoria Acua, su lugar favorito de encuentro, quince minutos antes. No había ido ahí desde la última vez que había estado con Francisco. La atmósfera era tranquila: iluminación tenue, música suave al ritmo de jazz tocaba suavemente. De todos modos Salvador movía su pie arriba y abajo en el banco alto que estaba sentado, y constantemente giraba sus ojos del obscuro océano que se veía a través del balcón del lado derecho, hacia la transitada calle a su izquierda. Iba al estilo deportivo, una Guayabera y kakis; un *look* mucho más casual que el de todos los días, con traje de dos piezas. Salvador era mediano, piel blanca y cabello negro obscuro. Su larga y afilada nariz, y su quijada angular no le dejaban negar su herencia española más sus grandes ojos negros delataban su sangre mexicana. Sonreía y sus ojos brillaban con emoción, justo como cuando estaba en la universidad.

Vio a Francisco entrar en el bar con su usual cabello despeinado, camisa deportiva cuello Mao, pantalones de lino y sandalias de piel. *Es el viejo Francisco*, pensó, y una sonrisa se dibujó en su cara. Aspiró largamente. Francisco llegó y lo abrazó, y en seguida presentó a un hombre sajón, alto, delgado y guapo. El hombre se veía mucho más viejo que Francisco.

"Salvador, quiero que conozcas a John Goldberg, mi nuevo socio de negocios."

"Gusto en conocerlo, Salvador" dijo el extraño. "Francisco siempre está contando historias de los dos, ha de ser maravilloso tener una gran amistad como la suya". Sin saber bien a bien la razón, supo de inmediato que ése hombre era de fiar. Se tomaron un par de tragos y luego pidieron algo para picar: mejillones a la mantequilla, hongos portobello al vino blanco y bruschetta de queso mozzarella.

"Salvador, Francisco me dice que creciste en un viñedo al sur de la frontera"...

"Si, viví ahí con mis abuelos durante mi adolescencia. Tienen una hacienda de uvas en Ensenada. Es un lugar espléndido."

"¿Y cómo fue que terminaste en los Estados Unidos?"

"Mi padre es americano, así que yo nací aquí, en San Diego. Mis padres se divorciaron cuando yo era muy joven. Después de su divorcio, mi madre trató de vivir aquí, sóla, pero luego de algunos años regresamos a Ensenada a vivir con sus padres. Cuando yo terminé la preparatoria vine a San Diego para ir a la universidad y viví con mi padre los primeros dos años. Nos conocimos en la universidad. ¿Verdad? " dijo, dirigiéndose a Francisco.

"Sí, fue durante nuestro último año. Después decidimos seguir disfrutando de la buena vida con la cuenta bancaria de nuestros padres, así que nos quedamos a hacer un postgrado. ¡Dos años más de felicidad, y gratis!", Francisco se rió y puso un pedazo de bruschetta en su boca, luego lamió sus dedos. "Pero cuéntale a John de tu abuelo; era todo un personaje. Siempre me sentí intimidado por su gran personalidad: era alto, moreno y delgado; un hombre viejo y correoso, que se veía más fuerte que un muro de roca; tenía el cabello blanco más maravilloso que jamás haya visto, brillaba como si fuera de platino. La última vez que lo vi andaba rondando los ochenta y nueve y ni siquiera caminaba jorobado, ¿no es así Salvador? "

"Sí, pero también tenía su lado suave. ¿Sabías que murió unos meses después que mi abuela? No pudo soportar la vida sin ella y simplemente se dejó ir."

Francisco sabía que a Salvador no le gustaba recordar aquella época. Así que cambió rápidamente de tema. "Cuéntanos de las peleas de gallos" pidió Francisco pidió, al tiempo de servir una ronda más del Chianti Classico, Viticcio.

"¿Gallos? Creí que esas peleas eran ilegales", dijo John.

"No lo sé, no creo que sea el caso en México, pero no hay mucho que contar" dijo Salvador tímidamente.

"¡Vamos Sal! Solo cuéntanos un poco, creo que las peleas de gallos son realmente emocionantes".

"Bueno, está bien". asentó Salvador y continuó, "Mi abuelo criaba gallos de pelea. Les daba de comer carne cruda."

"¿Qué quieres decir con carne cruda? ¿Qué clase de carne?"

"Todo tipo de carne, pero en especial corazones de pollo. Eran unos gallos muy especiales; grandes, fuertes, con plumas brillantes. Estoy seguro que hasta tenían pedigrí, o algo así. Definitivamente tenían rangos. Esos animales eran realmente su pasión, y por un tiempo también fueron la mía. Él gastaba muchísimo dinero en esos gallos, siempre quería lo mejor."

"Al principio solo me permitía darles de comer ", prosiguió, "más tarde me enseñó cómo debía entrenarlos. Una parte de su día estaba destinada al cuidado de ellos. Ésa era la parte del trato que a mí me gustaba. Pero ya las peleas eran otra cosa, no me gustaban para nada. Era cruel, demasiada sangriento. Al principio, yo lloraba casi todas las veces, a pesar de sus amenazas de no volverme a llevar con él a las peleas si seguía llorando. Me sentía emocionalmente ligado a los gallos después de meses de haberlos alimentado y cuidado. Es que no podía soportar verlos destazados como aves corrientes de corral. No pasaba muy seguido; sus gallos eran ganadores, pero de todas maneras sufría, porque nunca paró de llevarme a las peleas. Estaba empeinado en hacerme un hombre de esa forma. Así que solía llevarme cada sábado por la noche después de que cumplí los catorce años."

"Nunca olvidaré el día que cumplí catorce", siguió hablando "vino por mí al campo y me llevó. Ya era todo un hombre– por lo menos eso fue lo que me dijo el abuelo aquella noche. Para cenar hubo mi platillo favorito: *Paella*, un guiso tradicional español hecho de arroz con mariscos y que mi abuela cocinó solo para mí. Fue el primer día que se me permitió tomar vino, así que me tomé una copa del mejor Cabernet que tenía mi abuelo. Luego nos fuimos al palenque, a las peleas de gallos. Dijo que era un día muy especial. Me dejó que cargara al Colorado, mi gallo favorito. Lo llevé en mi regazo, cerca de mi cuerpo durante todo el camino al palenque. Iba yo acariciando sus plumas roji-platinadas, y él cocoreaba de placer. Cuando llegamos había mucha gente y ruido, pero el Colorado estaba muy confiado. No estaba nervioso como otros gallos que agitaban sus alas y hacían todo tipo de ruidos. Todo mundo saludaba a mi abuelo, todos lo conocían; orgulloso él me presentaba con sus amigos. Era famoso, y yo me sentía orgulloso y poderoso, como él. Había gente de todas las clases sociales, la mayoría iba a apostar.

"¿Así que estaba en eso por dinero?" preguntó John. Francisco, que estaba muy metido en la historia, le dio un ligero codazo, y le pidió a Salvador que continuara de inmediato.

"No, no mi abuelo. Nunca apostaba, ni estaba interesado en el dinero. Tenía mucho. Lo que gustaba era el lado deportivo del asunto; eso es lo que él decía. Así que aquella noche el Colorado iba a tener una gran pelea, la más importante de la noche. Iba a pelear contra otro gallo llamado el Pinto. Casi siempre los nombres se los ponían de acuerdo a sus características físicas. Éste tenía plumas blancas mezcladas con puntos obscuros, negros y cafés por todos lados. También era un gallo fuerte; un favorito de muchos. Mi abuelo estaba pasando una gran noche. Todos sus gallos habían ganado hasta entonces, pero yo ya estaba sufriendo. Me cubría la cara para no mirar, pero mi abuelo me decía: 'No seas gallina, mira la pelea'. Cuando fue el turno del Colorado mi abuelo me pidió que le atara las navajas en las patas. Yo no quería hacerlo, pero su desencanto hubiera sido demasiado. Me tomé mi tiempo para atarlo."

"¿Navajas? ¡Guau! ¿Qué clase de navajas? " preguntó John, echandose un poco para atrás.

"Son largas, delgadas y curvas, muy filosas. Fui muy cuidadoso para no cortarme o cortarlo a él…

"La pelea fue horrible. Al principio iba muy pareja. Los gallos empezaron a parar sus crestas, agitaban sus alas y se picoteaban uno al otro. Luego comenzaron a andar en círculos, como en una danza ritual. Repentinamente el Pinto saltó atacando salvajemente a mi Colorado en el cuello. Un gran chorro de sangre comenzó a salir. Todos aplaudieron. *'¡Pégale Pinto, vamos!'* Entonces yo también comencé a gritar. *'¡Vamos Colorado, vamos, pégale mátalo! ¡Córtalo!'* le gritaba. El Colorado duró algunos terribles minutos más. Luego cayó en medio de la arena, sacudiéndose todavía. Yo comencé a llorar.

"Ya se imaginarán a mi abuelo: 'Cállate ya Salvador, no seas chillón. ¡No seas gallina! ¡Carajo! No seas gallina y vete a recoger al Colorado'. Eso hice. Mi abuelo también estaba destrozado, pero estaba más bien furioso; nunca demostraba su tristeza. Para él, la tristeza era un signo de debilidad. Yo lloré en silencio todo el camino de regreso a casa. El Colorado no estaba muerto todavía, pero iba lánguido, de toda la sangre que había perdido. Para cuando llegamos a la casa, ya se había muerto".

John y Francisco habían enmudecido. Salvador se secó los ojos, apenas húmedos, pero rojos e hinchados. Tomó un largo trago de su copa y vio que Francisco y John se habían terminado toda la comida mientras él hablaba. "Oigan, ¿creo que tenían hambre, verdad?"

John se disculpó para ir al baño, así que Salvador aprovechó el momento para preguntarle a Francisco, "¿Qué quieres decir con que es tu nuevo socio? es decir socio de negocios, o lo has cambiado por Kevin?"

"Creí haber dicho claramente que es mi nuevo *socio de negocios*. Lo conocí en Las Vegas hace un tiempo, en una expo de diseñadores de interiores, pero su negocio está aquí, en San Diego."

"¿Quieres decir que estás de regreso en San Diego?"

"Si, ya no aguantaba Las Vegas. El clima es horrible y el lugar–es divertido al principio, pero luego me cansé. Así que cuando comencé a tener problemas con Kevin, decidí regresar. ¡Extrañaba San Diego demasiado! Me gusta mucho más. Extrañaba todo, ¿sabes? Te extrañaba a ti…"

"También yo te extrañé, *herma...*" no pudo terminar la oración porque John estaba ya de regreso.

Un rato después John se despidió y Salvador y Francisco se quedaron para tomar una segunda botella de vino. Hablaron y se rieron por un buen rato.

"Creo que es hora de irnos, ya somos los únicos" Francisco

le mostró el lugar vacío con un ademán".

"Creo que sí, Francisco. Me la pasé súper bien, espero que ahora que estas de regreso, nos veamos más seguido, como en los viejos tiempos". Se pusieron de pie y fueron hacia la puerta. Mientras salían, Salvador se acercó a abrazar a Francisco, pero se besaron en la boca –un beso rápido pero honesto. Luego Salvador se fue sin decir una sola palabra más.

Su corazón todavía latía muy de prisa cuando llegó a casa. Se sintió aliviado de que Paula no estuviera ahí todavía. Salvador recorrió el apartamento rozando todo con la punta de los dedos. Miró las fotos de Paula y las viejas fotos de los días con Francisco en la universidad. *Aquellos eran los buenos tiempos*; se paseó por la sala una y otra vez. Se sentó, poniéndose de pié solo unos segundos después. Terminó dándose un regaderazo a las tres de la mañana. Se metió en la cama. No podía dormir, se levantó nuevamente y caminó lentamente por la sala un poco más, mientras se tomaba un trago más. Cuando escuchó a Paula llegando a casa, corrió a meterse a la cama y fingió que estaba dormido.

Una hora después le despertó su olor y medio dormido, comenzó a tocarla. Sintió la suavidad de su cabello, y le besó el rostro. Le lamió el cuello hasta encontrar el consuelo de sus pechos. Se perdió ahí, disfrutando la suavidad de su piel, y continuó lamiendo cada parte de su cuerpo. Paula respondió ardientemente. Sus manos recorrían su pecho, arañando ligeramente con las uñas. Por un momento recordó a Francisco y a su amigo esa noche, años atrás, en aquella fiesta. Sacudió aquel recuerdo de su cabeza, "Paula, Paula, Paula . . . te amo Paula." Sal articulaba las palabras con vehemencia para creérselas, y luego se perdieron el uno en el otro.

Se levantó temprano, tomó sus cosas en la penumbra de la habitación y se fue. Escribió una nota para Paula y la dejó en la mesa del comedor, bajo las llaves de su auto:

Buena suerte en tu presentación. Espero que todo salga bien. Sal.

En el gimnasio subió el volumen de la música en sus audífonos y trabajó por más de una hora. Todavía estaba nervioso. Era muy bueno que Francisco estuviera de regreso—pensó, pero luego el beso regresaba a su cabeza, entonces pensaba en Paula. Cada vez que la imagen de Francisco le volvía a la cabeza, él la rechazaba pensando en Paula. Su corazón latía más fuerte cuando pensaba en que Francisco estaba de regreso en San Diego. *¿Estaré haciendo bien casándome con Paula?* Viéndolo así la duda le molestaba demasiado. *Supongo que todas las personas dudan antes de su boda...* Quiso justificarse. Más tarde llamó a su madre desde la oficina.

"¿Cómo van los planes de la boda, Chava?"

"Todo marcha bien, justo como planeado. De todos modos todavía nos quedan algunas semanas, así que estoy tranquilo mami".

"Avísame si necesitas mi ayuda, me meto en el auto y estoy allá en unas horas, ¿Lo sabes verdad?"

"Si mami. Cuídate. Te mantendré al tanto".

"Ok, hijo. Cuídate tú también".

"¿Mami?"

"Dime"

"No, nada".

"Salvador, ¿qué pasa?"

"Mami... Yo, creo que... necesito hablar contigo."

"¿Acerca de qué? ¡Ya sabía que algo andaba mal! ¿Tienes dudas?"

"No te asustes mami. Todo está bien, pero necesito ir para allá. Te veo esta misma noche".

Esa noche, cuando Paula llegó a la casa exhausta, Salvador no estaba. Buscó una nota pero fue en vano, solo estaba la nota de esa mañana. De pronto recordó su dulzura la noche anterior y sonrió. Lo llamó al celular pero inmediatamente entró la contestadora. *La persona que está usted llamando esta fuera del área de servicio, favor de llamar más tarde.* Se puso el traje de baño, una camisa grande y se fue directo a la playa. Antes de salir vio la luz de la contestadora indicando que había mensajes y se regresó a escucharlos.

"Hola Sal, soy Francisco. Anoche fue fantástico. John y yo nos divertimos mucho. Llámame, ¿si?" *BEEEEEEEEEEP*

"Hola soy yo otra vez. Te llamé a la oficina pero me dijeron que te habías ido ya. Llámame en la noche. Quiero conocer a

Paula". *BEEEEEEEEP*

"Hola hermano, ¿qué pasa contigo? ¿Estás molesto por lo de anoche? Llámame y lo hablamos." *BEEEEEEEEP*

"¡Ay ya cállate!" gritó Paula mientras jalaba la puerta tras de sí. *¿Qué le pasa a ése imbécil, por qué tanta insistencia?*—pensó dando un resoplido.

Era una noche tibia de mayo en *Pacific Beach*. El sol estaba metiéndose en el horizonte y las olas reventando en la playa fueron un alivio para los cansados oídos de Paula. Se recostó de espaldas sobre la toalla, luego se quitó la camisa y fue a darse una zambullida. No duró mucho en el agua pues estaba demasiado fría. Cuando regresó tenía una llamada perdida en el celular. Era del teléfono de Sal, marcó a su correo de voz. *Hola cariño. Estoy en camino a Ensenada. Necesitaba hablar con mi madre. Estaré de regreso mañana. Que duermas muy bien. ¡Mua!*

"¿Qué chingados?" Dijo ella y aventó el teléfono sobre la toalla. Luego el teléfono volvió a sonar. Ella contestó de inmediato.

"¿Sal?"

"Soy Melanie, ¿qué onda chica, acabó la pesadilla?"

"¿Qué?" respondió Paula confundida.

"La campaña de la Ford, ¿se terminó? ¿cómo te fue?"

"¡Ah, eso! Si, se terminó, pero ahorita estoy mega encabronada. Sal esta desaparecido: se fue temprano esta mañana, no tuvo la gentileza de llamarme en todo el día, y ahora me acaba de dejar un mensaje diciendo que va camino a Ensenada a ver a su madre y que regresa hasta mañana. ¡No sé lo que está pasando! Me pregunto si esto tiene algo que ver con Francisco".

"Vamos Paula, toma las cosas con calma. ¿Por qué no te vas a casa y descansas. Has estado muy estresada en los últimos días. Te sugiero una copa de vino, un baño caliente y luego, a dormir sin interrupciones. Verás que todo está bien".

"Bueno, es que me siento rara. Éste cuate, Francisco, es gay. ¿Te dije, no? Pues llamó a Sal todo el día, y ahora mi Sal se ha ido. ¿Qué quieres que piense?"

"A ver, ¿qué es lo que estás tratando de decir? ¿por qué estás preocupada exactamente?"

"No lo sé Melanie. ¿Debería estar preocupada?"

"Eso es estúpido. Este es el hombre con el que te vas a casar en unas semanas. Lo conoces desde hace más de tres años; duermes con él todas las noches, así que, ¡No sé qué carajos estás pensando!"

"Tienes razón. Solo fue un ataque de paranoia. Estoy nerviosa porque Francisco regresó, por la boda y por todo lo de más". Paula ya iba llorando mientras caminaba de regreso a su departamento.

Salvador llegó a Ensenada pasada la media noche. Las calles desiertas de la ciudad parecían tristes. Había niebla densa y baja, lo que la hacía parecer una película de horror, pero a Salvador le encantaba así. Manejó despacio sobre las calles, disfrutando su llegada. Pasó frente a la escuela católica a la que asistió por tantos años. Su gran portón parecía un fuerte, erguido en medio de la obscuridad. Salió por el lado suroeste de la ciudad y continuó por una callejuela sin pavimentar por otros veinte minutos. Luego pasó el gran arco que tenía una inscripción grabada en hierro "Hacienda Las Flores." Manejó por otros minutos por un camino más estrecho. Las filas de los viñedos a lo largo de ambos lados del camino con las uvas brillando a la luz de la luna llena le daban la bienvenida. Unos cuantos metros más adelante encontró la reja verde de hierro forjado, hizo sonar la bocina dos veces. Un pequeño viejo encorvado salió de la obscuridad del otro lado de la reja y la abrió de inmediato para darle el paso. Suspiró y bajó la ventana.

"Lo stábamos esperando joven. Tanto tiempo sin verlo. ¡Qué gusto que ya este por acá!" dijo el hombre y Salvador lo saludó con familiaridad y cariño.

Se podía oler el fragante y húmedo aire de mayo. Dos perros corretearon el auto, ladrando escandalosamente mientras se acercaba a la casa grande. Volvió a sonar la bocina y las luces del porche se encendieron.

Su madre lo esperaba en el salón principal: estaba todavía vestida con sus pantalones de cuero y botas de montar. Llevaba una hermosa blusa de seda y un chaleco abierto de gamuza. Su cabello gris y largo, atado en una trenza que colgaba de lado de su hombro derecho. Era elegante, una mujer delgada de piel morena. Él llegó hasta ella y la besó en la frente.

"¿Qué está pasando Chava?" su madre le llamó por su apodo de niño. Él la rodeó con sus brazos y no la soltaba. Luego la tomó de la mano y caminó con ella hacia el porche que rodeaba toda la casa. Sus pasos resonaban firmes en el piso de madera y los grillos cantaban al ritmo. Caminaron en silencio. Finalmente se sentaron en el columpio del patio.

"Éste siempre ha sido tu lugar favorito de la casa. Siempre te encontraba aquí cuando algo te estaba perturbando. ¿Quieres hablar?" dijo ella pacientemente.

"Estoy tan confundido. No sé cuál es la forma correcta de actuar".

"¿Acerca de qué? Si no me dices que está pasando, no sé qué decirte. ¿Es acerca de Paula?"

"No lo sé mamá. Todo estaba bien con Paula, hasta que Francisco regresó a San Diego. Lo vi anoche; y de pronto tengo todas estas dudas con respecto de si debo, o no, casarme con Paula".

"¿Qué quieres decir? ¿Qué clase de dudas, Chava? ¿La amas? ¿Por qué es que Francisco viene a moverte el tapete de este modo? ¿Qué te dijo?

"Mami, tú me conoces mejor que nadie. Nunca me sentí inclinado…um… interesado, yo quiero decir… um… no lo sé! Tú sabes que lo amo, y que lo admiro…"

"¿Y… ?"

"Olvídalo todo. Fue absurdo haber venido hasta acá para hablar contigo. Es un lío y no estoy tan seguro de que lo entenderías".

"Lo siento mucho, mijo pero creo que tú eres el que no está preparado para hablar conmigo".

Se fue a su cuarto. Toda la noche se la pasó paseándose por los corredores que daban hacia el patio central, la luna reflejando sus luces en el agua de la fuente. Recordó todas las veces que había estado ahí con Francisco. Durante los años en la universidad venían en las vacaciones de primavera y verano, y acampaban en alguna playa cercana. Leían libros y hablaban por horas acerca de lo importante en la vida. Sentía una gran conexión con Francisco. Por otro lado, Paula siempre tan centrada en sí misma, que nunca había tenido la oportunidad de venir y descubrir el lugar donde él creció. A ella no le atraía el campo. "Cuando vayamos a Hacienda Las Flores, recuérdame de llevar conmigo una cubeta de repelente para bichos. Debe estar infestado de bichos," dijo ella en alguna ocasión. Le exasperaba que ella no tuviera curiosidad por conocer nada de su pasado. Salvador tocó sus labios recordando el beso. Un escalofrío recorrió su cuerpo. Su desesperación creció hasta el punto de patear las macetas que adornaban el corredor, rompiéndolas en pedazos.

Al siguiente día se despertó con el canto del gallo. Se vistió y fue a montar a caballo. Mientras se alejaba del establo, unas gallinas que ya andaban picoteando el suelo alrededor de la propiedad, salieron disparadas corriendo para ambos lados, cacareando. Se fue directo a los viñedos y al mero corazón del campo, luego hasta el río. Luego regresó por las afuera de la Hacienda, por la periferia del lado oeste de la propiedad, del lado del mar. Se bajó del caballo, se quitó las botas de montar y los calcetines y caminó por la playa mojándose los pies. Le tomó horas regresar. Cuando llegó, encontró a su madre en la terraza, tomando el desayuno.

"¿Cómo estás Chava?"

"Es maravilloso estar de regreso"; él esquivó la mirada de su madre "los establos están bien mantenidos". Hasta el Bronco está en muy buena forma".

"Ya sé. He trabajado duro para mantener éste lugar en una pieza, como le gustaba a tu abuelo" dijo ella pacientemente mientras se levantaba y lo encaraba "¿Pero cómo estas tú?"

"¿Cuánto está produciendo el viñedo, mami? No se me había ocurrido que podrías necesitar mi ayuda aquí".

"Para mí, tú eres el que necesita ayuda. Háblame, Chava. Algo debe estar muy mal cuando te has puesto a romper todas mis macetas del corredor".

"Oh, es eso…"

"No, en realidad no. Es acerca de esto," Y le puso el dedo índice en el pecho, encima del corazón.

"Desearía poder decir que ya está todo arreglado, pero todavía estoy batallando. Creo que fue una gran idea venir aquí, no había estado en Las Flores por mucho tiempo y de verdad necesitaba conectarme conmigo mismo. Gracias mami, por preocuparte". Giró para irse.

"Paula llamó esta mañana. Le dije que estabas aquí. Me preguntó si estaba todo bien contigo y no pude mentirle. Le dije que yo estaba bien, y luego preguntó qué hacías tú aquí. No supe qué decirle, le pedí que te llamara más tarde. Lo que decidas creo que lo mejor será llamar a Paula y decirle lo que está pasando. Es lo justo"

Aquella tarde fueron al pueblo. En la plaza mayor, mientras esperaba a su madre, vio a unos niños jugando en la calle. Estaban empezando a jugar futbol. Debían dividir al grupo de amigos en dos equipos y estaban tratando de decidir quién elegiría primero. Luego estuvieron de acuerdo en jugársela al Gallo, gallina. Salvador recordó el juego; una manera típica de terminar con batallas y alegatos con sus amigos. Dos niños se pararon frente a frente con dos metros, o así, de separación. Luego comenzaron a dar pasos lentos, del tamaño de su pie, poniendo un pie delante de otro diciendo Gallo, y luego Gallina. ¡Al final el niño que llegara primero y pisara a su contrincante gritaba gallina y era el ganador! No importaba si eras gallo o gallina, lo importante era quien pisaba a quien primero. Aunque tenías que ser inteligente y usar bien tu espacio, la suerte jugaba un papel importantísimo en éste juego. Era su manera favorita de resolver cualquier disputa, una manera simple, justa y divertida de hacerlo. Se rió.

Esa noche fue al *Palenque*. Las peleas de gallos estaban por comenzar. Se tomó su tiempo para ver todo. Muchos de los hombres viejos del pueblo lo saludaron. *"¡Hola Chava!", "¿Qué haces por aquí?", "¡Qué gusto verte Chavita!"*

Se acercó a los gallos y los inspeccionó. Recordó la manera en que los chicos resolvían sus querellas. Decidió jugar una apuesta. Le había gustado el gallo color oro; llamado el Dorado. Agarró un par de billetes y los apostó al Dorado. Luego se paró junto al ruedo y comenzó a alentar a su gallo.

"¡Pégale Dorado, mátalo!" recordó a su abuelo parado ahí, orgulloso, alentando a sus gallos.

Cuando regresó a la Hacienda, su mamá estaba sentada

en la terraza con algunas personas. Escuchó voces pero no distinguió quiénes eran.

"Sal, ven aquí, tenemos compañía", dijo su madre, sin levantarse.

"Sal, he venido hasta acá por ti. Es un lugar magnífico. ¿Por qué no me habías traído antes?" dijo Paula al tiempo que brincaba de su asiento y corría hacía él jugueteando, lanzándole sus brazos al cuello y besándolo. La calidez de su cuerpo, y la suavidad de su pecho presionado contra el suyo lo hizo sentir bien. Caminaron a la terraza. Para su sorpresa, Francisco se levantó de una de las otras sillas y fue a su encuentro. Mientras se acercaba para abrazar a Salvador, Sal se paró en su pié derecho. Francisco sintió todo el peso del cuerpo de su amigo en su pié –su estómago se tensó.

"Es una noche hermosa. ¿No te parece?" dijo Francisco en un tono más bajo.

"Francisco y yo estábamos recordando cuando ustedes dos venían y acampaban en la playa, en eso Paula llegó. Hemos estado hablando de ti por más de una hora," agregó su madre.

"¿Cosas buenas?" preguntó Salvador nerviosamente.

El día de la boda él y Francisco, vestían un smoking negro con un chaleco rojo-ligeramente platinado. Cuando Paula vio el atuendo quedó sorprendida con la elección. Para nada lo que Salvador hubiera elegido –pensó. Inmediatamente ordenó un listón a tono para su bouquet de flores, para que hiciera juego. Era una hermosa boda en el mes de junio, en la Hacienda Las Flores, algunos gallos y gallinas merodeaban la fiesta entre las piernas de los invitados.

CHILANCANA
Este poema aparecío por primera vez en Label Me Latin@

Chilanga de veinte años ¿Quién eres?
Dejaste atrás
A tu respetado padre, a tu lejana madre
Dejaste allá

Tu lengua, tus labios, tus manos
Ya no hablas, ya no escribes, ya no amas
Se quedó también tu infancia
Recuerdos de primeros pasos
Primeros besos, primeros errores, primeros amores
Dejaste atrás todo lo que eras
Para reinventarte, para crecer, para ser nueva
Dejaste atrás, tu patria, tu amada tierra

Chicana de treinta años ¿Quién eres?
Callada vagas las calles, pretendes saberlo todo
Walking with your briefcase. Segura. Tacones altos, falda negra
Timely at work with your clients
Ejecutiva plena de metas definidas
Back in the car, close the damn door
You have to make the deadline
You havc to mcct your quota
Recuerdas lo que dejaste
Canción de Luismi en la radio
Tears come down your cheeks
You cry, you weep –you don´t know why
Dejaste a tu padre
He´ll be fine
Dejaste a tu madre
She´s just alright
Y vuelves por tus recuerdos
Caja de cartón forrada de rosa
What the hell do I do with this stuff?
Recoges los pedazos que
En el camino se quedaron
Los moviste, los doblaste
Los rompiste, los pegaste
That was me? Oh, God!
Los quemaste, you won't need them anyway!
La nueva tú lo tiene todo
New car
Nueva casa…on the hills
Nuevo job, Senior Level Executive
Nueva lengua, finally mastered without an accent… Almost!

Pero estás muda. No hablas, solo lloras.

Chilancana de cuarenta años ¿Quién eres?
Eres la niña, la mujer, la madre
Chilanga, mexicana, americana, chicana
Vuelves a ti, te reconoces
A lo tuyo
A tu pluma y tu papel
A tus cartas, tus versos, tus letras
Otra vez
Otra vez a tus dioses, tus amores, otra vez
Eres tortilla y eres taco
Eres Xochimilco y Xochicalco
Te empapas los pies en Chapala y en Xico
Eres algodón y lino
Blanca y de colores
Azul, estrellas, espuma
Buenas noches

Y tú, que dejaste todo detrás
Vuelves a ello para perdonarte
Enterraste a tu padre
Y lo lloraste
Y lo desenterraste
Y lo lloraste
Y lo trajiste de regreso con su jazz y su marimba
Con su queso Rockeford y su salsa chimichurri
Y lo escribiste
Y lo lloraste
Y lo plasmaste todo en una hoja de papel
Lo festejaste

Volviste a tu madre
Querida, lejana madre
Y la abrazaste
Y la lloraste
Amada madre
Y la festejaste

R.E. Toledo. Estudió la licenciatura en comunicaciones en la Universidad de Texas, en Austin (1994). Completó los estudios de maestría en literatura hispana en la Universidad de Tennessee (2000) y una segunda maestría en escritura creativa en la Universidad de Nueva York (2012). Actualmente se desarrolla como docente en el departamento de Literatura y Lenguas Modernas Extranjeras de la Universidad de Tennessee de Knoxville. Fungió como coeditora de la segunda edición de la revista *Imanhattan*, publicada por el programa de escritura creativa de NYU. Sus poemas y cuentos han sido incluidos en publicaciones como *Letras Femeninas, Lable Me Latina/o,* así como en blogs y revistas electrónicas. Sus dos primeros poemarios *Pregonero despertar de voces* (Abismos, 2013) y Azules sueños naranjas (miCielo, 2013) fueron publicados en México. *Azules sueños naranjas* fue presentado durante la Feria Internacional del Libro del Zocalo, Mexico, D.F. Octubre del 2013. Actualmente trabaja en la traducción de las obras del poeta americano Billy Collins y la colección de poesía *Vacios.*

We Crossed The Line

The Line

Transborder Texts

Table of Contents

Introduction

Nos pasamos de la raya / We Crossed The Line: Bilingual Bicultural Texts from a Transborder Region is a compilation of writings that focus on transgressing nationality, ethnicity, gender, and geography of genre. In fact, the title and scope of the book encompass crossing borders whether they be metaphorical, real or existential. The border has been characterized as a place located on the vanguard, set on the edge, on the margins of cultures, languages or ideas that often result in a new and unique cultural identity. This place represents not only geographical and geopolitical boundaries, but includes gender, class, identity encounters and clashes. Indeed, in recent decades there have been rapid cultural and existential manifestations, which have led to language shifts and to the creation of fluid identities that are characterized by their multiplicity, their openness and confluence of the cross-cultural fabric inherent of the twenty first century.

This book came to be as the result of a strong standing friendship and many conversations over coffee or wine. We have been plotting to bring this text about for some time. This collection is meant to showcase the talent of US Latin@ and Latin American authors who represent a myriad of backgrounds and have roots in various Latin American countries. Having US Latin@ roots almost certainly implies the shared experience of otherness, fragmentation, migration and the experience of a double colonization, and yet, these origins do not reflect an identity characterized through the lens of ambiguity. This group of stories is but an expression of a US Latin@s identity that takes in all that dynamic oscillation and ambivalence inherent in this background and it is manifested through this short stories, poems and hybrid texts.

Each of the texts in this anthology transcends a limit and transgresses a boundary ensuing in this border dynamic. As we pause to reflect on the contributors of *Nos pasamos de la raya / We Crossed The Line,* we chose to begin in alphabetical order, as this seemed the only fair method to characterize the contents of this text. Individually and collectively, the contributors of this anthology write about the myriad of issues that are manifest in border writing: issues such as identity, gender and sexuality, race, class, parent relationships, cultural clashes and love pursuits. Stefan Antonmattei writes about a colonizing practice that has catalyzed a socio-economic Puerto Rican crisis that Boricuas have endured for generations. Through his writing Antonmattei depicts the struggles of a people to rescue an identity while simultaneously releasing their youth to pursue a better future. Daniel Arbino reflects on crossing the borders between reality and a cyber universe that recreates New Mexico and its surroundings both in reality and in video games. Within these parallel universes, Arbino explores the demographic changes that are affecting this geographical zone while the cyber games are desensitizing the youth of New Mexico. Lucía Galleno depicts the geographical borders she crossed with her son and the lessons she learned through the eyes and the perspective of her son. She simultaneously acknowledges her cultural gains as she describes a multitude of losses. Christen Gee Celaya reflects on her identity as a bi-racial white Latin@, her struggles to fit into the dominant culture as she reconciles her place within a growing minority in the US. In *Pequeños bochornos*, Gisella Meneses sketches a day in the life of a Latina girl, Esmeralda, growing up on the north-side of Chicago in the 1970s. Montelongo's contribution to this anthology, the poem *Footless Dancers*, was written in 2013. This poem addresses the resistance of the indigenous people of the Americas to an imposed culture. It also reflects the native belief system that supports peace and unity of all people. These are but a few of the very talented contributors to this anthology.

Volume 1 of *Nos pasamos de la raya / We Crossed The Line* is a bilingual and bicultural contemporary collection that articulates this fluid and ever evolving processes revealed through a cross-border identity. The purpose of creating this compilation is to reach out to those who not only think in simultaneous language forms, but also experience life through a bilingual-bicultural, transgender, transparent lens. As we consider the themes of this book, which focus not only on passing, but on trespassing and transcending borders, not choosing a language, but just creating the story as it presents itself is the most important point of the text. So, this is how a bilingual-bicultural anthology of transgressing and transcending borders came to be.

The authors and the editors, have however worked with translations, so that all stories and poems are presented in both languages. Thus becoming more accessible to a larger audience of both Spanish, English or bilingual readers.

It was truly an honor to work with each and everyone of the contributors to this text, but the editors are indebted to Sidharta Ochoa, of Casa Editorial Abismos and Carlos Bermudez and the rest of the Board of Directors of HoLa (Hora Latina), who embraced our project as soon as we brought it to them.

Lori Celaya and R. E. Toledo, May 2015.

Stefan Antonmattei

REQUIEM VIA TEXT

Uncle i luv you an i wana let you now i super prou of habin a uncle like you tha alwys tuk me x d good way. I remember you tuk me to play basketball an buy me a xpensibe ball an nike tenis for d tean you tuk me 2 play. Forgibe me x i tuk d road i tuk.

Your nefew

Dear Nephew:

I remember your smile, the sweet giggles of your laughter, and your voice, soft as an angel's. I remember how tender were your hugs, to all in the family and even to strangers. Everyone loved you, just like your beautiful mother was loved by everyone; her eyes like your eyes, big and bright, merry and full of hope. It's very difficult for me to think what went wrong… I forgive you my loving nephew. Rest in peace.

Your uncle

LAMENT'S WAIL

The nightingale no longer sings at night, with access control, it sits behind the slits of a fence with gates and lock, song-less, not to awake thieves.

Puerto Rico is a world divided in two: those with high walls and fences, and those without fences. Truncated state, seasons don't change here; it rains more or less, mythomania of a country with a confused identity. Reality is always paranoid of her condition.

The politics of barter, building a nation by the force of corn fritters, cod fritters, and meat fritters - to each its own.

Lead astray, perhaps we were cowards, docile, lazy, and supine. Or perhaps we were smarter and cunning; a colony chiseled a la "European Union" before the EU existed, before

NAFTA and CAFTA. I'm not living dead, no, and I am not suicidal. Or is it easier to call oneself slick than coward? But this is not a stupid country, ask the US Navy, ask Vieques.

We are the tamed dog that bites when excited. Hence the harbinger by the annexationist: *Don't push it!* But, who is in charge here? We are free, but not really. The American dream is beautiful indeed, but over there they don't dream of us and here, we hallucinate in wraith.

I saw an ad by the Army: "Be all that you can be." It seems that to be all that you can be, there and here, you must first kill another man.

My daughter asked me: Daddy, should I stay or should I leave? Words clog my throat with wet sand and cement. My eyes dimmed, befogged with love and shame. I answered: Beloved, go for a while until it gets a little better here.

Traffic and trauma, but where and why? The herds are blind but not hungry. There is hunger, but not of bread. There is hunger for something else.

Immigrant youth, poor, escapist, jailed or homicidal; the ocean is no longer our horizon, but a sea of blood, of fear, a broth of sedentary lives mixed with violence.

Who do I blame for this pandemonium? Who should be punished? It's been a long night and the sun seems to have taken another route. The heavy hand remains a closed fist and bloodied punishing the innocent.

What is seeded and sowed in this country? What kind of men and women grow from its branches? We seed lead and sow corpses, almost all, harvested young. They call themselves "Warriors" - clever and very lucky if they ever turn 21.

In this neighborhood garden, the old survivors walk, they hole up before sunset, and remain silent of everything and themselves – so not to attract the crooks. The shadows of their children and grandchildren wander, not by the holy battlefield, they meander the crime scene instead.

It makes me angry to see the mother, the wife, a few lovers and one best friend scream and cry the "Warrior's" death. They cry now, but they accepted the plasma, the iPhone, the Coach bags and tennis shoes, the car, the gold necklace, the cash – all, bloodied. It makes me angry and I almost understand their plight. But it was not food what they accepted, not medicine, not books – it was vanity.

Civil War, there is no greater oxymoron, but this is not it. We are not fighting here for bread, freedom and democracy, we are not fighting here for Christ, or Mohammed, or Buddha. Here you kill and die for vanity.

How much longer before anything changes? Noble men and women, who sacrificed before, remain desperate in their graves. The lament's wail is always alien until they call your number.

I'm afraid to go outside. I'm afraid to sit on the balcony and drink my coffee. I'm afraid to say hello to a passerby walking by the house. I'm afraid to honk my car's horn. I'm afraid to step-on a 16-year olds' brand new sneakers. I'm afraid to go outside.

Raiders of peace, what can an honest man do? The goal now is not to win, just survive. Hearts cracked, cruel reality, how have I come to feel so belittle? How to rally a man's will? How can my island sail with so many anchors drifting? I want to move to the countryside without bars in my windows, without bars in my dreams. 50 years have come and gone, and I still want to be free.

I haven't come across an optimist for a long time now. We have forgotten to unbowed our heads.

Poet, there are times to verse about love, 'bout unscarred angsts and KY Jelly, but now and then, cross the tracks from the Mall of America to Beat Street on the Southside. Isn't the poet supposed to die to give life to a verse?

The melancholy here is not abstract, and guilt and anger are mutual. To who does the man without childhood sigh? AK in hand, arms never embraced and no sign of frontal cortex. They just shoot knowing their bullet will come soon.

My world is numb. Our hope lies on cold foreign soils. Hope is in the eyes of my silent student, surprised when I insisted that he repeat in English, "I don't wanna be a gangster."

This is not nostalgia; this is the absence of a mother and a God who lives on a billboard. If there's a soul, it lives between the heart and the stomach, because that's where it hurts. It's been hurting for a while now ... long ago...

… for a long time now, I haven't admired a living man. I rebuke and reprove myself; there is Vargas-Vidot and those who serve the untouchables. There are women who are still mothers, old teachers, gray-old teachers struggling to save one soul, even one. There are others, others.

Yesterday afternoon, without warning, a child's laughter made me cry. He's still innocent, free of fault and prejudices; a breath of encouragement lives in his eyes. Fallow land awaiting new breed. There's hope. I had one hope and now another.

Hope in knowing what you don't want to be.

THE OX STARING AT THE YOKE

It gives me great curiosity, the fascination my students feel for the Italian and French languages. I am an English teacher. Professor, they tell me: here, not even the governor speaks English.

I tell them that Je t'aime beaucoup means I love you very much in French. They are completely captivated, staring at my lips and repeating out loud, *Je t'aime beaucoup.* I write it on the blackboard and their lips in silent echo repeat, *Je t'aime beaucoup.*

My students are public housing kids, those that dropout of school at 13 and 14 and return years later to earn a diploma at 25 and 35. They want to learn, but not English. Prof, they tell me: Governor Fortuño, the one who knew English, ran away to Virginia, but we don't have a place to run away to.

"How do you say grandmother in Italian?" asked the 33-years old girl, two months shy of becoming a grandmother for the second time. *Nonna* is grandmother and *Nonno* is grandfather. She is enchanted looking at my lips and clearly repeats: *Nonno* and *Nonna.* This, she'll never forget.

I tell the class the story of my mother who studied at the Central High where, besides French, she learned Latin and all the classes were in English. Oh, Mister, what for? Another student asked before saying: the republican, that is President of the Senate, also does not speak English.

After 100 years of English, 12 straight years of high school for the 60 percent that doesn't dropout; with Cable TV and iPhones, we are still on "My name is" - and - "May I go to the bathroom?" They always laugh with the *"Meay"* because it sounds like the Spanish homophone for "to pee," but it is still a lot safer than to ask them to say "Can I" which some take as a homophone for doing No. 2.

"Bathroom," I remind the students to pronounce the "th," with the tongue between the teeth, as if spiting. They like that about "as if spiting." The word "Spit" reminds me that the S in Spanish is written "Ese" and I explain to them that's why so many of us mispronounce the word "School" by pronouncing the word in Spanish as "Eschool" which sounds like "Askool." And that it is SHHhopping and not CHOpin. Oh, Professor, inquires the bad boy of the class: how do you write kissing in French so that I can text my honey...

Ok. Now we learn English. This is very important. I try to ignite the curiosity of my students by explaining to them that 10 years ago, 20 percent of the islanders spoke English, but that now, only 10 percent speak it fluently. I try to capture their attention by saying that in China there are more people who speak English than in the United States. I try to enchant them with the promise of a new job and how valuable it is to be fluent in English. I try to fascinate anyone paying attention, by demonstrating how each language has its own spirit and how one thinks and sounds differently according to the language they are speaking.

Their eyes cloud over, all glances lost on the floor. Let us work now! I encourage them. They lock their jaws and bite their lips, and no longer want to spit the "th." It seems that English has become the yoke the ox stares at and refuses to plow.

TRUST FUND BABIES

Mom and Dad mortgaged the house
three times in 15 years.
Mother and Father divorced
for "financial reasons."
Mother tried to pay the house on her own; two jobs and another loan, she still came short.
Mom went to live with Grandma
Dad already lived with his.

Investing in my future, I graduated with a Bachelor's and Law degrees, and a student debt of $75 thousand. My handsome boyfriend studied at a prestigious college and has an MBA, and a student debt of $250 thousand.

We got engaged last summer!
We went to the bank and asked for a loan to purchase our first house. The bank said NO, with $325,000 in debt, and parents without collateral, we were denied our future home.

We decided to postpone the wedding.
Awaiting for better job opportunities in Austin, New York, or Minneapolis
I live with my grandma
and my boyfriend lives with his.

Stefan Antonmattei was born in Old San Juan, Puerto Rico. Has lived in Alabama, New York, Washington, DC, and Puerto Rico. He studied at the University of the Sacred Heart in Santurce, PR and Georgetown University in Washington, DC. He was editor-in-chief and a reporter at the Puerto Rico Daily Sun. He currently works as an English, Spanish, and History teacher. He has written the novels *Seasons, a Novel in Tweets, Temporadas, una novela en tweets, Sacred Girls, Las chicas de Estocolmo, The Whisper Box*, and a book on poetry and short stories Erotica, 100 poems and other stories. His next book of poetry, The Book of the Vanities, will be published in the winter of 2015.

THE STREETS OF ALBUQUERQUE

Today Santi awoke with an eagerness for life. At ten o'clock this morning, a new videogame, *The Streets: Albuquerque* came out. He has passionately played the other games in this series, such as Miami, New York, Las Vegas, and Los Angeles, but the one about Albuquerque has a personal sentiment. Each game duplicates the city perfectly (supposedly), the street names, stores, and even the monuments. At least, that's what he's heard, because he doesn't know those cities. But he does know Albuquerque: it is his city, his home, his homeland. He was born and raised here in this city where the Rio Grande is not so grand and the few clouds float like cotton candy at sunset. For that reason, Santi is anxious to experience this game and furthermore, the reason for which he woke up early on this summer day to be at *Game Stop* by ten o'clock on the dot.

The objective of the game is easy. The player has two options: complete certain goals, for example, help a neighbor, take an injured person to the hospital in an ambulance. Sometimes, depending on the city, the goals can be more dangerous – deliver a few kilos of cocaine to a house, kill an enemy of your boss, get involved in all possible forms of crime. The other option is to do what you want, which implies that you can rob a car and drive it around the city, basking in the chaos. You can kill pedestrians, and/or rob them. You can even find prostitutes in the Red Light district and if you have money...well, let's just say that it's divine. There are no goals, only the pleasure of doing whatever occurs to you. For Santi, this pleasure comes in the form of destruction and therefore, the second option is his preferred choice because there's more freedom and Santi is the type of guy that sometimes feels restricted by his parents, his studies, and his job. With the second option, he doesn't have to think about goals, rules, or a code of conduct.

I just got back from *Game Stop* and I'm entering my bedroom where I have a Playstation 3 and a thirty-two inch 3D television – only the best for this game. I turn off the lights and shut the curtains so that I have total darkness. I insert the disc in the system and turn it on. Within a few moments I will be in another world, but one so well known, a parallel universe, an artificial Albuquerque. I plan to play all day long since I have nothing else to do, except meet my girlfriend at seven to eat, but I still have some eight hours left to play before then.

The first thing that I notice is the music. I would say that, because of the Mexican, Texan, Native American, Spanish, and mainstream American influences, it would be difficult to capture Albuquerque's music scene, but this fusion *par excellence* is exactly what defines the videogame. The music jumps between a combination of country, *ranchero, rap, rock, reggaetón, norteño,* and Native American. It includes local artists like the Singin' Sheriff of Socorro, that little town to the south where the Sheriff will arrest you while he serenades you and in the background, that roaming woman who lost everything after being rejected by a man that never loved her, cries for her missing children. The details add to the authenticity and the creators have thought of it all.

Next, Santi creates an avatar that looks just like him – even the boxer shorts with hearts on them. After he makes his music playlist, he is ready to begin. He wants to start the first board, and he gets frustrated when he hears the telephone ring, but then he realizes that it was a telephone in the game. Sometimes it is difficult to distinguish between real life and the game. He laughs and begins by blasting a homeless guy who was pissing on the street corner. That's so sick!

I love to play so much. I love finding my car, a turquoise Subaru Impreza, in the game and use it as if it were real. I remember the nights of vandalism in this car when my friends and I used to go to the rich neighborhoods and egg all of the Land Rovers and BMWs and then dig up the mailboxes while listening to Calle 13 on full blast. Looking at my avatar, dressed in the same maroon t-shirt, the same jeans and the Air Force Ones that I just bought a week ago, makes me so happy. I come across as a narcissist, but I love the exactness of my avatar, as if I were God and I'm watching the world from above. I want to live through him – the feeling of starting life over every time and knowing that if something bad happens to me I will have the option to turn off the game and re-start it, that everything wouldn't be so static and I could change. They say that nothing is permanent, but it doesn't feel that way. Sometimes I would like to forget my sins, my regrets. Still, I carry some memories close to my heart. I love to drive to the movie theater on Centre Avenue (Route 66) where my girlfriend and I went for our first date that led to our first kiss. In fact, the nostalgia inspires me to create my girlfriend too. Furthermore, the game includes all of the renovated apartments, the lofts that the city constructed for the yuppies now that it ran all of the homeless out of downtown (it's likely that they just constructed another right now as I'm thinking this). I have fun going through the downtown, sometimes driving on the sidewalks in order to kill a few businessmen. Along with the crystal meth labs, they are the ones destroying this city -- my city where one inhales sand when it is windy and no house is safe from the organized terrorism of cockroaches. I leave my girlfriend at her house and drive to my parents', perfectly portrayed by the designers with the use of Google Maps. There I hang out for a while with them and then I make my way to the Isotopes stadium on University Avenue to grab some hot dogs and wash them down with a few beers before leaving again. Do you see that you can drive drunk in a game because it's not real and if you kill someone, well it's no big deal? It doesn't matter!

Santi spends the day exploring Albuquerque through his screen like a young, modern-day Oñate, conquering area after area, killing passer-by after passer-by, raping woman after woman.1 In this city of sun where it rains fifteen days per year and everyone lives in a fabricated harmony, Santi is the black cloud that foreshadows a new generation of lost youths living through technology. Santi is hyperviolent, but he only expresses himself like that in videogames. It's typical that he screams at the television while he throws his controller as the police arrest him. I mean, he's a calm guy, like, in real life he wouldn't hurt anyone and he's pretty introverted because his social life takes place on the internet, but these games are an escape where he unleashes his aggression. Some play sports, others write weird stories, but Santi has his videogames, and these games are not like the ones that you found on the Atari twenty years ago with the game *Frogger*. Instead of being the frog that avoids the cars, in *The Streets: Albuquerque*, now you are the one driving the car and the pedestrians the frogs. Santi is obsessed with that power, even if it is fake.

I really have to go because my girlfriend is waiting for me and she told me, "Don't be late because the dinner reservation is at seven on the dot," but it's just that I don't want to stop playing even though I feel so nauseous. I leave in the same maroon shirt, jeans, and Air Force Ones from before. I run to my Impreza which is parked on the street and takes off. What a beautiful day! And so many adventures! I accelerate on Indian School and take the corner at maximum speed, reaching Girard. To the left is Padilla's, a New Mexican restaurant with its home-style cooking. I ate there once and the green chile enchiladas came out delicious, but I don't plan on returning because they have a weird schedule. There is the Hollywood Video where my girlfriend and I rent movies that we don't see at the theater. I swear I'm looking at a pedestrian walking with a sheep, but it turns out that it's just a damn dog. On Girard, distracted by the dog-sheep, one of those groomed and coifed dogs of high society that eats all organic, I lose control like I always do when I play and I crash into several cars. The damage is minimal, so I continue to Lomas in spite of the shouts from the other drivers who demand that I return. It's just that I am in such a hurry and the others need to understand that my girlfriend is expecting me and besides, I don't feel so well. And the speed isn't helping the nausea that I feel since everything is passing by so quickly. There is the University where I take a lot of courses and my favorite professor always makes me compare Puerto Rican literature with New Mexican literature because of their similar struggles with Anglo-Saxon culture, language, and the fact that the United States used both places as practice bombing sites.

Focusing on a Calle 13 beat, Santi didn't even see the pedestrians crossing the street until it was too late and the mutilated bodies were everywhere. The blood covered the street, ironically in front of the hospital of this city where the Balloon Fiesta attracts thousands of people that no nothing about the uncontrolled urban expansion that disillusions so many.2 Santi continues in his trance, like a zombie, like he's controlled by someone or something. He wears a smile of complacency. The windshield, I mean the screen, I mean…Could I turn off the system? He wonders when the telephone rings and his girlfriend wants to know if he's almost there. In that moment he realizes that he is so hot, which always makes him have to shit. It's true, ever since he was a little kid because he was always anxious, and like that he came out of his trance. And his Air Force Ones, once a pristine white, now red. For Santi, this pleasure comes in the form of destruction and therefore, the second option is his preferred choice because there's more freedom and Santi is the type of guy that sometimes feels restricted by his parents, his studies, and his job. He searches for forms to alleviate the stress because it can be overwhelming. With the second option, he doesn't have to think about goals, rules, or a code of conduct. He doesn't have to think about how the yuppies are invading his city with their money, traditions, and their American ways. Only primitive instinct and the opportunity to destroy what someone else created exist. That's so sick!

The windshield, I mean the screen, I mean…they say that nothing in life is permanent so I want to begin again, or maybe, I don't want to play anymore.

Daniel Arbino is currently Assistant Professor of Spanish at Centre College in Danville, Kentucky. There he teaches courses on Caribbean literature and Afro-Latin American studies. He received his PhD from the University of Minnesota and his Master's from the University of New Mexico. His creative works largely deal with the limits of technology and how technology paradoxically connects and disconnects us. He has published short stories and poems with *Divergencias, Alud*, and *Chiricú*. Furthermore, he has published academic studies with *Callaloo, Journal of Caribbean Literatures, Mester, Label me latin@*, and *Sargasso*.

POPPING GUM

I am resting upside down on the old, recliner chair. The quilted wool, square cushions feel itchy through the thin cloth of my pink dress, stained from shaved ice and other stuff that I ate the day before. I'm staring off at the ceiling. My feet are resting on the back of the wooden structure. The rush of blood to my head feels good. I am concentrating on a water spot on the ceiling that looks like a dolphin peeking through a cloud. I'm chewing tutti fruiti "Chiclets" gum squares. It's hard not to listen. They have been talking about her for quite a while. I remember her a few years back, when she still lived here. I asked her how to make gum pop. She tries to teach me, I place the gum on the appropriate spot in my mouth, as she instructs me, and I try to mimic the movements she shows me, but it's not happening, my mouth is not catching on. I can't make my jaws do what hers do. Still, I keep at it. I concentrate really hard.

She is soft spoken, loving and warm to me. Just thinking of her takes me to a safe place somewhere inside of me. But when I try to hug her the image vanishes. Yes, that was a long time ago when I was little. She is gone now. They had to move in a hurry for some reason, and I stayed behind to live with my *Nana*. I barely remember her face, her scent and her soft touch. No. When I stop to think and feel, I do remember her. They live far away now, in *Atil*. A small village in the hills of Sonora, a few kilometers past *Altar* where they could start over. And I am here, where I wanted to be, where I tantrumed to be. I have had more than one chance to be with them and I blow it everytime. When we were leaving and I saw my *Nana* cry, my arms reached out to her, as I sobbed. My dad got off the bus holding me in his arms and handed me over to them. My clothes were in the same suitcase as my mom's so they are in *Atil* now.

Later, I heard that he would've died if they didn't leave. He was so thin, they said and over there he would do much better with her family (my mom's) and away from the temptation. Temptation…?

I am still chewing gum, trying to pop it like she tried to teach me. My tongue and teeth try to collaborate, but I can't get the right rhythm going or something. I hear the voices again. Now, they're in full force. The main one, my *Nana*, is going at it again about her. Describing her bad ways in detail. Criticizing. Scrutinizing. Sometimes mimicking how she stands, how she sounds, how she looks. How her hands hang in front of her idle and useless.

—"Because she doesn't know what to do with them." Actually, their descriptions are helping me remember her, but I remember her differently, doing laundry, ironing, playing with my hair.

—"I have never seen another house as filthy as that one!" She goes on.

—"She fooled us all, with her well pressed clothes and her long, black, wavy hair. From a distance and before we knew her she looked clean. How were we to know that she would turn out to be so lazy? Or that she would be so careless about the cleaning, her husband and her children?"

Then someone remembers that I am in the next room and

—"Shhhhhushes" at the group, pointing in my direction. My *Nana* assures my *tías*

—"She doesn't understand, and if she did… probably doesn't care. She's ours." I'm theirs. I chose.

The rooms are not large and there are no doors between the rooms, the sound travels from one space to the other easily. I am listening, not sure of how I feel about the words that describe her. No. I do know. It hurts. She is my mom. I love her. Why didn't I go? Why did I have to cry so much? I miss her scent of laundry detergent and home made ironing starch.

The last time I saw my mom, her house in *Atil* was dirty. She was pregnant and me and my *Nana* and *Tata* stayed with a neighbor. It was my other grandma's sister. My *Nana* told my mom that there was more room there and this way we wouldn't inconvenience anyone or wake up the other children. My mom forced a half smile and nodded that she understood. Disappointment draped on her face. My dad disagreed with my *Nana* and said that

—"He and my mom had plenty of space, and that they had planned to give up their bed so she and my *Tata* could sleep in it. And she." He points at me. –"could sleep in a small cot placed in the dinning area for that purpose."

—"We have unloaded our bags at their place already. Anyway we will see each other all day tomorrow before we leave to *San Juan*."

That is the village that my dad and his family are from. It's made up of adobe houses lined up in one street. That's the town.

After we left, I thought I could've winked and made a funny face at my parents, but we were already on the outskirts of town when I thought of it. Too late. So, I concentrated really hard that we would go back. Closing my eyes and crossing my fingers, only on the right hand though, otherwise its bad luck if you cross your fingers on both hands. Then my *Tata* realizes that he left his *Stetson* hat behind. We turn around and go back. I knew I could make them go back if I concentrated hard enough! I've done it before. As we pull out of *Atil* for the second time, I have my chance. I wink and open my mouth in synchrony. I see them break out in laughter and my dad comments to the crowd something that I can't hear. I watch through the car's rear window until their figures become a shadow and eventually disappear.

My *Nana* walks in the room and sees me hanging upside down on the chair and commands that I sit up right immediately.

—"Properly." She says.

—"Little girls don't hang upside down, its rude and only for loose girls. Do you want to turn out like that?" Once I'm up she notices that I'm chewing gum. She sticks her index finger in my mouth and fishes around for the piece of gum, retrieves it. She holds it with her index finger and her thumb as she looks back in the other direction where my *tias* still seating on the bed and tells them

—"This is one of the bad habits, she must've picked up de ella. *De tal palo, tal astilla.* The apple never falls far from the tree." She continues. She means, I'm like her. Which I like, but she doesn't.

—"Even though I am trying to teach her right. Some things you can't undo." She says.

My mind wonders off to when she was here and tried to teach me how to pop gum. It was a hot, dry desert, summer afternoon and we were outside, by the side of the house. She was sitting in a wooden chair, placed right up against the wall to benefit from the shade of the house. Then, I'm back here again. It's summer, but not the same. I can still taste her rough skin, I feel her hard, dry index finger searching the cavity of my mouth, and then hooking the gum, removing it. It was still sweet and soft. I could've chewed that until I learned to pop it. That was my last piece of gum, now I won't be able to learn to pop it like she does. It was so cool. I miss her with every round bump in my skin, mouth, face, and hair. She used to comb my hair and it didn't hurt. She didn't pull on it. She did it very cautiously, because my hair is very fine, so she said it had to be done this way so as not to break it and form split ends.

But now the bad feelings travel back to my stomach, where I feel an ache, a longing for her, for him, for them. I have four brothers and she just had a baby girl. My new baby sister, I haven't seen her yet. But the last time I went to live with them, I cried so much that my *Nana* drove twelve hours to get me. I had a bad earache and only she could take me to the doctor. No one else had the money to pay the fee or purchase the medicine. Now, my ears don't hurt, and I miss them so much, but I can't say anything because my *Nana* will say that living with them, I will turn out to be,

—"*a cochina*" like she is. That I will be just like her and they think that's not so good. Still, I just want to learn to pop gum. If only I could get some more.

But, I have no money.

AL CESAR…. LO QUE ES DEL CESAR

You did not come, see, conquer
You came, saw, said…
Sí. Se puede!
We, THE PEOPLE
your people,
their people, many people.

LA CAUSA.

La Huelga-You organized…
You Striked
You Marched
You fasted… and lasted

Los Esquiroles
You mobilized
Those who most thought
Could not, would not
Did. Si. Se puede!

A woman's place…
Non-violence
Civil rights
Between Bobby, and J. Edgar

Missed steps….Illegal aliens
Missed trips…The Philippines,
A man, not a myth
A friend, a brother
A father, but above all
Not just another…

In the end… grapes were
Not of wrath, Grapes
Fruits of labor
And no one did US a favor!

A Man in the seasons
A Man who listens
One with no prisms
A Man who reasons

Do not take from him
Do not give to him
There's no need to
Forgive.
To forsake

The sum of his life
Is no one's to fake
For his legacy...
Can be no mistake

Lori Celaya, Ph.D is an Assistant Professor of Spanish at the University of Idaho. She was born in Mexicali B.C., but grew up in Los Angeles, California. She got her doctorate from the University of Tennessee, Knoxville with an emphasis in Latin American, US latin@ and Border Studies. Dr. Celaya is the author of "México visto desde su literatura norte: identidades propias de la transculturación y la migración" (México Viewed from its Northern Border Literature: Identities that Result from Migration and Transculturation) Pittsburgh University Press, 2013. At present, she continues to research and publish on issues related to the United States-Mexico Border, Cuban Americans and US Latin@s. In addition, she is collaborating on a text on *Spanish for the Professions* and she is co-editing a manuscript on "Latina's Coming of Age: A Paradigm of Transatlantic and Transnational Identities".

LESSONS FROM FABRIZIO AND BORDER CROSSINGS

Life presents imagined and unimagined possibilities that surprise us in endless ways and make us often say what are the chances that this would happen to me? After having wandered through various countries in Europe and the Americas, what were the chances that I, who had every intention of remaining in my native Peru with my loving and lively family, would be part of the shocking ride of life called "immigrating to and living in the U.S.?" Yet, life sometimes leaves us speechless, makes us growl, makes us fight or flee, and yet, at other times it gives us the chance to be happy. Immigration, says N. Doige, "is a far more difficult matter than simply learning new things, because the new culture is in plastic competition with neural networks that had their critical period of development in the native land." He adds, "only immigrant children who pass through their critical periods in the new culture can hope to find immigration less disorienting and traumatizing. For most, culture shock is brain shock". I am a foreign-born faculty who came to the U.S. to do graduate studies and work. I held a legal alien status as the result of the previous work I did. Yet, my experience in the US had not prepared me for what was to come: the competitive and often delusional environment of academia

In this essay, I report some peculiar experiences of my family — my son Fabrizio (FJ) and me. On some occasions, I do not identify the institution where things occurred for my sake and the sake of students and faculty that work and study in those places.

The Immigrating Process. The circumstances that propelled me to immigrate to the U.S. are clear. Peru had been under terrorist attacks since the rise of the Shining Path in the 80's. To respond to the rebels the government launched counter insurgent attacks that turned into state terror. At the same time, civilian crime reached extraordinary levels just like hyperinflation. In view of this rampant chaos, Peruvians became hyper-vigilant. Like fearful animals trying to survive, we protected ourselves by installing iron bars in our windows, and those who could afford it added electrical security. These added security efforts made apartments and houses look like prisons. This is the country, my native country, to which I had returned in 1990 with my only son Fabrizio after living in Mendoza, Argentina for more than a year. I was going to file for divorce and to start my life as a single mom; I needed the support of my family.

We adjusted well once in Lima, though it was very complex to be head of the household during these times of political turmoil that required one to be alert like a combat dog sniffing danger most of the time. Even dogs become weary of this intense vigilance, yet it was necessary when violence incessantly threatened and cornered our actions. The horror reported of people being killed and mutilated day after day dulled my senses. Still within this reality and with the support of my parents, I was able to create an enjoyable home environment to continue bringing up my son while pursuing my personal growth.

One day, however, during the summer of 1992, something happened that changed my mind about staying in Peru. I was at the University of Lima taking a film course when I felt this strange anxiety that pressured me to call my home to check how things were going. My old friend and housekeeper Mirta, who was partially deaf, answered the phone after it rang several times. The first thing she said was "somebody is just ringing the doorbell." I heard it and also heard my son practicing piano to improve his concentration. Mirta was in the kitchen with the doorbell box over her head; we both heard it as it rang demandingly. I asked her to go check through the magic eye, but not to open the door unless it was a family member; this was an order. The person on the other side of the door was the young man in charge of maintaining the building. Mirta reported that he did not say what he wanted though she had asked him several times. He left the third floor where my apartment was located and went downstairs to the first. He rang the doorbell and my neighbor opened the door. She was with her two little girls one five and the other three. She knew the young man as well as we did, but she did not know she was opening the door to her future kidnapper who had the young man at gunpoint. My neighbor and her two daughters were taken. They were released only after her husband paid the ransom.

My preparation to leave Peru began; the kidnapping of my neighbor and her daughters awoke me from dormancy that the naturalization of violence had put me on. Often, I contrasted my memories of a relatively happy childhood with my son's uncertain circumstances. By looking at him playing, studying, and relating to others, I learned what I needed to do; this was becoming a parent. Often he would run to me when he heard a bang or when the apartment trembled or when we had a black out and with his eyes wide opened said

—"Mami, did you hear? Did you hear? Was that a bomb or an earthquake?"

His confusion taught me how terror affected his life, yet he was in much better conditions than the Andean children that were becoming orphans. In those times of violence, I could not see the end of the political turmoil and corruption. I pondered how to provide my son with chances for a better life. This question led me to develop a dream, a beautiful dream of a place where Fabrizio and I could have a better life. I skewed it towards the optimistic side due to my magical realism-imagination producing wondrous lands.

Thus, I applied to a German scholarship to study children's theater in Berlin, but I was declined. Then, I conceived a different dream in the country where I had visited and briefly lived on and off: the US. In this country one has the "right to pursue happiness." I was enticed by this pursuit of happiness and my mind blossomed. Actions followed without rest. I applied to doctoral programs in Spanish and Romance Languages and Literatures. Gratefully I received three offers. I chose the University of California, Berkeley where I enrolled in the Romance Languages and Literatures program and added a Designated Emphasis in film to my doctoral degree. My dissertation would focus on the representation of the political violence during the years of terrorism. Those years that Fabrizio and I were leaving behind. I needed to understand this period that changed our life.

In July 1995, Fabrizio and I left Peru to start our new life in the US. The departure was hard. My parents took us to the airport in disbelief. Though I had kept them informed of everything, they thought that I, their only daughter, and Fabrizio, their only grandson, would stay with them forever. It would have been nice if this could have happened, but I had to find a safer place to bring up Fabrizio and better his opportunities. My sense of parental duty came from my parents' example. Fabrizio cried all the way to the airport while grandma and grandpa shed long tears. I shared their sadness silently.

That night, I became a cruel mother in the eyes of my beloved son, whose sense of family as he had understood it for twelve years, his lifetime, was being destroyed by the passing seconds as we approached our departure. I was hurting too and would have loved to delete this portion of the journey that had not been part of my dreams; my optimism and desperation had blindfolded me. We, at different levels of awareness, were beginning to face the consequences of immigrating. For Fabrizio, the two of us were just mother and son, but not a real family. A real family involves all close relatives. Fabrizio already knew what he wanted and what he liked: his community. I felt his crisis, his hurt, and his fight; I remained quiet and focused on the traffic lights and the lit houses that we passed on our way to the airport. I saw people in those houses, families inside, sharing a warm home like the one we had and were abandoning. They, however, were staying together regardless of danger. That's what Fabrizio wanted, but I learned it too late. The most difficult action arrived –true physical detachment from our support circle, my parents.

Becoming again a watch dog and gradually a member of our new community. The flight took us in less than ten hours to the hopeful land of the U.S. When we arrived to our rented apartment Fabrizio and I were petrified. The apartment was on the first floor, the windows lacked the iron bars that gave us a sense of protection in Lima. There were no armed watchmen or guard dogs to alert us of any strange matters; all my five foot one inch and one hundred five pounds body wanted to collapse as Fabrizio and I assessed the risks. But, being the head of household, I could not afford to weaken. I acknowledged our fears and gave my son the sense of protection he needed when he looked at me with his big eyes seeking strength and security, though at night I could barely close my eyes for any noise informed me of potential dangers. I was once again a watch dog, Fabrizio's mom. When I was in this role, I realized how many parents, among them my own, become vigilant of their puppies. Fatigue gradually forced me to accept a sense of safety. This was just the first cultural shock that we would have as Peruvian immigrants. Fabrizio and I had to learn and unlearn so many things. I was able to transform myself in whatever was needed in order to provide my son with the sense of security and love he much desired. Thanks to him I was forced to grow, to stretch by the tick of each moment, thus trascending many frontiers. The process of immigration begins when the thought appears in one's mind and it is definitely not only about learning the new culture, but also unlearning, or as N. Doige puts it, "subtracting." In our case, we had to learn and unlearn quickly millions of neuronal connections shaped through years of our life all without a process of transition because school was starting for both of us in just a few weeks. We went from belonging to an upper middle class –thanks to my parents—to being below the poverty level since I was a graduate student on my own.

Settled in the family housing of UC Berkeley, a former military barracks where lead check-ups were a routine, my son and I began our new lives. This was very demanding because in addition to the brutal brain shock that N. Doige describes, we also mourned the family detachment, dealt with our recovery from terror, and attended school. Fabrizio went to middle school and I to graduate school. We tried to understand the various public school environments with their complex systems and dimensions that felt too large to grasp in a few days, weeks, or months. We were not used to public schools for our entire education had been in private schools, with the exception of the elementary years in my case. The simple and peaceful life that I had desired demanded a lot from us.

My son and I, two mostly happy fellows, dealt with language issues at different levels. Though we knew English enough to communicate full and complex sentences, what we said conveyed the semantics of our life and none of the cultural setting, so it sounded like a different language. My older brain created awkward sounds not only because of my tight jaw —after all, tension had the right to show somehow— but also most people at Berkeley were highly energized and most of the things that they did made them look like super heroes. They flew by leaving me without having finished my sentence; I had to work on speeding my utterances. These hyper-stimulating people lived confident that the future could be even better. How did one join this type of community with the history that Fabrizio and I brought with us?

Having just arrived as immigrants our breathing, thinking, acting, dreaming, hoping, planning, etc. were affected not only by our psychobiological development (my son's pubescent age and my middle thirties) but also by the traumatic effects of our memories of Peru's terrorism, state terror, and high crime. Incredibly, our will power kept us pursuing business as usual: going to school, working, playing, and facing the challenges. We, disciplined immigrants full of hope and magical realism, confidently worked towards the desired goal like marching ants. How people saw us was a different story.

The Latina image as a limited and questionable U.S. cultural production. Some saw two immigrants, simply immigrants, Hispanic immigrants, a son and a mom adding to the percentage becoming the majority among the minorities. This increase in the Hispanic population, as I learned, was not only the result of immigration, but also, the result from Latina moms having many children. Several times I was asked where my other children were. Once when I went to my gynecologist for the annual exam, I received sexual and birth control education as if I knew nothing on this matter. I had certainly told the nurse assistant that I was a mother and had chosen to have one child only. She ignored me and did what she was trained to do. Using a vagina and a penis made of clear fiber-glass, she educated me on the matter of intercourse. Understanding her needs, probably mandated by her supervisor, I went along and showed surprise. I left my gynecological appointment with a bunch of condoms. At home I emptied my purse and told my son and friends about this experience. He asked me "why?" and saved the condoms. My son had received sexual education already in his Peruvian school and had had conversations about sexuality openly with me already. Apparently in the eyes of that nurse assistant I was a Latina mom that could have many children and deplete the economic resources. She could have thought of me also as a Latina taxpayer, but lacked imagination, I guess.

Practices like the above obliterated my presence and became testimonies of cultural inventions and practices, which can be understood in Lewin's words. Lewin believes that an individual's psychological processes are "always to be derived from the relation of the concrete individual to the concrete situation, and, so far as internal forces are concerned, from the mutual relations of the various functional systems that make up the individual," as cited by Deutsch in 1965. Did the nurse know my concrete world? Did I know hers? No, we did not know each other's world therefore our semantic creations did not connect and could not form shared meaning. In some instances Fabrizio and I were two shipwrecks holding onto the mast together as we drifted in the middle of the ocean encouraging ourselves to adjust to the U.S.'s confusing melting pot. Perhaps I would have stayed in Peru if I had known how complex immigration was.

I had been born in times of radical changes and instability that pressed my generation to transform at the speed of light. We lost, survived, and became a new culture with each new government. From landowners to a socialist dictatorship to fragile and questionable democratic governments, we were becoming — in the midst of chaos and corruption — the best or the worst that we could be. Most people from my generation were resilient, or as Reivich and Shatté would put it, "able to monitor and regulate their own emotions and monitor the emotional state of others." Resilience is needed in many developing countries like Peru, where in addition to the continued political turmoil, corruption, drug trafficking, and natural disasters, ethics and morals are as thin as rice paper. Resilience is not only a decision for survival but also an indisputable element for success. As Baumeister said "success is conditional—but it's within your reach as long as you have the discipline to try, try again." My resilience came also from the lessons learned from my family and the Franciscan nuns in my middle and high school. For example, I recalled that "from everyone who has been given much, much will be demanded; and from the one who has been entrusted with much, much more will be asked." My parents had given me the resources to accomplish the life that I want and I was giving Fabrizio opportunities to develop his life as we struggled onwards in the US. Fabrizio's existence was also giving me the chance to be a 20th and 21st century parent and for those parents like me, we had a lot to learn.

FJ's school experiences. In middle school FJ became the Latino with ADHD. One of his instructors told me that FJ had this condition and added that "Latino children" tended to be hyperactive. The confusing part to me was "Latino children." What did she really mean? FJ had been diagnosed in Peru and had worked on his concentration since he was five years old. Surely FJ's lack of concentration was not just due to this diagnosis only. What about everything else that was going on in his immigrant life? Twelve-year-old FJ was undergoing a hellish time navigating between Peruvian family values and the values of his generation in Berkeley (which he wanted and needed to embrace). And what about dealing with his graduate student mom that frequently became neurotic and that learned from his son frightened expression how ugly she was. Considering what Doige said, "only immigrant children who pass through their critical periods in the new culture can hope to find immigration less disorienting and traumatizing," FJ did quite well. Unfortunately, for some of his instructors, FJ's ADHD label became more relevant than he was himself. Yet, FJ and I had already had an excellent experience dealing with his nature and mine for years. He learned quickly, did his homework and played a lot too. His mind operated brightly and speedily only disconnecting when he was not engaged.

I learned to teach through teaching my son. He learned in different languages and in different countries — and he had autonomy. I saw him change and join his generation within his new community. This "Latino kid" had a complex life. He was expected by his mother to handle the situation and by his instructors to proceed according to the system's expectation regardless of his learning disability and the brain shock immigration causes. Still, I lacked understanding of the "Latino" concept. As Peruvians who just had arrived to the US, we did not relate to this category "Latino." The label eliminated the cultural distinctiveness acquired throughout the years of our life with our family and communities. Such an unsophisticated term put in the sack all Hispanic Americans that live in the U.S. and cruelly wiped out our identity. Certainly, I do not deny the benefit of the term in some bureaucratic cases when the government or any other complex system uses the term to facilitate the manipulation of these humans as a mass. In this case, actions, needs, and decision to vote, are studied and referred in percentages and gains or losses accounted for. But, how does one study human beings by wiping out their diverse origins, cultures, and geographical information? And who do they become?

The simplistic and static homogenization of cultures within the U.S. was contrary to the image of the developed nation I had conceived. I had not seen this neither in the European countries I visited and lived in nor in Latin America, where distinctiveness flows as part of dynamic cultures. Now, I was getting the true sense of the cultural environment I was occupying and felt imprisoned as a lab rat in a narrow cage. I came to question how one could pursue happiness when one's identity was being wiped out by a fabricated statistical image used by the macro and micro system of the culture. Who could be happy without personal distinctiveness?

Learning from FJ's confidence and freedom, the skateboarder, helps mom to teach. As FJ grew, he continued to teach me to teach and to discover his mind. So, when I teach, I engage my students' minds and discover their personal learning styles. Since 1995 I have been teaching in various colleges and US universities. When I was a Spanish Teaching Assistant at Berkeley, when FJ had a school holiday, he came along to my classes at UC Berkeley and practiced Spanish with my students. The excitement of learning, teaching, and living the "pursuit of happiness" at UC Berkeley became even more thrilling with him as my assistant. I introduced my son to my creative, bright, and brave Berkeley students who were making all kinds of sacrifices to achieve their dream. FJ laughed with my students and reported them when they were speaking in English since only Spanish was allowed in class. FJ took his role seriously; students had to learn Spanish because his mom was the teacher, period. Seeing my son's skateboard parked in my classroom as he mingled with my students gave me a strong sense of interconnectivity and filled me with the understanding that I might have done something right by choosing to come to the U.S. FJ's integration with his community inspired me to loosen up and to be less concerned about our uncertain future. I practiced this, which at Berkeley is also easy to do, and confidence and happiness led me to let my hair down. Like us, my students came from different parts of the world and various states. Some were the first generation of born U.S. citizens attending Berkeley and wanted to give back to their parents.

One day, the flow of our lesson came to a standstill when a policeman poked his head in and with a big smile announced "bomb threat," and left. I had never seen a friendly delivery of this type of announcement. Stunned, my brain split in two realities. One filled with lethal fear affected by my Peruvian experiences that shaped meaning accordingly, while the other tried to remember if the Director of the Spanish program had trained me for this occasion. I could not recall anything, but my Peruvian experience helped me. I became cool minded and asked my students not to panic and to start leaving the class in order quickly. FJ had trained me to be a strong mom, a leader, a teacher that is able to guide and make the best call in the moment. The cold weather invited us to sit closer. I knew that FJ was safe and that someone would do the same thing I was doing for my students in similar circumstances. Once outside we sat on some benches and on the grass and continued our lesson far away from the building as it was being checked. Memories of Peru flooded my mind and I had to make an effort in asserting that this was not the past, and that in this present the meaning was different. At Berkeley the bomb was not the result of a terrorist group. It could be an activist, somebody going nuts, or some students trying to delay an exam. While my brain was processing present and past experiences, my students wondered instead who might have left the bomb, the reasons, and if there truly was a bomb. The police later informed us that it had been a false alarm.

Becoming a woman of color. I met Stephanie on the shuttle one cold and rainy Friday when we both were returning to family housing exhausted and hungry. She invited me often for tea and ginger cookies. Stephanie told me that I was a woman of color. In her view, Latinos and African Americans were people of color. I felt on the one hand honored and on the other hand ambivalent for her history was not my history. Here I found myself wrapped with another label. For example, I couldn't help but notice the need for labeling a foreigner according to ideology instead of exploring and discovering the immigrants and their culture through interaction.

Stephanie's discourse, I felt, was charged with an intention to assimilate me or at least to link me to her world via "us, women of color." It sounded powerful to me to join a women's front that advanced our development, but, I also felt her discourse expropriated me from my cognitive, emotional, and affective Peruvian land and history. I had been Peruvian for thirty-five years. In my Peruvian self and its environment, the seeds of assimilation did not develop just because someone liked me, or invited me to join a political front. I needed to first find the value that triggered the desire for wanting to be like others or to achieve goals together while at the same time respecting our distinctive histories. From this moment on, I connected to other colored people and observed the ethnic interactions. Realizing that I was not only my conscious awareness, but I was the perception of many more people that I didn't even know about.

Teaching in Oakland. I taught at a couple of colleges every time there was an opportunity during the regular academic year and the summer while doing my graduate studies. This meant teaching two times a week from 6 p.m. to 9 p.m. When I began my supervisor warned me that I should not go alone to the bathroom because a rape had been committed. She asked me to encourage students to go in pairs. My stress level went up, but fortunately during my time at this college there were no incidents of rape. Then, one summer, I witnessed two guys threatening each other in the parking lot with a gun. I was petrified. I had no cover to hide, so I began stepping backwards with almost imperceptibles moves. This type of American violence with guns, on the street, just because… was to me, inexplicable.

In my different class I interacted with various and distinct individuals who gave me extraordinary encouragement. These fearless people pursued their goals as I was pursuing mine. FJ and I were finally feeling like fish sharing the water in this melting pot — we understood and liked the region more each day. Then, it was time to pack our suitcases once more.

Arkansas. I graduated and begun my tenure-track career in Arkansas. Moving was another brutal shock for FJ who now was seventeen years old. He did not want to leave his friends and community and resented having only one parent. He wanted to maintain the strong ties he had and saw me as the un-doer of all the wonderful life he had built again. My heart felt his sorrow and I regretted causing my son this pain, but there was nothing for these immigrants to do. We must follow the road that lead to the full-time job and the unknown.

We had rented a house in Arkansas prior to our arrival. I wanted FJ to feel that he had a home, but he moved out as soon as he turned eighteen. He lived with some friends and started college and partying. These two things did not go together in my all girl Catholic education culture, but for some students in the U.S., that's college; my son was not the exception. The house became an empty nest, and I had time to work even more.

My teaching and research was going well. I enjoyed my students who came from various counties but all had something in common — they loved to hunt— deers and ducks. They even ate squirrels. Often they wore hunting clothes to class as this part of their identity was openly shared with everyone. Having teenage girls taking my Spanish classes alongside the mothers they had already made grandmothers reminded me of the maternity concerns in Berkeley about Latina mothers. In Arkansas, motherhood was prevalent among the poorest and more uneducated citizens of the state. Yet, was it really a problem or was this a traditional way of life being rejected by the advancements of modernity and science in richer cities? The students' eagerness to improve their lives was as inspiring here as it had been in Berkeley. Nevertheless, here, I also discovered vile hypocrisy and harsh souls among the most educated. Some faculty, as sport, practiced backstabbing and self-praise, while viewing themselves sophisticated.

One day, one colleague complained she was always worried

about being seen as white trash and being scorned for talking like a southerner. I had to ask her what she was talking about since I did not know either what white trash meant or what her problem was with having a southern accent. After she explained, I felt a deep sense of sadness and empathy for her; she did not like herself nor living in a culture that was prejudiced against her. Her secret life hounded her as well as the fear that her sexual preference would become a cause for disgrace to her family. This woman was an unhappy human being; her father had been a preacher and she felt she had not lived up to his expectations. I realized how complex life in the U.S. was with many cultures co-existing. This harsh Southern world of religious expectations, where evil is on the tip of the tongue, was not something foreigners like me were prepared for. Arkansas was showing me new aspects of U.S. history and its people's sentiments of fears, grace, and sorrow.

There were other moments when living in Arkansas did not feel right for me because my accent made me identifiable instantly. FJ did not deal with this well. When I went to the stores, frequently the salesperson looked down on me when I opened my mouth. But, if for whatever reason I paid with my credit card and had to state my employer or what I did for a living, my assumed value changed as they learned that I had achieved a Darwinian development by becoming faculty. My Chilean friend whose skin is darker than mine was asked to leave a couple of stores. She told me that the "KKK" was present in this region. Her words took me back into black and white movies of Uncle Tom and lynching times, yet I had driven my son and myself into this rural reality thinking this great nation was homogenous. "Pero qué película real maravillosa had I made" This was a big mistake! What frontier had I crossed?

This super-attractive image of the U.S. that spreads worldwide represents, in my view, the desires not only of the U.S., but also of immigrants like me who come to find out firsthand that they need to build this reality for themselves. Many parts of the U.S. look like any developing country, still with economic and political power centralized in urban spaces and populations left to their luck. The great thing, however, is that with intelligent work and the active involvement of local, regional, state, and federal efforts reality can transform.

In a sense, foreign-born and non-foreign born alike become builders of the illusion that creates a better US. A friend who had lived in Arkansas for nine years warned me

—"Lucia, you have to find a better job and leave. Otherwise you'll be stuck here forever, like I am."

His words carried a sense of desperation. He described the "good old boys" and the power liaisons that controlled specific matters within the university. My friend asked if I was willing to "kiss ass" to secure my position. That was a weird question, but he explained it was essential to political maneuver.

Again it was time to leave a place that was becoming familiar and home. FJ helped me prepare our house to put it on the market. We fixed the yard as we had designed it; we would not enjoy it together anymore. We worked quietly and this silence spoke about feelings. Soon I embarked onto a new journey. Another friend, who had studied at Duke University, told me if she had the opportunity, she would live in Charlotte. I decided to give it a try and found a new prospect in North Carolina.

North Carolina. FJ drove the only U-Haul available in this part of Arkansas. Somebody had brought the truck from Texas, and it was the only truck in town; the others had departed with people moving out of Arkansas. Such was the demand! As FJ drove, we mentally prepared for our split. Now 20, FJ was not moving with me. That's not what men his age do in the U.S. But he was very kind to delivered his Mama where she needed to be. Finally, after crossing the mountain range from Tennessee, we arrived to my rented, moldy, and dim house.

The plants that I brought with me from Arkansas hoping to plant them in a new home did not make much sense anymore. I had been a way of holding on to my dreams. Yet a new life phase had begun when my son drove himself back to Arkansas. He was living the U.S. values, and I had to adjust to this reality. The time was passing quicker than I was achieving my goals. I began as an assistant professor. The university had advertised itself as a Christian private university affiliated with the Southern Baptist. What did all of that mean? So far my academic experience had been with secular universities. The first time I met with the faculty, I was informed that the two senior faculties competed for power and teaching ideologies.

The Chair went on sabbatical the semester I started. This is when the interim chair imposed a book knowing that the Chair did not want that adoption. She came to my office and bullied me to accept the change. When the Chair came back and found the new book adoption that supposedly "I" had requested, he accepted this as a betrayal without ever asking me whether or not that was true. Our relationship was bitterly affected. Then, another event followed. He sent a departmental email accusing three international teaching assistants (one from Colombia, one from Costa Rica, and one from Mexico) of indecency and "porn behavior." As the coordinator of the teaching assistants, I met with the young women. They had taken pictures in bikinis when they went to Myrtle Beach and had used a library computer to save them and send them to themselves. The librarian had found the pictures in the trash file and indignantly called the Chair; nobody was supposed to use the library's computer this way. The pictures were far from porn. If I were to compare how much skin the teaching assistants were showing at the beach with the amount of skin students at this Christian university showed when sunbathing like tortoises on the grass on a sunny day, the three Latin Americans teaching assistants looked like grannies. The problem was not the bikinis, but the eye and mind that fantasized porn images and was prejudiced against the Latin Americans. I asked the teaching assistants to talk to the Chair and clarify this matter. He denied having any concerns and sent them off with a big southern smile. In other words, he did not have the courage to have an honest conversation with them.

In our first faculty meeting I requested that any similar situation be investigated first. Also, I expressed that as a Latin American woman I found the Chair's message offensive. My request was too direct for his Southern ears; I had altered the system by being assertive. Instead of smiling at him and backstabbing as was the tradition, my open communication was seen as a declaration of war, but the only one fighting was the Chair. Later in the term I was told my contract would not be renewed. The Faculty Council found all the Chair's claims not only unsustained, but also made out of thin air. Yet I was learning more about this region's culture and a Christian university promoting "good old boys" complicity and men who lack character.

Throughout December and the months to come, I looked for jobs until I was offered two visiting professor positions at two different private and reputable universities. To go to one of these jobs I drove four hours round trip. To go to the other, I drove one hour and fifteen minutes each way. I did this for three years because I was determined to keep my life on track. However, my health began to fail with the high stress level. Then, on August 15, 2007 I heard on the radio that the epicenter of a lethal earthquake of magnitude 8.0 was my parents' town of Pisco, Peru.

Alone in my home, I began calling all members of my extended family living in the U.S. and asked them to join efforts in find out the state of my parents and brothers. I dialed my parents' number every half hour until finally the next day I heard my father's voice first and then my mom's. I did the only thing I could: I listened to them, learned about their experience and gave them all my love. I was able to be their support and help them build hope in the midst of the natural disaster. Still, one night, exhausted by life's demands, I lay on my bed wrapped in my robe feeling winter in my bones and observing the pitch black outside my windows. I understood why sometimes people just quit, but this was not even an option for me. I couldn't quit anything because I love my son and my parents beyond anything. My mind had only one thing to do — light up the night as if I were a passing star.

As the month rolled along, life offered me a new opportunity to be with a community of people with whom I share high expectations about education, professional development, and community service in the South. Currently I live in Charlotte where diverse communities and cultures come together and build relationships based on inclusion and diversity. Immigrants, like me, and locals dream big dreams and work together. Our efforts build our conceived fantasy of the US into reality, and thus the South is being transformed. I hope one day it will not be just about the "good old boys" and nepotism that keeps the status quo so that progress can flourish.

Lessons learned by crossing many frontiers. In my life as a

Peruvian immigrant mom and faculty I have learned every day lessons that have made me stronger and more understanding of all our wonderful abilities and inabilities to understand each other. I learned from my son how to teach and to understand a teenagers' life better, as well as to listen carefully. FJ witnessed how I experienced discrimination in various situations and unfair treatment in the academic world and how, because of this, our futures became uncertain on occasion. This complex experience has enriched our lives and has made us more appreciative of the challenging opportunities my dream delivered us. As Csikszentmihalyi says, "the best moments usually occur when a person's body or mind is stretched to its limits in a voluntary effort to accomplish something difficult and worthwhile." I stretched to offer my son abundant opportunities. Our experiences were not all easy or exempt from pain, but they have provided us wisdom and understanding. At the beginning of our life as immigrants my son and I were clinging to a shipwreck in stormy waters, but the seas have settled now so we enjoy a calmer life that lets us be fully involved with other details of our lives and enjoy the US as it is and not as I insanely once imagined.

My experiences also taught me that human perspectives change like the colors emitted by diamonds. Each circumstance taught me about others and myself, the importance of strong family connections, strong values, and an understanding of cultures. Undoubtedly, my cultural experiences as a born-foreigner faculty working in the US have been impacted by each region's internalized racial history and the culture of aggressiveness. N. Doige says "to a larger degree than we suspected, culture determines what we can and cannot perceive." The way I was perceived and categorized: first, as a "Latina" where "Latina" meant mom with many children or fellow oppressed woman of color; later, poor and uneducated, and then feisty, exotic, daring creature, show that the fabrication of the other as a concept expropriates the person from her humanness. Concepts are just that, they do not determine who one is, what we do, or what we believe. We must have a language of respect that acknowledges each other's culture based on mutual appreciation. Foreign faculty have the responsibility to communicate well and assert ourselves particularly when our distinctiveness risks being vandalized.

The immigration process is not only hard on the plastic brain for the additive and subtractive experiences that occur during acculturation, but also for the endless calculus equations that this process harvests particularly in the adult brain. In this process, the distribution of energy is a complex, ongoing investment since each immigrant needs to decide to adjust, or resist, or reject the demands that immigration presents in the new environment where the immigrant seeds and grows her dreams. I continue to accomplish mine, and so does my son.

Lucia Galleno Villafán is an Associate Professor at Queens University of Charlotte. She studied Romance Languages and Literatures with a Designated Emphasis in film at the University of California, Berkeley. Her research on the representation of political violence in Peru led her to study trauma. This led her to pursue a Master in Counseling in Education, Mental Health. Lucia later added a MS in Organizational Development and a Coaching certificate.

Lucia's literary work has been presented nationally and internationally. She is currently devoted to writing chronicles, short stories and a film script.

THE SKIN OF THE FRUIT

I had a dream where I was in a large supermarket in Johnson City, Tennessee and everyone there was Latino and speaking Spanish. I should have known it was a dream, in the 90's we seemed to be the only Latinos there. We saw others in construction sites, and agricultural fields, but otherwise we seemed to be an invisible populace. I didn't even know where the other Latinos lived or where they went to school. However, within the dream, their presence was a condition I accepted without question, I ignored the demographic improbability. I was speaking to a man in the produce section, he was dark with large, beautiful hands. I saw him pick up a pear and place it into his cart. He spoke to me,
—"Hola, señorita, qué onda?"
At first speaking to him was a little difficult because there are whole pockets missing in my vocabulary, pockets which even my subconscious mind, raptured in fantasy, could not ignore. As I conversed with the man and lingered there, I became increasingly aware of the vibrant allure of the produce. The apples and tomatoes were a deep, haunting shade of red and their plump texture was hypnotic. As I picked the tomatoes, it seemed as though all of my life was bound within their ripe fibers, full enough to burst, but securely bound by their strong, thin skin. The brilliant colors of the apples and the pears and grapes spoke to me in a primal language. As I touched the grapes, I imagined the hands that picked them from the branches. Hands like mine, like my mother's hands and grandmother's nomadic hands that crossed into this country harvesting the same fruits I held in my dreams. They carried messages to me from other worlds through that thin texture of skin and smell. As I continued to touch the fruits and vegetables their wholesome essence seemed to seep into my skin and magical words started to fill the vacancies of my inadequate language. In an instant, my language was seamless. The magic was difficult to accept, but I was so grateful to have

the void filled that I embraced it with every stitch and fiber of my red *corazón*. I felt whole, like I was home, among the tomatoes and apples and the magical words that were as free as thought, and more innate than breathing and being.

I woke up, tried to cling to the dream but it had left me. I made my way to the mini fridge in my studio. My refrigerator was in an apocalyptic state, baking powder, sour milk, a stale half eaten protein bar and a sporty red drink boasting nutrients and electrolytes. It tasted vaguely like watered down gelatin. I slipped back into bed and waited for my alarm clock. It was one of those mornings where I felt nothing but the vain urgency of routine and my mind wandered to the demands of the day ahead. I had a meeting with the head of my department. I groaned and turned my covers into a warm cocoon of forgetfulness. I was on the brink of blissful denial when my alarm clock blared.

I waited outside the head of my department's office, I felt as though I could slice my fear out of the air and choke on it. Eager for something to do with my hands I fiddled with my scarf. Finding that insufficient, I fiddled with my pen, my book, hair, nails, anything to occupy my thoughts and fingers. I looked at the posters on the walls, familiar with most of the stories they told; war, oppression, loss, love, discovery-all variations of a theme. I sensed her previous conversation in the hallway coming to a close. Women like her made me keenly aware that there was more in heaven and earth than studied in my philosophy, because when she moved the electrons in the atmosphere seemed to change, like the quiet after a thunderstorm and I could sense, without question, she was rounding the corner. Words were uttered, she invited me into her office. I asked if I could close the door. I noticed I used far too many words for such a small request and chastised myself. I was terrified to have a conversation about race with a black woman who was by all accounts was my intellectual superior.

After all academic business had been concluded, I switched to the difficult conversation I had rehearsed.

—"Did you get my email?" I asked.

—"Why was I not included in the invitation?"

The invitation I was referring to was an open theatre audition for Latino actors in the area to show their work to regional companies. I had rehearsed a myriad of responses,

—"I forgot" or

—"I did send you an invite." I anticipating something cruel that involved leaving out fairer skinned Latinas. Maybe she thought it was only for dark skinned Latinas or for people who were native to a Latin American country. Maybe she thought my Spanish wasn't good enough. She asked the one question I had never rehearsed.

—"Do you identify yourself as a Latino actor?"

—"Yes" I replied instantly. I didn't need to think about it. There was a loaded pause. She said that in the future I would receive the invitation and she encouraged me to audition. Was that it? I looked at the floor. I didn't want my eyes to betray my feelings. I was in a rage. I was in shock and I didn't know what to do with my ignorant assumption that black academics would just understand all manner of racial politics. I thought black people knew everything about race. In my mind they were supposed to just know these things.

—"Do I identify as a Latino actor?" The question insulted me and profoundly humbled me. What did she want from me? A long tirade about all my racial identity issues? God knows I had plenty of material to choose from. I remembered that growing up kids made fun of my "ethnic nose." Even my own mother laughed, eyes gleaming and called it the "Celaya Nose" and said she would pay for my nose job.

—"I'm sorry honey, you got the "Celaya Nose" like my face was the punch line of some cruel joke- white skin and a "Celaya Nose." I remembered the shame that I felt, feeling like my face didn't make sense. My face was a mistake. I should have been one or the other. Did she want a lecture on how Latinos have white people too? The whole

—"it's complicated" routine? Did I need to get a tan or tell her about my family tree—about the migrant fields, the border violence and *curanderas* that colored my family's history? What was there to identity? What was needed to validate, with proficient accuracy, the authenticity of my racial identity?

—"I mentioned in my personal statement, in my application

about how race and how our stories are important to me."

She replied that she read so many of them that she couldn't remember. It dawned on me. Why had I been so naive as to assume she knew I was Latina? I just assumed that people knew. When I looked in the mirror I saw a Latina and I was sure that everyone else saw, at the very least, an

—"ethnically ambiguous, maybe she's Latina or something" type.

I thought, too many people have stopped me in the street and asked me where I am from, and they didn't mean L.A., to not look…well, ethnic. She seemed to perceive some unspoken conflict.

—"I apologize," she said. I looked at her.

-"I was mistaken to exclude you, and it won't happen again," she concluded.

—"It happens" I replied. She seemed to expect something more, maybe. So I said,

—"Latino identity is kind of complicated…its well, its complicated."

I repeated awkwardly.

—"Maybe your solo show could cover some of your thoughts about that."

We are all required to do a solo show as part of our Master of Fine Arts thesis and while that seemed like a compelling theme I thought…like hell I would do a solo show about my race. I have never fit into any of the racial molds that were set before me, not the *White* ones, not the Latina ones.

—"I'm bi-racial." I blurted, as though being bi-racial meant I was naturally excluded from the dialogue.

Then I remembered that there is a school of thought that says Latinas with white skin aren't supposed to call themselves bi-racial. I apologized and scrambled for a word that described me and that wasn't a derogatory term. Half breed…no…Chicana… was that close enough? Fuck, there really wasn't a word for me. Maybe like *Mita*, or half—but then I'm not half of anything. I never really liked the concept of half describing my identity in halves and fractions. There are no halves, my racial identity is not an algebraic equation with fractions. If I wanted to use math to make the world make sense, I wouldn't have majored in theatre.

She took a breath and said,

—"I understand, that there were many complications for people of color."

Did she sense my panic to find an adequate word? Was this her offering? Am I a person "of color?" Does that one fit? Of color…maybe. Color for now, would have to be one of my magical words that filled the void. Color…

Christen Gee Celaya, is a graduate of English and Theatre from the University of Tennessee, Knoxville. She has been featured in several plays in New York and other regional theatres. She will complete an M.F.A in acting at the University of Washington, Seattle in June of 2016. After graduation, Christen plans to pursue her acting career and will continue to write plays, poetry and prose.

Coral Getino

THE CUMBIA OF CHANGE

Change the *cumbia*,
Compadre,
Cover the *chamba*, mister.

The cobra sways,
Wave the *comba*,
Charge for the belt,
Squish the tick,
Change the *cumbia*, ok?

Open the *cancha*,
Close the *concha*,
Catch the pig,
Clean the welt.
Get to work, pal.

Hold the *cachucha*,
Open a beer.
We don't have *chicha*, nor rum!

Give me *bizcocho*,
Poblano, *chipotle*,
Ceviche, *sancocho*.
On the hot chaffing dish
Place a chicken breast.

We left behind the *rancho*,
Malinche, the *charros*,
The gossip, the scum,
The spark and the mother.
Eat your pork rinds.

I don't want *chamacos*,

Neither plump nor slim.
Put on your *chanclas*, come on!

I am a *chilanga, chicana,*
Spanish *cholita,*
Ketchup, coca-cola.
Breastplate of darts,
Crest of flowers, I am.

Change, *comadre.*
Shake your booty,
Dance the *cumbia*, and done!

Coral Getino has a Ph.D., in Chemistry she was transplanted from her native country of Spain to Tennessee 24 four years ago. She traded a career in the sciences to be a parent and has founded an organization dedicated to Latin@ arts and culture. At the present time she is president of Spanish Language Solutions, where she is an editor, translator and interpreter of Spanish. She writes creatively as a hobby.

Melanie Lucía Márquez

APPALACHIAN BALLAD

I change the station and the speakers vibrate with Johnny Cash's husky voice. I am alone in my car, surrounded by tiny blue mountains, with country and Christian music as the only alternatives on the radio. Somewhere in there, the heated voice of a minister wants to intrude and tell me the reasons why my soul is condemned. Johnny wins the battle and I hum with him a verse that says 'I walk the line'. I find myself in these words and I think how, just like the singer, I try to walk on a line. But unlike the one in the song, my line is not straight. It is actually quite crooked and sometimes, I even have to move in a zigzag.

I turn up the volume and wonder how much time is left before I get to my destination. The question remains as it is difficult to know my exact location at the moment. Maybe I am in Kentucky or perhaps in Southwest Virginia. Around here the borders are blurred and can get confusing. In a place nearby one can witness the meeting of three states while actually being in the middle of nowhere. On a photo I took there, I have one foot in Kentucky and the other one in Virginia. They are separated by a very thin line. It reminds me of an older, similar picture taken at the place where I come from. On that one, the line that my feet enclose divides the earth in two hemispheres. Suddenly, I see both pictures transposed. The lines cross over and tangle up. They meet and they separate in a complicated dance and all I can do is I try to keep up while I dance around and between them.

I get lost in my thoughts and the background music turns into undulating notes full of memories. They take me back five years. My commute to an office job involves forty minutes of buildings, traffic, and dozens of billboard ads. One day I decide that I need a change of pace. I long for a new life, a new environment, and a new purpose. My spirit of adventure gets into action and I choose a remote southern city in the big country to the north. I think that as isolated as it might be, the fact that it has a university guarantees a civilized place with plenty of interesting things to discover.

The harsh winter weather receives me when I set foot on this land for the first time on a January afternoon. It seems like an affront to the suffocating heat that I leave behind in Guayaquil. During the trip I feel worried about not having agreed on a meeting point with the university worker who is coming to pick me up. What if she is at a different gate? What if I miss my ride in a place where I don't know a soul? This concern vanishes, however, as soon as I land and it gives way to a worst one when I get a peek of the tiny airport that is almost lost in the abundant snow. Where have I ended up?

In the midst of the fog, the buildings are dissolved into mountains, the traffic into solitude, and the ads on the billboards into stern bible verses. I turn the dial again. The radio now offers me bluegrass as an alternative. The instruments tune themselves and they begin to play for me the symphony of the mountains. The music of Appalachia becomes my new companion in the dance across my memories.

The mandolin chirps and I go back to my first Easter dinner with a local family. After the simple and heavy meal, the mother gets up from the table and announces like it was nothing that she is going for a stroll to find 'herself' some snakes. I can only hope that the nasty creatures don't want to take a stroll to find 'themselves' some humans. The banjo twangs and I find myself in my first country fair. I am overwhelmed by the smell of funnel cakes and other fried foods while being chased by the curious glance of a little blond girl who apparently finds me quite exotic.

The fiddle vibrates with a high-pitched sound which reminds me of the creaking southern accent; the one with which my ears still struggle to understand. It also sets the rhythm for a tiny old man with a pointed nose and a handful of white fuzz for hair. His feet hit the floor rapidly and lightly with a mix of Scottish and Irish steps. He is dressed with a flannel shirt and narrow jeans from which a big silver buckle stands out and jumps with the dancer's movements.

The strings of the acoustic guitar scratch the melody and I find myself in the middle of a university classroom where I am the only Latin American student. Once again the professor wants me to compare the current class topic to the way things are in that picturesque place where he thinks I come from. I make up for him a colorful story and I leave the clueless academic satisfied with the ethnic minute of his class. The lyrics of the song playing in the background want to remind the professor that it is actually this region the one that is capable of inspiring plenty of folkloric tales.

The banjo growls and resonates with mountains and more mountains, pasture and more pasture, railroads and more railroads, churches and more churches, flags and more flags... This never-ending chorus stuns me and makes me long for my hometown. I miss the parade of people, the lights of the buildings, and the unisonous cawing of a thousand horns. Sometimes I feel like a city girl confused by the dry and immovable silence of rural life. But then, after the excitement of the change in pace and scenery of the big city wears off, something strange happens. What overwhelms me now is the incessant shriek of traffic, the constant crowd, and the landscape of buildings tightened against each other impeding the circulation of fresh air.

In the middle of the strident commotion of Guayaquil, the melancholic voice of the mountains is able to reach me. They want me to go to them and join their monotonous song. In that moment, I feel that both sides of the line pull at me. I fall and I don't know on what side I am. It is like that French elastic game played by school girls. They start jumping from one side of the elastic to the other, separating the spaces, delineating them. But as the game progresses, the movements of the players tangle up both sides of the elastic. They twirl them and twist them until the sides cannot be distinguished from one another. I play along hoping not to stumble too much and to survive the inevitable falls.

The faint ending of the song coming out of the radio gives way to the nostalgic echo of the Appalachian Mountains. The mountains whisper to me, to the rhythm of the wind, stories about the mines, the moonshine, the quilts, the poverty, and the naïve happiness of their people. The mountains call me with their ballad and I listen to them. I try to keep up with their rhythm while I walk on the crooked line around which my notes dance. A train is coming. Its loud cry joins the melody.

Melanie Lucía Márquez was born in Guayaquil, Ecuador in 1976. She has a Masters in Business Administration from Florida Atlantic University and a Masters in Liberal Studies from East Tennessee State University. She has presented her work at several academic conferences. For the past five years she has lived in the Appalachian region between Tennessee and Virginia. She works as a Spanish instructor at a small college in SW Virginia. This is her first published short story.

PEQUEÑOS BOCHORNOS

The boys always call Isaac over to the fence and try to annoy him. It's not that difficult. He is usually by himself, except for the few times that his dad tags along to the bus stop. The boys in my class entertain each other by calling him names, "hey retard, where you headin' today?" Isaac laughs and likes the attention, but every time he hears "retard" out of their mouths he bangs the black, wrought-iron fence with his backpack and swears at them. All the boys in class gather around the fence every morning and wait for Isaac to walk by.

I hate the morning routine at school. We have to wait on the playground until the doors open at 7:45, and since my parents have to be at the factory at 7:30, my mom drops me off at 7:15. That's one whole half hour on the playground with the boys. The girls arrive later, much later, and, until then, I'm mincemeat. I don't talk much to the girls either. I don't know what to say to them. I want to be their friend, but they always choose me last on the teams. Softball, Dodge ball or Johnny tag, I'm the last one to be picked. I don't know why because I'm pretty fast, actually I'm faster than all the boys except Robbie, but I can't hit a ball for nothin'. Maybe that's why.

There's a part of me that feels really bad for Isaac; I feel really bad when they call him retard. Then there's the part of me that's glad that he comes by every single morning at 7:20. Otherwise, it would be my head on the chopping block: "ESSSSSMERALDAAAAA", "smell arda", "smelli," "esmell me." The worst part is that I actually answer or turn and look when I hear them call out. I know, I'm an idiot!

Mami's 1971 puke-yellow Pinto pulls up to the school. It's only 11 years old, but, so far, the worst car we've ever had. I'm on the passenger's side holding the door closed with nylon rope. It takes about 43 minutes for that heater to kick in, and until it does the door won't close. Actually, it won't open either until we pour hot water on the keyhole and down the side. It's one fast move and a *Dios te salve María* because if that door don't open, then it freezes. Translation: *abuelito* will walk me to school that day. Oh, the humiliation! It's bad enough that *abuelito* picks me up every day, yep, every day, after school, but now it's the morning routine too, and all cuz that door won't open.

I pour the hot water onto the door and start blowing into the keyhole. Please open, please open, please open, please open. It's 13 degrees, and it's January in Chicago. Did I mention I hate winter? I take my gloves off and rub the metal handle. My knuckles turn blue. I start kicking the door, YESSSS, it opens! After mami pulls up to the school, I hear the same string of warnings and reminders, like the knots on the rope holding the door closed or the beads on the rosary: *"No te salgas del recreo, cuidado con ir a la casa sola caminando, hoy te recoge tu abuelito."*

Yeah my *abuelito* picks me up all right. He waits at the bottom of the steps of the first floor, military stance. Once in a while, he even salutes me as I walk down the stairs. Also, he befriended the janitor, Mr. García, and that gave him the extra push he needed, so he now even comes up to the second floor right outside my classroom: "Hey smelli, your grandpa's here." Not one kid, but a handful, shout out. I approach my *abuelito* to kiss him on the cheek. I don't mind when I'm at home, but now I got the whole sixth grade watching. Fortunately, there's only about 30 kids in the sixth grade at St. Tims, but, then again, that's about 30 smart mouths I gotta deal with. On the days that my Croatian friend Maria walks home with me, I'm thrilled, not just because of the company, but on those days, I can walk in front of my *abuelito* and talk to her. Basically, I don't have to hold his hand while heading home. They call us the unpopular girls in school, but as long as we can hang with each other, we're good. We're the only girls in class that speak another language. There are two boys, Gus and Robert that also speak another language; Gus speaks Greek and Robert speaks Polish. Other than that, it's *puro gringuitos.*

That Sunday, we're at church. Again, at St. Tims, and it's not even a weekday. I've got one of the popular girls, Missy Meyer, in front of me with her family. During the sign of peace, *papi* says to her mom, "nice to meet you." Now, *papi* has been to enough church to last him two life times, but he must have dozed off or maybe he just missed Vatican II. We all bust out laughing, especially *mami*, who gets a real kick out of this. Missy just stares. Add that to my repertoire of ridicule.

Monday morning comes in like a rabid dog ready to chomp. We turn the corner onto Washtenaw Avenue. The rope is secured around my knuckles, otherwise I'm road kill. I step out, and the boys are at it like clockwork, launching their morning jabs at Isaac. Jake LaFromboise towers over the whole flock. He's only 12, but he's already 5 feet 10. Isaac is ready to rumble. Jake yells, "Isaac the retard can't even hit hard." Isaac takes off his boots and throws them at Jake. The boys bust out laughing. They miss Jake, of course, and he throws them back into the street in front of *mami's* stationed Ford. Oh shit, she's out of the car. She walks over to Jake, all 5 feet 3 inches of her, and pokes his chest: "Chut up you estupid kid. Go peck up de boots, NOW!" She points in the direction of the boots, and Jake goes and picks them up and hands them to Isaac. She kisses me and says, "chau, mija linda." That's it, I'm toast!! The boys laugh at Jake and he flips them off. Robbie whispers in my ear: "Your ma's got some balls."

Danny tags me, "You're it."

Gizella Meneses is an Associate Professor of Spanish at Lake Forest College in Lake Forest, Illinois. She teaches courses in Spanish language, Latin American literature, Spanish for heritage speakers, and Latin@ literature and culture in the United States. Her primary fields of research are first- and second-generation testimonials of Latin@ immigrants in the United States, and race and ethnicity in contemporary and colonial oral traditions. She has published on U.S.-Latin@ literature and her documentary entitled *Second Generation Stories: Growing Up Latino/a in Chicago* premiered at the International Chicago Latino Film Festival in 2010 and the Illinois International Film Festival in 2012.

Elizabeth Jiménez Montelongo

FOOTLESS DANCERS

Why do you claim we ripped
Each other's hearts out?
It was you who tried to rip ours out!
But when you reached in to grip them
We had already hidden them.

So you took our feet,
Our hands,
Our tongues.
You took your heads!
Only our hearts remained.

The blood flowed,
But it flowed from the tips
Of the sharpened crosses
You drove into our lives.

You dipped them,
Still dripping blood,
Into ink
And wrote lies to hide your evil deeds.

We planted your crosses,
Planted our flowers around them,
Tied green leaves to the tips.

Now, as we dance without feet,
As we pound drums without hands,
As we sing our songs without tongues,
And even without heads
Remember the wisdom of our ancestors,

We wash away your inks

With the condensation
Of our turquoise songs
And burn your lies
With the fire in our hearts.

We *will* be whole again.
You will share with us
Your feet, your hands,
Your tongues,your heads.
You will replace what you took from us.

We *will* be whole again.
We will become the Moon
And the walking waters
Will turn their heads
And know the truth.

We w*ill* be whole again.
We will share with you our hearts,
Wash the blood and ink from your palms,
And as you are finally able to see us
With your eyes closed,
You will know that we are one.

Elizabeth Jiménez Montelongo's work is greatly influenced by her continued study of the culture and philosophy of her Anahuak (Mesoamerican) and American Indian ancestors. In her artwork, she presents their teachings or relates them to contemporary thought, life, and social issues. Montelongo's ancestry is Mexican which includes a mix of Anahuak heritage including Purépecha of the Michoacán, Mexico area. Montelongo's Nahuatl language study and participation in Mexika dance also influence her work.

In 2010, Montelongo earned a Bachelor of Fine Arts in Pictorial Arts with a concentration in Painting and Drawing as well as a Bachelor of Arts in French from San José State University. She currently lives and works in Santa Clara, California. In addition to writing poetry, Elizabeth Jiménez Montelongo is a visual artist who has exhibited her artwork in the San Francisco Bay area Seattle, Washington; and in New York. She is also part of the We Are You Project based in New York City.

LOCKED HEARTS AND MARBLES EVERYWHERE

"Your children look well-behaved, Mrs. Sandoval," the old lady said, inspecting Oscar, Charm and me. We stood in a line next to Mom, each of us smiling sweetly, except Charm who had her thumb in her mouth. She was only three.

We were there to rent the lady's house on Mercy Street in Santa Fe. It was 1969, and Mom had fled Texas and my dad. The rent was too cheap for Mom to argue over the landlady's requests: we had to keep up the repairs on the house; keep the deer heads hanging in the living room—all six of them—each shot and killed by her dead husband, and we had to stay out of the room just off the kitchen. A heavy padlock hung from the latch, and we didn't have the key.

—"Just some odds and ends in there," she said. The house had belonged to her parents, and she'd lived in it her entire life. She was moving across town with her son and his family.

—"Your daughter must be a big help to you with these little ones."

—"Oh, yes, Lydia is very responsible for fourteen. She babysits, if you know anyone?"

I looked over at Oscar and he crossed his eyes. He was okay for eight, mostly stayed out of my stuff. He scuffed the heel of his shoe against the grass a few times loosening a divot of earth.

—"Look!" He picked up a marble buried in the ground.

The old lady laughed.

—"Oh! You've discovered our secret. We lost our marbles long ago." Oscar held the marble out to her, but she waved it away.

—"You may keep it, young man, and any others you find. They turn up everywhere." She examined us one last time.

—"And you only have the one dog and cat?"

"Yes, ma'am," Mom said. "Just the two."

I couldn't look at anyone when she said that.

We moved in with all nine of our pets. Mom got a job

waiting tables six nights a week from 5:00 p.m. to 2:00 a.m. At the restaurant, her older customers told her about the explosion that closed the marble factory fifty years ago. No one got killed, but it rained marbles. People lost jobs and moved away.

It was summer vacation, and I didn't know any kids my age so I got in the habit of falling asleep early with my brother and little sister and whatever kids I was tending. I'd wake up around midnight and read until Mom got home. This time it was Jane Eyre. At first light I heard a car door click. Not one of our dogs stirred. A soft breeze lifted the curtain carrying with it the nurturing menthol of Mom's cigarette. The rustle of a paper bag told me she'd brought home gourmet scraps–steak and shrimp– for our dogs and cats. Mom's voice, a husky rumble, floated in. The baby sleeping next to me stirred. She belonged to Rosa, one of the waitresses who worked the same shift with Mom.

I looked out the window. Mom crouched near the overgrown lilac hedge between Gordon's house and ours and held her hand out to something. Creeping out of bed so as not to wake the baby, I tiptoed outside and peered over her shoulder.

—"What is it?"

Mom gasped and stood. She held a shrimp over her heart.

—"Don't sneak up on people like that!"

She looked down at her work clothes. A question mark shaped smear from the cocktail sauce remained on her white shirt.

—"Damn! I hope this comes out in the wash."

Something trembled in the bushes, and we held our breaths until the movement stopped.

—"A cat?"

—"Not sure . . . thought whatever it is might be hungry." Mom lit another cigarette. -"Everything okay at home?" she asked on the exhale.

—"Oscar's hamster is gone. He left the cage on the porch."

—"It escaped?"

—"Nah. Somebody took it and left a marble in its food dish. A blue cats-eye." Oscar had met every kid his age within a four-block radius and they all collected the marbles. The old lady hadn't lied: they turned up everywhere.

—"A trickster," Mom said. Local myths about tricksters

were a big deal in Santa Fe, especially the fertility gods like Kokopelli. I'd read that young girls feared him." Mom laughed when I asked her about it.

—"Not just young girls," she said with a wink.

We looked at the lilac bushes again. Their scent saturated the early morning air. Midnight, my black cat, napped under them and trailed their scent into my bed. Mom looked tired.

—"Everything else okay?"

—"On TV they reported UFO sightings, and Rosa hasn't picked up her brat." I walked around the car and locked the doors.

—"Yeah. Customers couldn't talk about nothing else tonight." UFO sightings were sport in Santa Fe. Mom scanned the skies.

—"We might be the new area 51." She believed in aliens the way some people believe in God.

—"*Anything*," I said,

—"Couldn't talk about *anything* else." She nodded, still looking up, not really listening. The sky was brightening, but the stars were still visible, the midpoint moment of stability between light and dark.

—"Why are you so late?"

—"Went out to breakfast with the girls. They wanted to hunt for UFOs, but I was too tired." She yawned.

—"Rosa left work early, something with her boyfriend. She'll pick up her baby soon."

—"Why didn't you call?" -"Okay, *Mom*, I shouda checked in. Are you gonna ground me?"

—"You always tell me to call, and—"

A car screeched around the corner and tore down the street. It made a sharp right turn into our driveway and stopped inches from our car. The driver's door opened, and Rosa rolled out onto her knees. Mom's top lip curled into a lipsticked snarl when she saw Rosa's bruised face. She had blood all down the front of her white oxford shirt.

—"He didn't mean to do it," I heard her say. Mom took her into the kitchen to give her an ice pack, as usual, and listen to the excuses she made for her boyfriend. Rosa was real understanding because of *love*. I didn't want to hear it again and went to my room to finish Jane Eyre, but I couldn't get into the romance. Rochester was difficult, and Jane was too damn forgiving.

I dozed, but could hear some of what Mom and Rosa talked about. Bad husbands, bad fathers, bad men.

—"Do you think they're nice?" Rosa asked,

—"I mean, not monsters, or anything."

—"They want to help us," Mom said,

—"Why else would they come all this way?" Not men. Aliens again. Only Mom could interweave the two.

After sitting in the kitchen whispering for what seemed forever, Rosa and Mom stood at the front door saying goodbye. The baby cooed and waved its arms as Rosa walked to her car. We watched her back out of the driveway.

—"It's a man's world and Rosa should stop falling for all that love bullshit," Mom said. She was always factual about her girlfriend's affairs. Affairs, she called them, not love or romance. Never marriage.

—"Sometimes I think about getting married again," she'd say, and stop whatever she was doing and look at me or one of her girlfriends or maybe even Oscar,

—"For the security, you know." She'd pause, as if weighing her options.

—"Then, I think about having to make his meals and wash his underwear and do his business, and I think, NAH!"

She'd laugh and her girlfriends would laugh and I used to laugh, too, but now I just look from her to her girlfriends, and I wonder. I wonder about the *business* you have to do in a marriage. I wonder about the love and where that fits in and where it goes when it finally goes.

I followed Mom into the bathroom. Two dogs and a cat joined us. She sat on the toilet and peed, sighing. Our pets ringed her feet, tails thumping. I leaned up against the washer.

—"Can't I have any privacy?" Mom asked them, but she was smiling.

—"Notice anything different?" I'd hung a small abstract painting on the wall opposite the
toilet.

—"Gordon *Dahling* gave it to me. It's a woman under a waterfall."

Gordon lived next door with Judy Darling. They were hippies and she had a different last name from his. They both had long ponytails tied with beaded leather. He did handyman work in the neighborhood, but he was really an artist. I pointed to a pink swirl.

—"The lines going this way are the waterfall. That's the woman."

She glared at the painting.

—"Looks like chicken scratches to me, and his last name is Lucero. I told you to stay away from him."

Mom trusted children and animals, but not very many adults, especially men. Yet, she thought aliens visiting our world would be fine. It was the most romantic thing about her.

I clasped my hands over my heart and fluttered my eyelashes.

—"He'll always be Gordon *Dahling* to me. Wendy Darling joined the lost boys. You know, Peter Pan? The lost boys?"

—"He's a lost boy, all right."

—"Look," I said. "This is what you do. Turn your head to the side. No, that's too far. Then, look back. Not your whole head. Just turn your eyes back. Look at the space next to the painting, not right at it. Can you see the woman and the waterfall?" Mom craned her neck like a contortionist and crossed her eyes.

—"Yeah, I can really see it now." She giggled, got up and flushed. One of the dogs jumped on its hind legs to drink out of the toilet.

I jerked the painting off the nail.

—"You never try to understand anything!"

Mom put her hands on my shoulders.

—"Lydia, honey, you're way too young for Gordon."

I shook her hands off me. We stared at each other, breathing hard.

—"Mom?" Oscar, sleepy-eyed and not quite awake, walked over to the toilet and peed

without lifting the seat.

—"Mom?" He leaned slightly toward us with his whole overgrown body so that his pee trailed across the seat and onto the floor.

—"Mom!" I shrieked. She laughed and grabbed some toilet paper to clean it.

—"Honey," she said to Oscar.

—"Try to remember to lift the seat. Girls sit. Boys stand up, and—"

—"And we don't like sitting in pee," I said. Oscar blinked his dreamy eyes at me. He had the best eyelashes. Almost as good as Gordon Lucero's, I mean, Gordon *Dahling's*.

—"Uh, Mom?" Oscar glanced at me, and then looked down.

She squatted so she could look him in the eye. She used to do that with me.

—"Dígame, mi hijo." Mom only spoke Spanish when she was tired and soft.

—"I heard those noises again," he said. "You know, from the locked room."

We'd all heard noises coming from there. Nothing much really, just little scratches and creaking like bedsprings. Sometimes we'd hear a random thunk-thunk, only more melodic. The whole house creaked and moaned. Mice were in the walls, for sure, and Mom had warned us away from the cellar where she'd found a nest of possums. Gordon cleared the possum family out, sealed up the basement windows, and didn't charge Mom too much for his work. He did some caulking and screen replacement, too, but the house still seemed to have a life of its own.

—"All houses have noises," Gordon told my mother shortly after we'd moved in. They'd been drinking coffee in the kitchen. I had three toddlers on my hands that day, but kept near my mother and our new neighbor. Gordon was the handsomest man I'd ever seen up close. "Houses settle," he said.

—"Settle for what?" Mom asked. -"Less?" They laughed. I didn't get it.

Mom stared into Oscar's eyes. No one moved, not the dogs nor the cat. The sound of fierce sucking overrode the quiet. Charm stood in the doorway to the bathroom, wrinkled thumb in mouth. She twisted her raven curls around the fingers of her other hand. Her eyes drifted slowly up and to the right.

—"Yum, that thumb must be good," Mom said. Charm swayed like she was listening to music only she could hear.

—"Come on, let me have some." She knelt in front of my little sister. The thumb came out of her mouth with a pop, and she held it up tentatively. Mom kissed it. My sister smiled and wrapped her arms around our mother's neck.

—"Anybody hungry? How about pancakes?"

With Charm still in her arms, she led the way to the kitchen, but stopped and pressed her ear to the door of the padlocked room. Me and Oscar and the dogs hung back, each of us eyeing the door warily.

She shifted my sister to her other hip, fished a cigarette out of the pack in her shirt pocket and lit it one-handed.

—"Nothing going on in there now." Squinting through the smoke Mom studied each of us right down to the last cowardly dog. She took another deep drag, waving the smoke away from Charm. Bits of ash fell with every swish.

—"I love mysteries," she said, and walked off to the kitchen.

Mom sipped black coffee while we ate. I caught her staring at me.

—"What?"

—"You're growing up pretty, honey. And you've always been smart."

—"I'm too skinny." I looked down at my flat chest.

—"Give yourself time. You've got sex appeal, and none of the other matters long as you got that."

I wrapped my arms around my chest, encouraged, but alarmed, too. *Sex appeal.* Two words used often by Mom and her friends. I liked the sound of the second word, but didn't know how to handle the two together.

Mom closed her eyes, still holding Charm on her lap. It was 8:30 in the morning, and she hadn't slept. The clang of metal clothes hangers rattling against each other snapped her eyes open. It came from the padlocked room.

—"That happen at night?" Mom asked. Charm's eyes were big round O's.

I shook my head. This was a new sound for the room.

She set my sister on the ground.

—"Enough is enough. I'm going to solve this mystery, but first I need to go to the grocery." Charm refused to let go and clung to her leg.

—"Go to bed, Mom. I'll pick up enough for supper tonight and breakfast tomorrow. Oscar will help me."

After we got home, Charm and Oscar watched cartoons

while Mom slept. I went into the backyard and called the cats for their dinner.

—"Lydia? That you?"

—"Gordon?"

—"Yeah, come down to the wall." The lilac bushes parted near the back of the property to reveal a low stone wall where one could talk with a neighbor, take a shortcut to a friend's house, or... or meet a lover. Gordon *Dahling* waited there, his shirt spattered with blood.

—"It's nothing. A little cut on my hand must have opened again. I didn't even feel it until I noticed my shirt." He had his sketchpad tucked under his arm.

I cleared my throat.

—"Want some alcohol for it? I'll go get it." I turned to leave.

—"No, wait!" Gordon's eyes slid away from mine.

—"Would you do something for me Lydia? Something special?"

I nodded, barely able to breathe.

—"Hop up." He patted the wall.

—"I'd like to sketch you. The light is just right." He sat on the grass, and flipped pages in his sketchpad.

—"Talk to me," he said. He stroked the paper with his pencil. I tucked my hair behind my ears and tried to sit up straight.

—"Have you heard about the UFOs? I don't believe in them, but Mom sure does."

Gordon looked up without lifting his head. His eyes lost their usual roundness, and became hooded like a comic book villain.

—"Yeah, we all need to believe in something. Everybody in Santa Fe is going to be out hunting them. I sure wouldn't want to run into an alien, especially in the dark. Hey, you look scared! I like it." His hand flew over the page.

I leaned over the wall studying the sketch Gordon had made of a young girl, her full lips parted in surprise, the muscles in her neck taut as if ready for flight. She looked wild. She looked pretty.

—"Lydia?"

I jumped back from the wall.

Mom walked toward me.

—"What are you doing?" Her eyes were puffy from her nap, and her hair stuck out at odd angles. She still wore her work clothes. The question mark stain over her heart had darkened.

—"Is Gordon there? What did you do?"

I handed her my new treasure.

—"Nothing! We just talked and he drew."

—"What's he got to say to a fourteen-year-old girl?"

She ripped the sketch into two pieces. The separate halves of the pretty girl floated to the ground.

—"I told you to stay away from him."

—"That was *mine*!" I snatched the pieces off the ground, trying to fit them together like a puzzle.

Mom had already turned back to the house.

—"C'mon, we're opening the room."

—"You make everything seem bad," I yelled.

—"I'm not like you! I'll never be like you!" She slammed the kitchen door behind her.

—"It's my *life*, not yours," I said to the empty yard.

I carried the torn picture to my room, passing Oscar, Mom, and three dogs in front of the padlocked door. Charm was napping.

Oscar grabbed my hand.

—"We're going in!"

Mom smiled at me as if nothing had happened. I ignored her, but wanted to see the room. She fitted a screwdriver beneath the pin of the door hinge, and gave it a few taps with a hammer.

—"Ha! Can't keep me out. What do you think we'll find in there?"

—"Treasure!" Oscar said.

Mom laughed.

—"How about a shriveled mummy in an old trunk?"

Oscar smiled. I scowled.

—"What do you think we'll find, Lydia?" Mom asked.

—"More questions not answered." I crossed my arms and wouldn't look at her.

She tapped out the other pins, then lifted the door open, carefully balancing it so the padlock stayed in place. We waited for her to lead the way, the rest of us at her heels.

A cast iron bed with a white chenille spread was directly in front of us. Stuffed animals were arranged against the pillows, and a guitar hung on the wall above the bed. White lace curtains framed the single window. The sun shone golden through its yellowed shade, highlighting the heavy layer of dust we'd disturbed. There was a record player with a stack of albums next to it, and a pile of old movie magazines. Some of the pages had been ripped out and taped to the wall. I recognized Frank Sinatra from old movies. A sweater was draped around the back of a chair.

Mom held her finger to her lips.

—"Listen." A tiny squeaking started and then stopped. She pulled back the mattress, and right in the center of it was a giant hole. Matting fell out, and a nest of squirming baby mice were visible.

—"The mama and the daddy are around here somewhere," Mom said.

—"This place must be paradise for them."

She opened a drawer in the chest opposite the bed. Underwear filled it, each white bra and panty neatly folded. One drawer held nothing but socks. She opened the closet. Cotton dresses hung there, with winter stuff pushed to the sides. On the floor, scattered metal hangers looked as if they'd fallen from the rod.

—"Maybe the mice run across the hangers in the closet," Oscar said,

—"And the strings on the guitar."

A dresser with a mirror above it stood along another wall. Mom went over to it, and we lined up next to her, a ragtag family portrait reflected in the mirror. She stared at my reflection. I avoided her eyes and looked down at a tortoiseshell brush and comb, which lay on either side of a clear glass bowl. In it, hundreds of blue cats-eye marbles sparkled like sapphires.

The bedsprings creaked behind us. Charm sat in the middle of the bed. Her eyes drifted up to the right, and her thumb slid out of her mouth. She pointed at the guitar with it.

—"You want to play with that guitar?" Mom asked. Charm nodded, thumb safely back in mouth. Mom took the guitar down and strummed, looking at me. I turned my face away.

—"Maid's usually in a room like this," she said,

—"A young maid raped and murdered by the husband.

Shot like the deer in the living room. Her room's a trophy."

I turned my back on her and stared at myself in the mirror. The room and my family reflected there faded. I spoke to myself.

—"Maybe one of the landlady's daughters *wanted* to be in this room, away from her family, maybe she was different from them: romantic and musical and neat."

I faced my mother.

—"Maybe she had a secret lover who climbed in the window at night and gave her a marble for every kiss. Maybe this room belonged to the old lady. I mean, maybe it was hers when she was young and still hopeful. Maybe she kept it to remind her of love."

Mom swallowed hard.

—"Love?"

—"And hope."

—"Things don't always—"

—"Work out. I know, Mom."

Oscar tugged on her sleeve.

—"Can I have the marbles?"

—"No, hijo." She looked around the room again, stopping at me. Her eyes had gone so soft it hurt me to look at them.

—"She was loved, whoever she was."

—"Yeah, *love*, whatever that is," I said.

Mom continued to stare at me, not mean, but like I was art she was seeing for the first time. She returned the guitar to its place on the wall and we watched her close up the room.

Rosa called to say her boyfriend had moved out.

—"Good riddance," Mom said. After their goodbyes, she kept her hand on the phone. Then, she called in sick, something she never did. For dinner she made my favorite, mac and cheese, and we watched television until late. We didn't talk much. Charm slept on the couch, and Oscar could barely keep his eyes open.

Just before midnight, the lights and the TV flashed off and then on and then off again. Mom groaned.

—"What now? Where are the candles, Lydia?" The TV came on again, and we listened to a news report:

—". . . streaks of light in the night skies many of you are calling UFOs. Haven't seen those lights? Just stick your head out the window, folks—"

Mom rushed outside carrying Charm tucked under her arm like a football, and Oscar and I followed.

—"Look!" She pointed at intersecting lights in the sky that seemed to be dueling.

—"This might be it! This might really be it! Imagine, Lydia, our whole world will change. It's got to be that way. Where are the car keys?" She ran back into the house and grabbed her cigarettes and purse, leaving the door open and unlocked.

—"Lydia . . . should we go?" Her eyes were bright and kind of old movie scary.

—"If the aliens invited you, would you go with them?"

Her face went flat. She closed her eyes and rubbed her chin against Charm's sleeping head resting on her shoulder, taking her sweet time to answer.

—"Cause no way am I going," I said.

—"On the trail of UFOs?" someone asked.

Gordon. He didn't wait for an answer.

—"News is reporting that the Air Force is doing some exercises." He smiled and winked at me.

—"Maybe true, maybe not."

—"Gordon, can you do a portrait of Lydia for me? When I'm around?"

He looked from Mom to me and back again. A horn blast from next door made all of us jump. He rushed back to Judy. Mom stared at me again.

—"I'd never leave you kids for anyone," she said. She looked up at the sky again, shielding her eyes as if it were day and not night.

I didn't believe her for a second. The aliens were her Rochester. I felt sad that even they might disappoint her.

Mom laid Charm down in the middle of the front seat and got in herself. She gripped the steering wheel with both hands, staring straight ahead, like it was keeping her steady. I locked up the house. Oscar sat in the back with all five dogs, and I rode shotgun. Mom checked the sky again and backed out of the driveway.

—"Are you afraid, Mom?" Oscar asked.

She set the emergency brake and twisted around to look at Oscar. Her blouse shone spookily white from the dash lights, the stain over her heart darker than ever.

—"We probably won't find anything, honey. We're just going to have a little adventure and follow these lights. Before we know it the sun will come up, it'll be a new day, and we won't be able to see the lights."

—"But they'll still be there?"

—"That's what some people believe." She released the brake and we moved forward.

I leaned out the window and looked up.

—"We're following the lights in the dark to a new day," Mom said, and just like that the night turned hopeful.

Sandra Ramos O'Briant is the author of The Sandoval Sisters' Secret of Old Blood (La Gente Press, 2012). The novel won first place in two categories at the 15th annual ILBA, 2013: Best Historical Fiction and Best First Novel. Her short stories and creative nonfiction have appeared in numerous print and online journals. Her blogs appear on the Huffington Post and www.bloodmother.com A complete listing of her published work and a few links can be found at www.sramosobriant.com

Paul Peñaherrera Patricio Cevallos

CHICKENCIDE
A story based on factual accounts

You can hear the cackling all around the truck. The gossiping dispersed by the hens is that, by order of his excellency, president of a rather closer, than further republic, border crossings have been cancelled to any type of biped, quadruped, carnivore, herbivore, ruminant, poultry, human or machine.

"Only rocks can cross the border", said his Excellency, without fear of inaccuracy.

A 20-meter limb, belonging to a nearby tree had fallen in the middle of the dividing line between the two countries, a challenging indication to the vegetables that dared to attempt entry.

You could see bipeds dressed in camouflage, in order to camouflage, standing near the tree holding their rifles in horizontal position. Their camouflage blended with the green leaves that were already rested on the highway and resembled a large bloodstain.

The cackling didn't stop at the truck, some began to lay eggs in preoccupation.

His Excellency's decision to close the border, as announced by a Beak near the radio was instigated by an announcement made by the brilliant president of the country located on the other side of the dead tree; also some Black Beans would require a visa to enter the territory.

This had triggered the boiling of his Excellency's brain and caused him to label the measure as racist.

His Excellency, the president, with his best foot forth, thanks to his advisers had concluded that no matter their color or port of origin, all beans must have free access throughout world.

The crackling kept constant and claimed its first victim. A dark eyed, black feathered, hen stretched a leg and passed away. This hen was supposed to be boiled on the other side of the border. Its destiny could not be fulfilled. The crackling stopped for a minute in honor of the first victim.

The Beak re-opened when it was heard that a country, not far away decided to close its borders too. In this country, it was not a matter of beans, but an extremely worried president, afraid that zombies, expatriates, exiles, refugees, hit men and other type of animals, so common these days, would enter the border in order to claim their right to vote.

This matter worried the hens so much that they all began laying eggs simultaneously as the frolic of birthing due to the border closings all over the globalized globe. The majority of them began cackling to the air to transmit the news to their roosters hoping they would find some legal recourse that would allow them imminent and urgent entry. If this did not occur, the truck that was transporting them to their destiny would become a great pantheon, and the driver and the truck's owner, would risk the seizing of the vehicle to declare it as a burial ground in honor of all chickens and eggs that had perished due to the border closure.

The message journeyed across the sky to the neighboring country. It flew as the hens could never fly. Their crackling reached as echo the ears of the brilliant president that in a henning gesture decided immediately to cancel the visa for all of the beans.

Unfortunately, the message was too late. From the five hundred hens that started the trip, only one hundred and fifty made it. The names and surnames of the victims of this chickencide will be unveiled on a plate, beside the statue of the murdered tree in a ceremony led by his brilliant Excellency.

This memorabilia will be placed on the dividing lane between the two countries in the hopes that no such barbarous acts will be committed again. Some roots of the departed tree decided to demand justice from both countries. Judges knowledgeable in natural rights nullified their legal demand. The beans can go around the world without a visa until further notice.

Paul Peñaherrera Patricio Cevallos was born in 1981 in Quito, Ecuador. He studied Communication Arts at the Catholic University of Ecuador and a Master in Latin American literature at Purdue University in Indiana. He began his career as a journalist in the culture section of the newspaper Hoy in Quito and then continued as a journalist in the daily Express in the city of Guayaquil as editor of environmental and energy issues. In these newspapers he published reviews and reports that reflected the daily life in the community and its clash with modernity. Currently, he is completing his PhD in Latin American Literature at the University of Tennessee and has several unpublished texts.

CROSSING IN/VISIBLE SPACES: HOW COULD YOU?

"Oh, no, se pasóóóó." A saying I heard and recognized since Kindergarden when my family members commented on someone who had surpassed some etiquette, traditional behavior, a limit of sorts, whether an invisible protocol line or code of conduct.

"Te pasaste." You crossed the imaginary line or, a-read-between-the-line would be,

"You did it this time and you're going to pay for it."

In all three volumes of the anthology *Déjeme que te cuente* there are stories of immigration, crossing transnational loci, and stories recounting the obstacles people overcame, achievements and experience gained in a new environment. Passing into another realm means transformation into another dimension. *Nos pasamos de la raya* signifies that we have crossed the line drawn in the sand or an in/visible line.

Nos pasamos means we crossed. Precisely Latinos have crossed, or in some cases the line has crossed Latinos, in such a manner that the crossing has impacted the United States' economic, social, political and popular culture. Perspectives concerning the United States as a country and Latinos as part of that country have changed. *El impacto del Latino* is seen daily and we, Latinos, are contributors to the expansion of not only a nation but also the psychologically diverse ambiance of a culture that belongs to the United States' mestizaje. Juan Gonzalez states in his work *Harvest of Empire: A History of Latinos in America:*

> We Hispanics are not going away. Demographics and the tide of history point only to a greater not a lesser Latino presence throughout this century. Ours, however, is not some armed Reconquista seeking to throw out Anglo occupiers from sacred lands that were once Latino. It is a search for survival, for inclusion on

an equal basis, nothing more. It is a search grounded in the belief that, five hundred years after the experiment began, we are all Americans of the New World, and our most dangerous enemies are not each other but the great wall of ignorance between us (xxiii-xxiv).

As Latinos pass barriers, and overcome the challenges that may arise via boundaries in/visible to us, we create a space to tell our story and contribute to the celebratory understanding that Latinos are included and thriving in the United States. Indeed, sexuality and gender roles play a part in the crossroads of life. We create a place while crossing, while in *Nepantla*, while still in consideration and meditation of next steps to take in living a dream of prosperity. Psychologically, Latinos can reap the richness of grand experiences and this essay is a *Testimonio* of the many crossing that I, as a U.S. *chilena*, have made.

Getting to the other side. Wondering what life will be like and then living the life and still wondering. I crossed the boundaries, yet none were drawn for me to view. I was making the invisible really visible or my partner was signifying a new reality. To understand my experience with crossing into other and spaces, I'll have to begin from the beginning: My father.

He crossed the ocean, and the American continent, to meet my mother in Chile. He married her and brought her back to the United States, where I was born. Since the time I was six to present, I have been told to stay put, that there was no place like home, but there was one little detail: school. And by six I realized, Kindergarden was a foreign land to me, and I was an individual that others called "that Spanish girl." "Ok so, where do I belong?" I still don't know that now, after decades of being labeled by others.

"Se paso de la raya" would be the phrase some family members would use in my case. I crossed the line others in my family never even knew existed. I have many sisters and I care what they may think. My non-gender-friendly short hair is not desirable to some of them and neither is the look of my man. My mother and my sisters had all gone to the beach. Two had just arrived from Puerto Rico. They were dismayed that they had missed my short Provincetown family visit and my sister Juanita who had stayed in the Massachusetts informed Lola and Clari

of the 'happenings.' Photographs had been taken and not yet placed on *Facebook*, so it was an outing to the nearest ocean front restaurant to connect and share details.

Photos popped up and questions rolled.

"Who that?" said Lola.

"That's her man", answered nonchalantly Juanita referring to my love.

"He doesn't look like a man," Clari commented.

Juanita responded as though in a Physiology lecture hall,

"Too much estrogen. Low levels of testosterone." Everyone nodded in agreement.

My mother called me to recount the happenings at the restaurant. She is concerned for me and the *"¿qué dirán?"* My mother always advised me that to migrate obligated one to continue ahead, to reach for the maximum vision attainable within one's reach. With this advice, "forge on with gusto" was my motto, as I worked to achieve my professional dream– a dream that would only be converted into reality by a transnational migration into the unknown, to the strange and exotic lands of Washington and Montana. Even before this however, I was no stranger to shifting to different geographical regions: my family immigrated to the United States from Chile, precisely to Massachusetts from Valparaíso. And this is my story of *pasando la raya* from the East to the West coast and adventuring in love.

It all happened one week in April as I was travelling in Montana for two conferences: "Thinking Its Presence: Race and Creative Writing" in Missoula and Northwest Artist Group Gathering in Miles City. Returning from Miles City to Missoula is when all the confirmations began.

A few miscalculations of routes —and my last decade cell phone, not as smart as the 2014 versions, being uncooperative— lead me to a late-night rest stop at the Spa Hot Springs Motel in White Sulfur Springs, Montana. After registering and securing a room, I was informed that the spa closing was 11pm, and since I still had time to get into the sulfuric water, ripping off my travelling pants and slipping into swimwear was in order. In the pool there was a lady who pleasantly welcomed me and our conversation served as my nightcap and it also, quite surprisingly, solidified my feelings toward a man that I had met a year earlier.

I had been invited to join the April 2013 Visual and Cultural Theory seminar at the College as part of a faculty cross-disciplinary series. It was going to consist of informal meetings for a trio of us at a local café lead by a French professor, who loved rich chocolate fruit tarts, red wines, Helene Cixous and Julia Kristeva. Although I had job-search-obligations, I accepted the invitation and read the various books that had been selected —*Visual and Other Pleasures* by Laura Mulvey and *The Visual Culture Reader* edited by Nicholas Mirzoeff, just to name two on the list.

It was during the second gathering at this café that the third member of our group had struck a pose, so much so, that I had fallen for him —not "fallen", maybe "smitten" was a better description. I know that it couldn't have been the aroma of the red wine or the colorful sight of the French professor's tart that prompted me to just stare at the other man's egg-shaped, fluffy face, topped with a marine crew cut, his bright brown eyes glistening ever so slightly when he spoke about art and gender identity topics. It was not until after the last meeting, his blond hair having grown out from his marine hair cut he modeled four weeks earlier to a slight two inch flinging curl, that his chivalry emerged and he requested that we exchange phone numbers in case either one of us wanted to partner up and go to the gym.

Fluffy brown-eyed blond never called me. I began searching for an answer as of why, I, a Latina, was in awe struck with this intellectual, Anglo, Idaho colleague. I had thought I always was to stay in my bilingual comfort zone, but I was more available emotionally for this man than I was for any other back home, a Nuyorican from the Bronx to be exact. Nevertheless, my new found country cowman did not express fondness toward me in any of the 2013 technological ways during, or after, the seminar. So, before I left to go to New York for the summer, I left him a "have-a-happy-summer-smiley-face" note and an organic dark chocolate morsel in his campus mailbox.

In conversation with the retired elder at the hot springs, I asked her about her experience with the medicinal water. She answered that she loved swimming in the pools on the property and that she had a seasonal pass. Her 1989 arrival in White Sulfur Springs was mostly due to her husband who, even though he was a local, did not like the water.

"He didn't like the water. All he did was fish," she said, as she motioned her forearm and hand swinging them back and lancing the imaginary pole forward with the other hand reeling in the bait. She had been in the navy, stationed on the East Coast, and her husband had been a United States Marine. When she informed me that her husband, who had passed 13 years ago (RIP), had been a U.S. Marine, she gestured with her upper body, her elbows bent at 90 degrees hugging both side of her torso, her hands fixed on armor —one hand cupped beneath the imaginary machine gun, the other displaying the shooting hand and finger position. She turned from left to right, pointing at first to the eagle mural painted on one wall at one side of the pool and then tracing her aim to the deer and antelope scene in the opposite mural on the other side of the pool. I nodded my head and the next anecdote opened a new world of understanding for me.

I needed the anecdote to understand the fondness that I had acquired for the Idaho man and to explain it to him in the simplest way possible. I had had the whole summer to decipher what it was that magnetized me to him. Upon my return to Washington from New York, I resettled into the college office, and, as I walked to the main office one afternoon, I saw him. My eyes caught his as he searched for something on the wall: the clock, under which I strategically stood. I smiled. At that point I didn't know who he was romantically, but he was open enough with me to invite me into his world of green pastures, snow topped mountains covered with evergreens and flowing waters that you only see on route 12 to and from Missoula. He invited me to dine with him on a clear starry Sabbath night: destination Whoopemup in Waitsburg, Washington.

The white haired Anglo woman, her cheeks now flushed red, a color that matched the red rocks seen on the side of the roads that I had travelled thru Montana, retold her story with a tone that was informative, testimonial and apologetic all within a three minutes span. The story concluded with a love confession ending, and it would serve as validation of my love for the romance I was living. She told me that back in her younger years, when her love for her Marine was fresh and new, her navy and non-service friends would ask her with attitude,

"How could you love a Marine?"

As she waddled in the therapeutic water she shrugged her shoulders, her blue eyes staring into my brown ones which felt her yearning for acceptance. But suddenly, my eyes darted to the settlers and American Indian mural to the right of us —an off-to-the-side glancing mannerism that reflected my family's tradition of respecting an elder. However, I know that the gesture could be considered rude by other cultures, so it only lasted seconds, and I replaced my gaze into hers, and humbly, pupil to pupil, waited for the conclusion of her tale.

She smiled at this point, and concluded,

"For years I didn't say anything and then one day, after hearing the same question for the hundredth time, 'How could you love a Marine?,' I mustered up the courage to just respond to my friends ..." And the next two sentences were in a tone that got higher as the sentence drew to a close.

"Well, when I fell in love with him. . . I didn't know what he was. . . ."

I smiled and sighed. I nodded in understanding, both for her and for myself, and my love —the man who was still unloading the vehicle and settling us into the Spa Hot Springs Motel room. At this point my muddy waters were crystal clear.

After our date in Waitsburg —and many travels, conferences, kisses and fun— my husband still asks periodically,

"How could you? How could you have fallen in love with me? I'm not handsome. I'm certainly not a GQ model or BET star." To those statements I would reply that it was a feeling — energetically, I comprehended his soul. His aura lured me into his space: concrete reasons unknown.

"How could you love me? I'm not rich." he would say. Most often I would list his qualities as his richness, and he would return to his defense concerning his biological configuration asking me if I ever would leave him to go to some other man who was,

"Biologically equipped."

That conversation simultaneously saddened and amazed me. To think that he thought I would want someone just for a part of the body and not the whole. It was detrimental to the mind to acknowledge the train of negative thoughts and then hop on that train for hours which at times turned into days. I would then question myself,

"Well, does he prefer someone else that is closer to his ideal partner in his queer world?" I was, what I thought, a straight girl. And, so what if there were some same sex sensual seasons in my life, I still defined myself as—and then I realized there were no clear cut answers in my gender identity, my multibridity.

"What is my definition now? How do I self-label today, in this moment, with this person that I love?"

I bided farewell to the lady a few minutes past 11pm and entered my room located near the hot tub section of the motel, pouring water sounds steaming my ears through the walls. I found my man writing in bed and singing a David Nail song, "Whatever She's Got." He hears me and asks,

"So, did every one start talking to my Latina chili pepper out there?"

I smiled, and said,

"*No papi.* I'm wearing a camouflage bikini." He roared,

"Ha, ha, ha."

I knew in minutes I would hear his question, so I initiated the freedom of speech and love.

"So, *papi,* you know how you ask me from time to time, how I could love you?"

He looked up from his computer,

"*¿Sí?*" And I proudly state,

"Well, when I fell in love with you it was natural instinct even though I didn't know entirely who you were in the flesh." He smirks with his right lip swinging up to his ear and furrows his brows. He voices,

"*¿Qué?*" I take off my bikini and curl up next to him and reiterate more explicitly this time for effect,

"When I fell in love with you I didn't know you were trans." Silence. And then I added,

"I am so holistically in love with you that you matter to me, not what you place emphasis on in terms of your anatomy. You are you. Whatever configuration you have enhances you as a person, and the person that I love remains the same."

That night was the beginning of a truth that only lasts forever, which is empowered when the love is unconditional and you follow your heart and desires. Life is lived in freedom and enjoyed when you can become you without worrying about profession, status or gender issues. I love to hear him sing and he sings without being inhibited by any criticism and that is how he lives.

On the way back from Missoula to Walla Walla we took the long way home. A northern route, a last minute turn that we thought was the direct route that we needed, to find out that we took the regions covered with gorgeous snow in April. It served as a baptism for both of us as we journeyed with more awareness of our evolution together as a couple. That the path that one takes is enriched by communication, trust, love and awareness of what fulfills one and makes one happy and at peace was now placed into our relationship rituals. To be with a partner who declares queerness firmly is, for me, to be in *Nepantla* securely, for I know that, in my relationship he loves, respects, and enjoys being confident and comfortable in the most appropriate configuration that reflects him: trans.

Analysis of my life through words, and the fact that I write this testimony, shows that I have survived and I indeed have a new perspective regarding this far away move from my family. While it turns out that that migration without family is very difficult, at the same time, to be where there may be possibilities for love, employment, and education, despite the many moments of anxiety, is what I need for my heart and soul. There is an energy that I have taken with me, from South America to the North and from the Northeast to the Northwest. This international and transnational voyage corresponds to my transformative state. I am satisfied with the marvelous mysteries of the present, how it forms the future and how each special magical moment is appreciated. I have come to understand such magical moments in destiny's lessons, and I believe too that to have faith in oneself in every journey undertaken, will eventually overcome whatever obstacles.

I cannot envision the details of what may happen next, the

only certain thing is love and the control of one's emotions. In short, one must recognize the blessings in order to move forward with strength and confidence. It is a matter of believing in Magical Realism. And if in a moment it should be one's turn to migrate, my advice would be to rest assured that the universe will always take one wherever one should be. In life there are mini crossroads: finances, fashion, culinary, grooming, daily routine and overall well-being of the body, mind and spirit. Those mini cross roads I thought I could handle. But at the time that I had to cross a major space, transform if you will, I wondered if I still could handle the mini crosses. Geography, gender barriers, live social interaction, state of mind, those are the tough crossings. Luckily, my mind is a flexible one which means there always is a place for me to cross. I always thought, "What would it be like just to have a space that you could call your place?" And, here is the most beautiful part of the place, no one would insult, critique or abase you for being at your place of peace, which would translate to, reaching your healthiest wealthiest wisest loving capacity.

"Oh, no, me paséééé. Me pasé de pura vida e imaginación."

Margarita E. Pignataro, Ph.D. is an Arizona State University Alumnus. As a Visiting Assistant Professor of Spanish she taught at Syracuse University and Whitman College. Her courses concern Latino/a Chicano/a Studies; Gender, Identity; Latino Immigration; Art, Lyric, Verse, Media, Film, Theater and Performance. Her theater piece, "A Fifteen Minute Interview with a Latina," is published in *Telling Tongues: A Latin@ Anthology on Language Experience*. Her work can also be found in the bilingual anthology *Déjame que te cuente* and online at *Label Me Latina/o*.

PALIMPSESTOS

Miami On My Mind
You can't go home again.
Thomas, one must go home again.
End of life at its beginning.
The road not linear
 meanders like a river
and circles.

Family narratives.
Immigrant stories.
Ascending, descending?
Son tus huellas el camino
y nada más.

Los ríos caudales,
los otros medianos, y más chicos
son iguales.
Vanidad de vanidades
todo es vanidad.
End of life at its beginning.

Ars Poetica

No *Great Expectations*.
Palabras, not sentences.
Impression, not coherence.
A la búsqueda de una lengua que… me corresponda.

No *Great Expectations*.
Le mot juste mission quasiment impossible.
Paroles, confuses paroles.
Palabra, dame el nombre exacto de las cosas.

A la búsqueda de una lengua que me corresponda.

Spanglish, franglais, quechuañol,
Ethos, logos, pathos.
Todo fugitivo.
Carpe what? ¿Castellano?
No Real Academia sino ajiaco cubano.
Cuban counterpoint.

Prévert, Baudelaire, Juan Ramón Jiménez,
 Proust, Borges, Ortiz, Aristóteles.
Outils littéraires aptes à rendre compte?
Palabra, encarna mis experiencias y vivencias.
My magnificent desolation.
Pas d'outils mais si des correspondances.

¿¿¡¡No *Great Expectations*!!??
Mujer de pocas palabras.
Elocuencia inasible.
Estilo evanescente.
My voice, translingual representation.
Cuban counterpoint en el exilio.

Rebeca Rosell Olmedo was born in Cuba, where she spent her childhood. She finished growing up in Miami, Florida. As an adult she has lived in France, Switzerland and Peru, and now resides jointly in North Carolina and her beloved Virginia mountains. Rebeca earned her Ph.D in Hispanic Literature with a minor in Visual Studies from the University of North Carolina at Chapel Hill. Additionally she holds graduate degrees from Hollins University (M.A.L.S., with a concentration on Religion) and from the University of Northern Iowa (M.A., French). Her work has been published in the *Journal of Hispanic Modernism, Label Me Latino(a), Art and the Artist in Society, and World Literature in Spanish.*

Intertextuality characterizes her poetry, as she draws from the massive archive of great books, "remixing" and reconceptualizing. Stitching diverse pieces of texts into a new form reflects her own life, one in which multilinguality and multiculturality shape a hybrid identity.

RIO BRAVO

When I turned on my cell phone, it was four thirty three in the afternoon on Monday, June7th. I went through the messages, answered a couple of them and drank a glass of water. Before turning off my phone I stopped for a moment to watch the screensaver: My kids, Juan, José, and Pedro, the oldest... I smiled at the look on their sweet, cute faces then I went to class. I entered the classroom, stood in front of the parents of my students and I invited them to take a sit as I continued with the class. The heat was daunting. While I walked around the classroom, drops of sweat rolled down my spine. I felt really uncomfortable, suddenly I felt cold, so I excused myself and left the room again. As I was walking fast to the restroom to wash my face, I saw my husband, Pedro, coming fast from the main office to meet me. I stood there, impatiently waiting for him.

Pedro was the Principal at the elementary school where I worked; in fact we had established the school together a few years before. That afternoon we were finishing up the parent orientation before the start of summer vacation.

As he approached me, the pain and fearful grimace on his face made me tremble, I held him in my arms for a moment, as he cried silently; there was no need to calm him down as he freed himself from my embrace. When he faced me, I knew that our world was about to change again.

That afternoon in Mexico City almost twenty-two years ago, on the lobby of the hostel house where Pedro and I were staying, I took a call from Lucia. She had been Pedro´s girlfriend until a few weeks before, and my best friend. We talked for a long while. I listened to her, as cheerful and nice as usual. However as she was talking, I weighed her words and considered my next move. She told me she was pregnant with Pedro´s baby. She said they had been together the last time he was in Tijuana visiting his family three months before. I promised to stand by her, but deep inside I was happy she was in trouble—I always thought that she was banal and stupid. In my very particular opinion, she had always carried herself too proud wasted opportunities and looked down on people; including Pedro, who loved her so much, and me who had tried to be her best friend.

I remember the events as Pedro had told them to me once he returned from Tijuana. He told me that a day after they had a romantic night and before he was gone, Lucy disappeared. She had crossed the border to go to Miami, looking for her mother, not caring about him, who was painfully suffering her absence. I knew Lucy´s plans to cross the border long ago, and that was the very reason I had not wanted to go on that trip to see my own family. I had my own plans. I let everything happen, and once Pedro was back in the city, I was there, waiting to rescue him. He was devastated, and as I had been in love with him for a long time, I was ready to take care of him. A little after a month from that episode, without even asking, I moved into his room. I was more than happy.

Lucy´s call had put me on alert. I told her that Peter had had a serious relationship with another woman for more than a year. Lucy cried in anger, but asked me to convince him to talk to her. I promised, but never had the intention to fulfill that promise. What I did instead was to move us immediately, as far as I could from that house, without leaving a forwarding address or phone number. As usual, I did not ask Pedro. He was still suffering in silence and lived as a robot, accepting everything I decided for both of us. We packed and I sent him with the moving truck in advance. I stayed behind to wait for her call. That afternoon, I told Lucy that he had left, which was true, but I told her he left as a result of knowing that she was pregnant and that he hadn't left a contact phone or address. I told her he said terrible things about her and that he even insinuated that the baby could be from any of the other guys she was going out with. She went nuts! As proud as she was, she reacted just the way I had thought she would. People with such great egos are totally predictable and extremely easy to manipulate, as long as you feed them what they need. Just a push is all that was needed to hear what I had so much wanted to hear: She swore to disappear forever —He will never know about me, or my baby. She promised to go far away and begin a new life without looking back on the past. Happy as I was with my victory, I stayed with Pedro and followed my plan until we were married.

It is true that he was never the loving husband I had hoped for, but he was respectful and honorable. He had great qualities: he was a natural born leader, and I loved to listen when he talked. I help him to fulfill his plans, which I made my plans too. We got along well. Life gave us the chance to establish the school we had dreamed-off for so long, and on top of that, it had also given us an additional present: three healthy, intelligent, charming children. We couldn´t have asked for more.

Once he freed himself from my arms and quit crying, he told me we needed to go to the military zone hospital. It was then I rcalizcd that something really bad was happening because Pedro was a very proper man; he would not break into tears just like that for just any reason. Without further explanation to anyone we ran out.

Before getting in the car Pedro told me we had to be strong, "Pedrito had had an accident." His voice died in a mournful sob. We got into the car and did not talk on the way to the hospital. Crying in silence, I prayed in between my teeth while he drove like a mad man. The school was in a low-income neighborhood close to the border, in the City of Tijuana.

Our sons were friends with other kids from the neighborhood with whom they played while waiting for us. Our poor kids were always the first ones to arrive at the school and the last ones to leave; the school had become their second home. That afternoon the children had been very busy playing baseball and then football. Worn out at last, they sat down to tell stories. After a while, Pedrito reminded them that they only had until five, so they decided to keep on playing. They went towards the border, where the water of the river was supposed to run, but during the hot season it was completely dry. It was a good place to play games. They could run up and down the slanted walls; or they could also hide behind the columns and walls that support the bridge to spy on the border patrol agents.

Sometimes, they hid behind the closest bushes that were just in front of the walls; they observed the agents with their hands over their face, rounding their fingers pretending they had binoculars. It was fun for them, who taking advantage of the distance, would shout at *"los pelones verdes"* that kept watch on the other side of the border. Pedrito is the oldest of them so in general he sets the order and makes them go back to play something else; but today, Pedrito decided to go along with the other kids. They are playing tough guys, so they yell and make signs at the agents of the border patrol.

Harry entered the kitchen where his wife was cooking a special dinner for their son Peter who had recently finished training at the Border Patrol Academy and was offered a permanent position with the Border Patrol in Chula Vista. Everyone in the family was very proud of him, especially her, because Peter is her biggest treasure. Harry entered directly to pour himself a glass of fresh water; he sat down and called her to sit besides him. It is not strange that he calls her. Being the quiet and loving man he is, ever since he retired he did everything she asked him to do. He wished with all of his heart to make her happy. Still, after so many years together he felt as if something was missing, but he didn't know what it was.

He had met his wife in Florida while on vacation. His father´s friend who had offered his home for lodging, had thrown a party, and there she was. He immediately fell for her. They did not have time for a long courtship because he had to go back to El Paso where he worked for the Border Patrol. During the party, they talked until sunrise. They told each other everything important until they decided they didn't need to know anymore. They laughed about the same things, at the same time, and danced to the soft music when the party was over and they were the only ones left. Two weeks later, they were getting married, just the two of them, the parents of the bride, and a couple of friends. Then they were husband and wife and they went back to El Paso together. Three years later Harry was promoted and transferred to San Ysidro, California´s border crossing base. They settled there. She had studied and graduated with honors as an elementary school teacher. She was respected and loved in their community for her loving work with the kids at the school and on the streets. They had lived a fine life; they had a house in San Diego, close to the sea. They had two kids, Peter and Sarah.

Sitting one in front of the other, Harry takes her hand and kisses her. Then he says that he has news from Peter; he pauses and she sees how he becomes upset and his face turns red just before he burst into tears. It is just as if he was not him and she was not her. She holds him and cries with him. She does not know what has happened, but her heart is telling her that it is something terrible, she feels restless. At last Harry looks at her and says —Peter has had a bad afternoon. There has been an accident and he has been detained, we need to go to the Border Patrol's detention center—. She stands up very slowly and dries her tears. Without moving a single muscle on her face she goes to her bedroom, puts her shoes on and goes down without hurry, just as if she was floating. At the detention center, there are lots of Harry´s former colleagues and students; they greet him, they stand at attention as he passes.

When they arrive, they are taken directly to Major Johnson´s office; he is in charge of the detention center. He is direct with them. —Peter is detained for shooting his gun at a youngster. There are versions saying that he was on the Mexican side, and that is why he has been detained. We won't be able to set him free until we know exactly how things happened. You may see him now. Talk to him, it is to his advantage to tell the truth, there are too many witnesses and his version is contradictory. It is all over the web, even videos. I don´t want to lie to you, Peter is in a very "difficult" situation, to say the least. *They* will want to set an example, and I am afraid he won´t get off very easy. It will be better if we go ahead and ask him to plead guilty. You do have a lawyer, don´t you? Because we can give him legal help for free, but you know that, right Harry?— This is the last thing they hear from Major Johnson before he closes the door behind him. As he was talking he walked them into the detention rooms where Peter was held.

Standing in front of the window of the little room, eyes

staring off, Peter recalls all that happened. He doesn't believe how everything got out of control. As he hears the door open, he turns to face his parents; he goes directly to his mother who receives him in her arms and embraces him. —What happened *mijo, que pasó?*— They walk a couple of steps and sit down, then his dad kneels down to participate in the loving embrace to support to his older boy. They sob together.

Peter had graduated from school the day before, and he had been given his gun and a contract to start working the next morning. After his last report as an intern his shift was over. He is so happy, —my daddy is going to be so proud of me, — he thinks as he gathers his stuff to go home. On his way out his coworkers invites him for a drink. He never drinks, so he gets drunk too fast. He knows that he has to rest, so before midnight he decides to end the party and go home. The following morning even though he is sick and tired he wakes up at six and takes a shower. He is dizzy and sick with nausea; his mom tells him off, but prepares him some strong coffee and a couple of sandwiches for later that morning. Peter promises not to drink again and he is serious about it because he adores his mother. He reports to his superior at a quarter to eight. Towards four in the afternoon he is completely worn out, tired, and burning hot. —One more hour to go! Can´t wait to get home and hit the pillow! — He says to his partner —one more round and I´ll be free—. He observes his area with his binoculars inch by inch. —Look there. Those fucking *chamacos* again! — He exclaims and jumps in his vehicle, starts it and goes. He has decided to meet the little intruders, and this time he is going to teach them a lesson —Just to scare the shit out of them so they´ll have no doubt about who is the boss here. I need to teach them you don´t fuck around with a border patrol agent. Damned fucking *escuincles mugrosos*!

When he reaches the point where the riverbank is, he descends from the vehicle; he draws out his gun and begins to run after them, yelling all kind of insults in English and all the bad words he can think of in Spanish. —Come here little bastards! I´ll teach you a lesson! I´ll show you who´s the boss here! *Pinches escuincles, nalgas miadas! Mendigos piojosos!—* The kids run laughing out loud. They had descended the incline wall so now they are running as fast as they can in the middle of the river, which is absolutely dry. Peter has arrived on the bank and without pause he runs, slips and falls; he hits his head against the ground. Before standing up to keep running he realizes he is bleeding. When he is on his feet again, he feels confused, but as the kids laugh their heads-off, he becomes enraged and threatens them with his gun, but they don´t move, they keep on laughing. He shoots his gun a couple of times aiming upwards, then directly at the group.

It is then that they begin to run again; their laugh becomes anguish and screams. Peter´s partners had followed him to stop him, but Peter is blind and deaf, he is running after the kids again.

The kids had reached the Mexican side, all but one; it is Pedrito who is totally paralyzed with fright, shaking and crying he is hiding behind a pillar off the bridge. Peter is totally out of control and starts climbing the incline wall on the Mexican side. Peter´s coworkers run back. Peter shoots his gun one more time. The kids with their hearts about to come out of their mouth keep running, stumbling, crying, screaming; they go faster than the wind.

At last, Pedrito reacts and when he sees the agent running towards the opposite side from where he is, he thinks he has an opportunity to escape, so he comes out from his hiding place and runs. Peter, who had his back to him, suddenly turns around, runs and reaches the boy almost immediately because Pedrito stumbles over and falls on his chest. Peter holds him by the t-shirt collar. The kid in an effort to get free just gets his neck strangled with the collar. Peter insults him once more before pulling the trigger one last time. The kid who is looking directly at Peter's eyes opens his mouth to catch his breath, but his intent dies in an inaudible word. Peter sees himself in the boy's eyes in that instant.

Frenzied, Peter wants to do something, but it is too late; the bullet has done its job. The kid dies after one last sigh, while Peter holds him in his arms. Peter brings him against his chest and asks his forgiveness. —I´m sorry. I didn´t want to… I only wanted to scare you, please forgive me—. Peter who is even more confused than before can´t believe what has happened, he is stunned. Suddenly, he hears his partners' voices calling him to return. He stands up and leaves the boy on the ground. He runs back, without noticing the crowd that has gathered on the bridge attracted by what was happening. When he sees that some are taking pictures with their cellphones, he is going to hide his face with a hand but realizes he is covered in blood, his own and the little boy´s. It is not until then that he fully comprehends what he has just done.

—Mom I swear to you— says Peter, who is now crying like a little boy —I just wanted to teach them a lesson. Really, I just wanted to scare them away. They throw rocks at us… They always insult us… and I fell mom, I stumbled and fell, look mom: my head is bleeding—He was obviously looking for a way to understand what had happened. And he continued—the truth is that I really don´t know what happened. Everything got out of control, but it was my duty, mom… I am there to protect the border, Isn´t that my duty dad? — Peter remains in silence, anxiously waiting for his dad to say yes; although he already knows it won´t happen. He knows his father is totally against violence. He knows his father would have never shot his gun at those kids. His voice has lowered down and now it is almost a whisper —the boy was so little ma, he died looking at me. They say his name was Pedro mom, just like me. I asked for his forgiveness, I swear I did mom. I didn´t want to kill him mom, but… You do believe me mom, don´t you? Do you two believe me; I didn't want to kill him? He was just a kid… I can´t believe what I did mom, forgive me. Forgive me, both of you. And now, what is going to happen now? What is going to happen? —. His mother holds him and he closes his eyes just to see the boy´s face covered in blood dead in his arms staring at him.

When we get to the hospital we learn that Pedrito, my Pedrito, has been shot and killed in some strange circumstances, or so that is what a policeman reports to us while we are paralyzed and dumbfounded with the news. Sign here. —He tells my husband, and lets us in. A doctor comes to fetch us. We keep walking, holding on to each other, wanting to reach our destination, and at the same time wanting to run away as far as we could. Pedro, my husband tries to stop me; but I only want to go and verify that all this is a misunderstanding, that this is not my Pedrito, lying in here. I want to prove to them that an error has been made.

I dry my face with both hands, I breathe deeply and say to Pedro—Stay here if you want, you will see that everything is a mistake—. I am the first one to enter the emergency room where my boy has been kept covered with a blanket. The first thing I see are his stripped orange socks, his favorite ones; the ones he asked me so eagerly, the night before to help him dry so he could wear them again today; I then leap on him without even removing the blanket, I know it's him. My little Pedrito, I hold his dead body and kiss him. I want to die with him.

When I recover consciousness, I am in a hospital bed, connected to a breathing machine and with an IV in my arm. Pedro, my husband is pale and looks sick, he comes close and softly says to me: —Sofi, we have to be very strong. We have Julian and Jose. They are waiting for us, they need us too, and they are so little. It is very possible that they have already heard the news about Pedrito, it is all over the media; I have to go and talk to them. Please, promise me you´ll be all right. Just keep calm and rest. I´ll be back as soon as I can— I close my eyes nodding my head yes. He was about to leave when the doctor rushes in and says that the parents of the young man that shot our boy are outside, they want to have a word with us. —What are they doing here? —How dare they come here! Ask them to leave! — I try to stand up but I can´t. Pedro asks the doctor to tell them he will see them. When he gets to the waiting room he finds a couple, he is older than her; a couple of seconds are enough for him to recognize her. Of all the people on the planet, he never imagined she would be there. Harry stands up right away and walks towards him. Pedro extends his hand to thank them for coming, for giving us their support; she sees him besides the doctor and realizes what has happened. Life has brought them face-to-face after almost twenty years, in the most terrible conditions. Pedro looks at her and begins to understand, although not fully—what has happened. He then lowers his hand, and Lucy lowers her head. The doctor introduces the couple. Lucy stays silent with her eyes stuck to the ground. Harry talks to Pedro while she keeps thinking that Peter has just killed his half brother. She feels lost and devastated. When she comes back to the conversation, Harry is asking forgiveness in Peter´s name, in the best Spanish possible.

Pedro, who has heard about half of what Harry said, is paralyzed lost in his thoughts. They have been so close all this time, separated just by a sad, dry river, by two incline walls, and a bunch of endless repressed memories in the silence of the many nights they have tried to forget one another. When Pedro comes back to the conversation he asks them to leave. —What an irony, Lucy´s son has shot our Pedrito! — He thinks. His insides boil, he wants to scream and vomit at the same time.

I gather strength from my desire for justice, get out of bed and go to the hall. I catch a glance of the couple as they are leaving... I recognize Lucy and a micro second is enough for me to comprehend what has happened. The worst part is yet to come, as I have known for twenty something years that my sons had a stepbrother, that my dear husband had a son with Lucy. Damned, a thousand times! I run to catch her and start beating her. I want to kill her.

The shadows in my husband´s memory had never let him love me as he could have, and now his damned son has killed my little boy, my Pedrito who was my sunshine, the center of my being, not only because he was my first son, but because he was so much like his father. I get mad and yell horrible insults at her. Somebody takes me back to the room and they give me a shot to calm me down. My husband then asks the doctor to keep me sedated until he thinks I can better handle the situation.

Alone in the hospital room I try to talk to Pedro once again. In my dreams, I desperately want to tell him the truth. But I lay there, with my secret, very well kept. Before passing out I think, —this is my last chance to tell him. — I try to open my mouth but I can´t. I know Pedro is there, I am able to hear him, I can feel his caress on my hand, but my lips are closed, my eyes are closed. Then, I feel my heart beating faster and faster: I am running in the park with my kids, we are playing the Blind Hen —a game we play standing in a circle, one person gets their eyes covered with a scarf and goes in the center of the circle, then he tries to catch someone. The Blind Hen gets to choose if she wants noise or silence, the people in the circle clap their hands or remain in silence accordingly to what the Blind Hen choose; and then they move in order not to get caught. The first person that gets caught becomes the Blind Hen, and so on. — Then we run on the beach and we go into the water, we play jumping the waves holding our hands. Then there are wind swirls and the storm darkens the sky and black clouds cover the roof of my home and the school. Despair. Silence. My little son, poor boy, his little feet are so cold. I am dressing him. I put on his blue and orange-stripped socks; I wrap him up, kiss him and lay beside him.

Pedro decides to go home to see his other two boys and arranges everything for the funeral. His siblings, friends and the parents of his students are there to receive him; the parents of the kids that were with Pedrito when the shooting happened are there too. The media has also gathered outside our home. Everyone is there to present their condolences and support to their dear teacher, Pedro. But he only wants to talk to Julian and Jose and as soon as he sees them, and without knowing what to say, he holds them and cries with them.

My parents and his parents are there too. Even with all of his pain, Pedro confronts the media and asks them to respect their privacy, and to help to get justice for his son; he breaks into tears, —Do not make a circus out of this; I just want justice for my son, please—.

Harry and Lucy are in their car, on their way home. Even though they also feel devastated, Lucy decides to tell Harry that Peter´s father is Pedro. Harry stops the van and parks, calmly takes her hands and looking directly into her the eyes he corrects her, —Peter is my son, he´s always been my son—. When they get home, he drops her off and goes out again. He decides to go back to talk to Pedro and fight for his son´s pardon.

When he arrives at the funeral home, he gets in very anxious; there are lots of people. He sees the closed casket and recognizes the smell of pain. By the candlelight he can see Pedro's troubled face and is astonished to recognize his son

Peter in this man. He approaches someone and asks him to call Pedro. He lies saying that he is from the embassy, thinking that Pedro might not want to talk to him. He asks the person to be discreet —we do not want the media in the middle of this, do we? —He indicates that he will wait for Pedro at the office. Pedro attends immediately.

When Pedro sees Harry, he starts to leave, but Harry stops him. He begins asking his forgiveness, and tells him all he can think of about Peter; he talks about the way he had always tried to be a good person, he asks Pedro from the bottom of his heart and with tears in his eyes to pardon his son. Pedro is absolutely disturbed. He is angry, but has kept calm and remains silent. The hard look in his eyes forces Harry to finally tell him the truth. Pedro doesn't understand anything.

Harry fully explains that when he met Lucy she was already pregnant, and how the day they got married she intended to tell him who was the father of their son to be, and that he told her then that the only father their son would ever have was him. He explained that Lucy had just revealed his identity the night before, on their way back from the hospital.

—I didn't know anything about it. And I would never have asked anything because I love Peter as my own son. But this does not change the fact that I must have done something really wrong when educating him. I have failed to teach him clearly the limits between those actions as an agent and those that are his sole responsibility as a man, as a human being. No doubt I didn't do a good job, and for that I ask you to forgive me, because I didn't educate your son properly.—Pedro was standing beside the office desk, which helped him to stay strong and to not fall. He finally said —I will do anything in my power to make this right, I promise, —and offered him his hand.

Back at the funeral parlor Pedro is praying next to the coffin, he is asking for clarity to understand all that has happened and to know what to do. How is he going to tell Sofi about this? In an impulse, he goes to the side room where Sofi is resting; she had arrived earlier and is sitting at the back, next to the big window. Even though she is like a zombie, something attracted her attention and when she looked up, she saw in Pedro's eyes the truth that she had almost forgotten, the one she had known for so long. She stood up to hug him; she wanted to explain. Pedro then realized she had known all this time. He turned around and left.

—Damn it! She knew everything and hid it from me. I know she has loved me all this time, but she betrayed me, she lied to me. She didn't have to decide for me!—As he was heading for the exit he began to cry again. This time he didn't try to hide it; this time with no shame he let his tears run free. A friend came trying to calm him down and he rejected his company. —Thank you, but I need to be by myself. —He explained.

Once on the street, the sun was beginning to rise on a new day. The cool morning air soothed him. He saw Harry, who had stayed outside, in his car, clearing his thoughts before driving back home. They walked side by side without saying a word for more than an hour. After that, Pedro offered his hand and thanked him for loving and caring for his son, —there are moments in life when we have to make decisions, regardless of what we have been taught and regardless of what we have or have not learned. We choose our actions. Sometimes we choose incorrectly and we have to learn to live with those decisions. Tell that to Peter. Go home and stop blaming yourself my friend.—

"An agent from the Border Patrol shoots and kills a 14 year old boy" CNN.

June 7, 2011

It is said that The Border Patrol Agent shot the boy, who, according to his family was playing with other boys near the border.

Gabriela Toledo Anaya was born in Mexico City (1963). She paints and writes from an early age. She has traveled extensively and has lived in London, the US and México. Through her studies and her work she has formed her understanding of other cultures. Currently, she attends the Creative Writing Program at the Universidad del Claustro de Sor Juana. She is also a teacher of English as a second language and a free lance translator.

GALLO GALLINA

She was twenty minutes late already, Salvador waited patiently for Paula to show up at the popular downtown bistro in La Joya where they usually met for lunch. It was a small, trendy place decorated in a French Country style. White lace panels framed the windows, and the china accentuated with the traditional hens and cocks. The two ladies running the place had moved from France a few years ago, and prided in recreating a bit of France in Southern California. The silver always polished, the linens perfectly pressed, everything was pristine; just the way Salvador liked it. They baked their own bread every morning and simmered the soups for long hours. He had a standing reservation for lunch twice a week. Both he and Paula enjoyed the vintage European style. For Salvador it brought back memories of his Spanish grandmother.

Paula arrived rushing, pushing through the crowded place and searching for him with her gaze. Her medium frame, with blond hair, a small, but prominent nose and large, piercing green eyes singled her out in a crowd. She carried a set of fabric swatches in one hand and a few magazines in the other. She looked elegant in the gray, two-piece, skirted suit in spite of the slightly wild appearance of wind blown hair. Paula smiled as soon as she saw Salvador. He thought about the way her smile slightly twisted her expression to one side. He immediately forgot about the twenty minutes he had been waiting and returned her smile.

"Hey, what's up? You all right?" He closed the magazine he'd been browsing, stood up to kiss her and pulled the chair for her, then he sat back down and lovingly fixed her hair, like a professional hairdresser getting her ready for a TV show. They kissed briefly as she squeezed his hand.

"I'm sorry dear, but I had a huge problem at the office. The Ford campaign needs to be completed tonight and Tommy, the copywriter, called-in sick this morning. So, I am stuck with the other copywriter, right? He had no idea of the concept we are trying to achieve. I had to brief him, before heading here." She settled her things in a third chair and started looking through the menu. "I'm afraid I won't be going to that dinner tonight. I'll need to stay at the office 'til we get everything done."

"What a shame!" Salvador summoned the waiter with his hand and continued, "I really wanted you to meet Francisco. Are you sure you can't make it?"

"You should know better. With these campaigns, when there is a deadline, there is a deadline. There's not much I can do about it."

"I thought..., you know this is important to me."

"It is not that I don't care, but this is my job Sal."

"I will call Francisco and postpone tonight's dinner for Friday. You should be done by then, right?"

"Of course dear, I just said, the campaign needs to be ready tonight. We're presenting to the client tomorrow morning. I don't even think I'll be home tonight at all. I insist you should go anyway. Go have fun with your old friend. You need it. You have been so stressed. You're working too hard and with all the wedding stuff... You've taken care of everything, even the flowers."

They ordered lunch. He was having a salad and iced, green tea. She asked for a Panini, soup and a beer. It wasn't very common for her to drink in the middle of the day. It surprised him and, as the waiter took off, Salvador asked her, "Why! Are you going to drink beer in the middle of your workday? It's barely noon. Aren't you a bit too stressed?"

"I guess a little bit, I need to relax. Don't worry Sal.

Take a look at these swatches. Help me decide on the fabric for my dress and the bridesmaids' dresses. What do you think?"

As she kept talking, Salvador fidgeted with the silverware. He suddenly recalled how his grandfather started drinking in the middle of the day. In Spain that was not unusual, a glass of wine with *almuerzo* was all right. However, later on in his life, when they already lived in Mexico, his grandfather couldn't stop at one –he would have two or three glasses of wine. By the end of the day he had cleared the whole bottle, sometimes even two. He never really looked drunk, just blushed. He went back to work and no one would say a word. How could they? He was the owner of the *Hacienda*. Not even grandma had any say over him.

"Want a sip?" Paula extended the tall, golden glass, and he accepted timidly, forcing himself to comeback and focus on her. She never had a drinking problem, and he wouldn't condemn drinking at all. It was the fact that she asked for a beer, not even wine, right in the middle of the day, what made him think. "This fabric will look nice on this style. Don't you think?"

"That style is very flattering. You'll look elegant, but I really think you should choose the champagne silk fabric instead of this shimmering white. Its more sophisticated."

"Sal, you have such a classic taste. I rather do something more contemporary. I promise I will think about it. It will be a surprise to you. You know? You really are the ideal groom. You've been so involved in all the decisions: the invitations, the banquet. You are taking care of every thing." Paula sighed in relief and kissed him, affectionately.

That night Salvador would meet Francisco. He hadn't seen his best friend from college for the last three years, since Francisco decided to move away. After they graduated they saw each other on a daily basis, even though they had completely different careers. Francisco was an Architect and had started a career with an Interior Design firm. Salvador was a financial consultant for SmithBarney. Still they had a lot in common; they loved the beach, and liked the theater, ballet and movies. They hanged out with Francisco's friends from work. Salvador had few friends of his own. But it was all right for Salvador because Francisco was his best friend.

One evening at a party Salvador was conversing with a woman and lost sight of his friend. They rode together, so when he decided it was time to go because he had had a little too much to drink, he started looking around for Francisco. "I think he is in the studio," someone said, so he went on. He heard the heavy breathing and kissing even before opening the door, but he thought it would be a good joke to open the door and put his pal on the spotlight. He saw Francisco tangled up, shirtless, kissing and touching. Francisco's hand tugging/

intruding inside the other man's pants. Francisco and the other man smiled at Sal but he lowered his eyes and walked away. He didn't wait for Francisco; he left alone.

After that, he started to pull away from Francisco. He made up excuses to avoid him. "Too much work at the office," he would say. One day Francisco confronted him.

"Sal, *hermano*, what is the problem with you? I thought you knew. You don't have to run away from me like this."

"It's ok, Francisco." Salvador interrupted him. "Don't worry about it. Everything is all right."

"Come on Sal! Let's talk about this."

"There's nothing to talk about. I just need to get used to the idea. Don't worry Francisco, we are cool, *hermano*."

It wasn't until the day he met Paula that he started to call Francisco again. He was so excited that he needed to share his happiness with his friend.

"*¿Cómo estás hermano?* I need to see you. I have a girl, I want you to meet her, see how awesome she is. Paula is beautiful. She has big, green eyes—you know how much I love green eyes. You need to meet her. She is the one." On the other side of the phone Francisco sighed.

"Good for you, Sal. I guess that's what you needed. Let's meet soon. I also need you to meet someone. He's very special." Francisco inquired with a low tone.

"What's his name?"

"Kevin. 'Doctor Kevin McCoy'." He said stressing the word doctor. "I am planning to move to Las Vegas very soon, so let's meet before."

"What? Really, are you serious? You can't be serious!" Salvador started to fiddle with the phone cord. "What are you going to do with your job?"

"I've already interviewed with a company over there, they will let me know soon. Kevin said I should open my own business. I might do that if this other deal doesn't work."

Salvador hung up the phone and punched the wall. His knuckles bled and it hurt. "My God, he is really moving away!" He regretted.

A few days later they saw each other for a few minutes. Neither Kevin, nor Paula made it to dinner. Salvador immediately noticed a different style in Francisco. He was a tall, dark skinned man. He always dressed informally, yet elegant: black slacks and a sporty shirt, but this time his shaggy hair was gone. He had a polished look. He looked more serious. He was wearing a dark blue, pinstriped, double-breasted suit. Francisco came up to Salvador and gave him a big hug, clapping on the back, like in their college days.

"*Hermano*, what's up with the suit?" Salvador noticed Francisco's coldness, so he held back a little and started telling Francisco about Paula.

"She's terrific. She has gorgeous legs and a great sense of humor." "How did you guys meet?"

"It was at a business meeting. Her agency was doing a campaign for SmithBarney, here in San Diego. After the third business meeting, I invited her to lunch; then the movies, and dinner. That night she slept at my place, and from then on we couldn't let go. We have been going out for a few weeks now. How about you? Where did you meet Kevin?"

"We met at a party. He was with someone else. Kevin is a wonderful person. He is a plastic surgeon and has his practice in Las Vegas. He was here on vacation. He surfs. So we went surfing the day after the party, and we spent the rest of his vacation together. He has been back more than six times in four months. We have a great time together, so I decided to go out there and give it a try."

Something in the conversation was wrong. Salvador felt like he was attending a business briefing. *Shit! It seems that this fucking Kevin guy is changing Francisco*, he thought. After a couple of drinks Francisco said he needed to finish packing. He was leaving in a few days. He and Kevin were driving a U-haul to Las Vegas, where Kevin had lived for years. He had dark, puffy circles under his eyes.

"Hey, Francisco, take care, all right? You look tired. Get some rest before you drive."

"Sure, don't worry about me, I'll be fine. Kevin has driven to Las Vegas several times so, no big deal. You take care and give Paula a kiss for me. I'll meet her next time I'm here."

When Francisco left, Salvador stayed staring at his martini glass, swishing the remains of his drink.

Salvador tried on several different shirts and kept looking in the mirror. He couldn't believe three years had gone by since the last time he saw Francisco. That afternoon when they spoke on the phone Francisco didn't sound as cold as the last time. On the contrary, he spoke with the same familiar tone as in past.

He arrived at Trattoria Acqua, their favorite spot, fifteen minutes early. He had not been back since that last time with Francisco. The atmosphere was soothing: dimmed lights, slow, jazzy music played in the background. Still, Salvador moved his foot up and down on the stool and constantly shifted his eyes from the dark ocean out the balcony on his right, to the busy street outside on his left. He was wearing a sporty *Guayabera* and kakis, a more casual look than his usual two-piece suit. Salvador was a medium size, white skin, and deep black hair. His long, sharp nose and angled jaw could not deny his Spanish heritage. But you could tell he had Mexican blood in his veins by his big, dark eyes. He grinned and his eyes glowed with anticipation, just like in his college days. He saw Francisco enter the bar with his usual shaggy hair, sporty Mao collar shirt, chinos and leather sandals. *He's the old Francisco*, he said to himself and a smile lighted up his face. He grabbed a deep breath. Francisco arrived and hugged him, and then he introduced a thin, tall, handsome, Anglo man. The guy looked a lot older than Francisco.

"Salvador, I want you to meet John Goldberg, my new business partner." "Nice to meet you, Salvador," the stranger said. "Francisco is always telling stories of you two. It must be wonderful to have such a long-standing friendship." Sal didn't know why, but he immidately felt he could trust this man. They had a couple of drinks and then they asked for a few appetizers: buttered mussels, white-wine portobello mushrooms, and mozzarella bruschetta.

"Salvador, Francisco was telling me that you were raised in a vineyard south of the border...."

"Yes, I lived with my grandparents during my teenage years. They have a grape *Hacienda* in Ensenada, Baja California."

"How did you end up in the States?"

"My father is American, so I was born here in San Diego. My parents divorced when I was very young. After the divorce my mother tried to make it on her own, but after a few years we went back to Ensenada to live with my mother's parents. When I finished High School I came to San Diego to attend SDU and lived with my father the first couple of years. We met in college. Didn't we, Francisco?"

"Yes, during our senior year. Then we decided to keep living the good life on our parent's, so we stayed for a graduate degree. Two more years of happiness, and for free!" Francisco laughed, put a piece of bruschetta in his mouth and licked his fingers. "But tell John about your grandpa. He was such a character. I was always intimidated by his strong personality. He was a tall, dark skinned, old fellow that looked stronger than a rockwall. He had the whitest hair I have ever seen; it glimmered like platinum. Last time I saw him he was around eighty-nine and he didn't even walk crooked, right Salvador?"

"Yes, but he had his soft side too. Did you know he died just a few months after my grandmother did? He couldn't stand life without her. He just let himself go."

Francisco knew Sal didn't like to remember those sad days. So, he quickly changed the subject. "Tells us the story about the cockfights," Francisco requested, while pouring another glass of Viticcio Chianti Classico for everyone.

"Cockfights? I thought those were illegal," John added.

"I don't know, I don't think that's the case in Mexico. But that's not an interesting story," Salvador said shyly.

"Come on Sal! Just tell us a bit about it. I think cockfights are really exciting." "Well…" Salvador agreed and continued, "My grandfather raised cocks to fight them. He would feed them raw meat."

"What do you mean raw meat? What kind of meat?"

"All kinds, but especially chicken hearts. Anyway, these were very special cocks. They were big, strong, with shiny feathers. I'm sure they had pedigrees, or something. They were definitely ranked. These birds were his passion, and for a while they were my passion too. He would spend big bucks on these cocks. He just wanted the best."

"First I was only allowed to feed them," Salvador continued

"Later he showed me how to exercise them. He spent part of his day taking care of them. That part of the deal I liked. But the actual fights I didn't, really. It was cruel, too bloody. At first, I cried most of the times despite his threats not to take me to the fights anymore. I was emotionally attached to those birds after months of feeding them, and caring for them. I just couldn't bear to see them slashed, like cheap poultry. It didn't happen too often, of course. His cocks were winners, but I suffered all the same, because he never stopped taking me to the fights. He was determined to "make me a man" that way. So, we used to go every Saturday night after I turned fourteen."

"I will never forget the day I turned fourteen," he went on "He came back from the fields to get me. I was already a man –or so Grandpa told me that night. For dinner I had my favorite: *Paella*, a Spanish rice and seafood dish that my grandma cooked just for me. It was the first day I was allowed to drink wine, so I had a full glass of the best Cabernet my grandfather had. Then we went to the cockfight arena. He said it was a very special day. He let me carry *El Colorado*, my favorite cock. I had him on my lap, close to my body, all the way to the *Palenque*. I was patting his silvery-red feathers and he would coo in pleasure. When we got there it was crowded and noisy, but *El Colorado* was very confident. He wasn't nervous like other cocks that flapped their wings and made all kinds of noises. Everyone greeted my grandpa, everyone knew him. He proudly introduced me to his friends. He was famous, and I felt proud and powerful, just like him. People from all the social strata were there, most of them to bet."

"So he was in for the money, right?" John asked. Francisco, who was very engaged in the story, nudged him with his shoulder, and then he told Salvador to go on right away.

"Not my grandpa, he never bet. He was not interested in the money. He had plenty of that. He liked the sport side of it, or so he said.

"So that night *El Colorado* was going to have a big fight, the most important of the evening. He was fighting against another cock called *El Pinto*. They usually name them for their physical features, you know? This one had white feathers with dark, black and brown spots all over. It too was a strong cock and a favorite. My grandpa was having a wonderful night. All his cocks had won so far. But I was already suffering. I covered my face but grandpa forced me, 'don't be a chicken, face the fight'. When it was *El Colorado*'s turn my grandfather asked me to tie the blades to the bottom of *Colorado*'s legs. I didn't want to do it, but his disappointment would have been too much for me. I took my time tying them."

"Blades? Wow! What kind of blades?" John asked.

"They are long, slim, and curved; really sharp blades. I was careful not to hurt him, or myself.

"The fight was horrible. It was very even at the beginning. The cocks started raising their crests, flapping their wings and pecking at each other. Then they started going around in circles, like a ritual dance. Suddenly, *El Pinto* made a savage, attacking leap that got my Colorado in the neck. A big burst of blood came out. Everyone cheered. *Pégale Pinto, vamos!* Then I started cheering too: *Vamos Colorado, vamos, pégale, mátalo!* Slash him! I yelled. *El Colorado* lasted a few more dreadful minutes. Then he fell in the middle of the arena, motionless. I started crying.

"You can imagine my grandpa: *'Callate ya Salvador, no seas chillón. No seas gallina! Carajo*, don't be a chicken. Go pick him up', and so I did. My grandpa was devastated too, but he was furious. He never showed his sadness. For him, sadness was a sign of weakness. I cried silently all the way home. *El Colorado* was not dead yet, but he was languid from all the blood he had lost. He died by the time we arrived."

John and Francisco were speechless. Salvador finished telling them his story and wiped his eyes, which were barely wet but really red and swollen. He took a long drink from his glass and saw that Francisco and John had finished all the food. "I guess you guys were hungry, huh?"

John excused himself and went to the bathroom, so Salvador took advantage of the moment and asked Francisco, "What do you mean he's your new partner? Do you mean business partner, or have you changed Kevin for him?"

"I thought I said he is my new *business* partner. I met him in Las Vegas at an Interior Design Expo, but his business is here in San Diego."

"Does that mean you're moving back?"

"Yes, I couldn't bear Las Vegas anymore. The weather was terrible, and the place –it's fun at the beginning, but I got tired of it. When I started having problems with Kevin I decided to come back. I missed San Diego way too much. I like it much better here, the ocean, the nice weather, I missed everything, you know? I missed you."

"I missed you too, *herma...*" he couldn't finish as John came back.

John excused himself after a few minutes and left. Then Salvador and Francisco stayed for a second bottle of wine. They talked and laughed for a long time.

"I think it is time to go. We are the last ones here." Francisco signaled the empty place with his hand.

"I guess so, Francisco. I had a great time. I hope now that you are back, we keep in touch as in the good old days." They stood up and headed for the door. As they were leaving Salvador got close to hug Francisco, but instead they kissed in the mouth –a quick but honest kiss. Then Francisco turned and left without saying anything else.

His heart was still beating hard when he got home. He was relieved to see Paula was not back yet from work. Salvador walked around the apartment touching everything with his fingertips. He looked at Paula's pictures and the old pictures of his days with Francisco. *Those were the good, old days*; he paced around through the living room again and again. He sat down but stood up after a few seconds. He took a shower at around 3 am. Then he went to bed. He couldn't sleep, so he got up again and paced in the living room for a while, having one last drink. When he heard Paula getting back home, he ran back to bed and pretended he was asleep.

An hour later he woke up aware of her smell and half awaken, half asleep, he began to touch her. He felt the softness of her hair, and kissed her face. He licked down her neck until he found the comfort of her breasts. He lost himself there, enjoying her smooth skin, and continued down licking every single part of her body. Paula responded ardently. Her hands moved up and down his chest, scratching softly with her nails.

For a moment, he tought about Francisco and his friend that night, years ago at the party. He shook the thought away, "Paula, Paula, Paula… I love you Paula." Sal articulated the words, eagerly to believe them, and then they got lost into each other.

That morning he woke up early, grabbed his stuff in the darken room and took off. He wrote a note for Paula and left it in the dinning table pressed under her car keys: Good luck in your presentation. I hope everything goes well. Sal.

At the gym he cranked up the music in his headphones and worked out for more than an hour. He was still nervous. *It is so good that Francisco* is back, he thought, but then the kiss came back to his mind and he thought about Paula. Every time his mind went back to Francisco, he rejected the idea of thinking of him and tried to picture Paula instead. His heart pumped harder when he thought about Francisco's return to San Diego. *Am I doing the right thing by getting married to Paula?* When the thought materialized in his mind he fricked out. *I guess everyone has second thoughts, right?* He justified himself.

Later on he called his mom."How are the wedding plans, *hijito*?"

"Everything is going smooth, just as planned. We still have a few weeks, so I'm cool mom".

"You let me know if you need my help."

"Yes mom. Take care, I will keep you posted". "Ok son. Take care".

"Mom?"

"Yes?"

"No, nothing".

"Salvador, what is going on?"

"Mom… I…. I guess I need to talk to you."

"About what? I knew there was something wrong! Did you have a fight?"

"Don't panic. Everything is all right, but I still need to come out there. I will see you tonight".

When Paula got home completely exhausted Salvador was not in. She looked around for a note but there was nothing other than the one he left in the morning. She recalled his sweetness in the middle of the night and smiled. She called his cell phone but a recording came on. *The person you are calling is not answering or is outside of the coverage area.* She changed into a bathing suit, put on a big shirt and headed for the beach. On her way out, she saw the answering machine flashing, so she played back the messages.

"Hey Sal, It's me, Francisco. Last night was great. John and I had a great time. Call me, ok?" *BEEEEEEEP*

"It's me again. I called your office but they told me you were gone for the day. Call me tonight. I want to meet Paula." *BEEEEEEEP*

"Hey hermano, what's up with you? Are you upset about last night? Call me and we'll talk." *BEEEEEEEP*

"Oh shut up!" Paula said and pulled the door behind her. *What's up with this bastard calling up three times?* She thought to herself and sighed.

It was a warm, May evening on Pacific Beach. The sun was setting in the background and the ocean waves crashing on the beach were a soothing sound to Paula's tired ears. She laid on her back on her towel, then pulled off her shirt and went for a swim. She came right out—the water was too chilly. When she came back she had a missed call on her cell phone. It was from Sal's phone so she dialed her voice mail.

Hi, dear. I'm on my way to Ensenada. I need to talk to my mom. I'll be back tomorrow. Have a good night sleep. Mua! "What the fuck?" She said and threw the phone on the towel. Then the phone rang again. She answered.

"Sal?"

"It's Melanie, what's up girl? Is the nightmare over?" "What?" Paula responded confused.

"The Ford campaign, is it over? How did it go?"

"Oh that? Yes, it is over but I am so pissed right now. Sal is nowhere to be seen, he left early this morning, he didn't care to call me all day, and now he just left me a message that he is going to Ensenada to see his mom and he'll be back tomorrow. I don't know what is going on! I wonder if it has anything to do with Francisco."

"Come on Paula, take it easy. Go home and rest. You had a lot of stress in the last couple of days. I suggest you grab a glass of wine, get in the hot tub, and then go to sleep. Everything will be fine."

"Well, I am just feeling kind of weird. Francisco is gay. Did I tell you that? He called Sal all day long and now my Sal is gone. What am I supposed to think?"

"So? What are you trying to say? Why exactly are you worried?" "I don't know Melanie. Should I be worried about anything?"

"That's stupid. This is the man you are getting married to in just a few weeks. You have known him for more than three years now, you sleep with him every night, so I am not sure what the fuck you're worried about!"

"You are right. I'm just being paranoid and nervous about Francisco coming back, and the wedding and all." Paula was already crying, as she walked back to her apartment.

Sal got to Ensenada just past midnight. The deserted streets of the town were gloomy. There was a low, dense fog giving the streets a horror movie look, but Salvador loved it this way. He drove down the streets slowly, enjoying his way through town. He passed in front of the Catholic school he attended for so many years. Its huge portal stood in the dark as a great fort. He went out the south west side of town and continued down a dirt road for another twenty minutes. Then he passed a great archway that had a rough iron inscription "Hacienda Las Flores." He drove for a few more minutes down a smaller road. Rows of vines passed on both sides of the road. The grapes gleamed by the full moon's light. A few yards further down he got to a green iron gate and he honked twice. A small, old man came out from a guarding post on the other side of the gate and opened for him. He sighed and lowered the window.

"Lo'stabamos esperando joven. Tanto tiempo sin verlo. ¡Qué gusto que ya este por acá!" the old man said and Salvador greeted him in Spanish too.

He smelled the fragrant, humid, May air. Two dogs chased the car barking loudly as he approached the main house. He honked twice and the porch lights came on.

His mom was waiting in the main salon: she was still dressed, wearing leather pants and high riding boots. She had a beautiful silk ruffled blouse and a suede opened vest on top.

Her gray hair was long, but she wore it tied on a low braid that came to the front of her right shoulder. She was an elegant, slender woman, her skin was darker than Sal's. He came to her and kissed her forehead.

"What's going on, Chava?" his mother called him by his Spanish nickname. He embraced her in a long hug and would not let her go. Then grabbed her hand and walked down the outside porch that surrounded the entire house. Their steps tapping the wood floors and the crickets singing blended in a rhythmical fashion. They walked silently. They finally settled in a patio swing.

"This has always been your favorite spot in the house. I would always find you here when you were troubled. Do you want to talk?" she said patiently.

"I am so confused. I don't know what the right thing to do is?"

"About what? If you don't tell me what is going on, I don't know what to tell you. Is it about Paula?"

"I don't know mom. Everything was all right with Paula, until Francisco got back into town. I saw him last night and all of the sudden I have questions about settling down with Paula."

"What do you mean? What kind of questions, Chava? Do you love her? Why is Francisco stirring you up this way? What did he tell you?"

"Mom, you know me. I have never felt inclined…hum… interested, I mean…hum… I don't know! You know I love him, and I admire him…"

"So?"

"Forget about it. It was absurd to come down here and talk to you about this. It is a mess that I'm not sure you would understand."

"I am sorry, mijo. I'm not sure you are ready to talk to me".

He went to his room. The whole night he paced up and down the corridor that faced the main courtyard. The moon reflected its light on the fountain's water. He recalled the many times he had been here with Francisco. During their college years they would come together every spring and summer vacation, and camp out near the beach. They read books, and talked for hours about the bigger picture of life. He felt a real connection with Francisco. Paula, however, was always so selfcentered that had never shown interest for the place where he grew up. She was not attracted to the countryside. "When we go to Hacienda Las Flores remind me to carry a bucket of bug repellent. It must be infested with bugs," She said once. It exasperated him that she was not at all curious about his past. He touched his lips in recollection of the kiss with Francisco. A shiver ran down his body. His desperation built up to the point that he started kicking the flowerpots in the hallway, crashing them into pieces.

The next day he woke at cockcrow. He got dressed and went out for a horse ride. As he left the stable, some chickens, which were already feeding around the property, parted running to both sides, cackling. He went down the vineyards and then deep into the countryside, all the way down to the river. Then he came back on the outside of the Hacienda edging the west side of the property that sided the ocean. He came off the horse, took off his riding boots and walked along the beach wetting his feet. It took him three hours to come back. When he came in, he found his mom in the terrace, having breakfast.

"How are you doing Chava?"

"It is great to be back here;" he avoided her eyes "the stables are very well kept. Even Bronco is in great shape."

"I know. I've been working hard to keep this place together. The way your grandpa liked it." She said patiently then stood up and faced him "But how are you doing?"

"How much is the vineyard producing mom? It hasn't occurred to me that you could use my help here."

"I think that you are the one who needs help. Talk to me, Chava. Something must be very wrong for you to break all my pots down in the corridor."

"Oh, about that… "

"Not really. It's about this." She placed her index finger over his chest.

"I wish I could say I have things sorted out, but I am still struggling. I think it is a great idea to be here. I haven't been in Las Flores for a while and I really needed to connect with myself. Thanks for caring mom." He turned and started walking away."

"Paula called this morning. I told her you were here. She asked me if you were all right and I couldn't lie, so I didn't say anything. Then she asked me what were you doing here. I didn't know what to say. I told her you would call her later. Whatever you decide, I think you need to call Paula and let her know what is going on. It is only fair."

That afternoon they drove into town. On a big plaza, as he waited for his mom, he saw some kids playing on the street. They were starting to play football-soccer. They had to split the few friends into two teams and were trying to decide who was going to pick first. They decided they were going to settle it with a match of *Gallo, gallina*. Salvador remembered the game. A typical way he used to settle many quarrels with his friends. Two kids stood facing each other about three to four yards apart. Then they started to take slow, foot-long steps, towards each other. One step saying *Gallo*, and the next *Gallina*. When one of the kids stepped onto the other kid's foot first, he would yell Gallina! And he was a winner. It didn't matter if it was gallo or gallina at the end, really. It mattered who stepped on top of the other first. The idea was to take one step at a time. Although you needed to be smart and made good use of space, luck played a role in the game too. It was his favorite way to settle arguments, a simple, fair and fun way to do it. He laughed.

That night he went by the Palenque. The cockfights were starting. He took his time looking around. Lots of old men recognized him and greeted him "*¡Hola Chava! ¿Qué haces por aquí?*", "*¡Qué gusto verte Chavita!*"

He came closer to the cocks and inspected them. He remembered the way those kids resolved their quarrel earlier. He decided to place a bet. He liked a golden cock. It was called *El Dorado*. He grabbed a couple of bucks and placed a bet on *El Dorado*. Then he stood by the arena and cheered at his cock.

"*Pégale Dorado, mátalo!*" He remembered his grandpa. Standing there proudly, cheering at his cocks.

When he got back into the Hacienda, his mom was sitting in the terrace with some people. He heard the voices but was not aware who it was.

"Sal, come over here, we have company." His mom said, without standing up.

"Sal, I came all the way here to get you. This is a magnificent place. Why didn't you bring before?" Paula jumped out of her seat and ran up to him playfully, throwing her arms around his neck and kissing him. The warmth of her body, and the softness of her chest pressed against his own comforted him. They walked to the terrace. To his surprise, Francisco stood up from one of the other chairs and came up to him. As he approached and gave Salvador a big hug, Sal stepped on his right foot. Francisco felt all the weight of his friend's body over his foot –his stomach tightened.

"It's a beautiful night. Don't you think so?" Francisco said on a lower voice. "Francisco and I were talking about how you guys used to come here and camp out by the beach, when Paula arrived. We have been talking about you for more than an hour," his mom added.

"Anything good?" Salvador asked nervously.

The day of the wedding he and Francisco, were wearing a black tuxedo with a silvery-red vest. When Paula saw the outfit she was very surprised with his unusual choice. Not at all like Salvador –she thought. She ordered some ribbon on her flower bouquet to match the color. It was a beautiful June wedding at Hacienda Las Flores, a few cocks and chickens roaming around the guests.

CHILANCANA
This text has been previously published in Label Me Latin@

Twenty year old Chilanga, ¿Quién eres?
You left behind
Your respected father, your distant mother
You left
Your tongue, your lips, your hands
You don't speak, you don't write, you don't love
You also left your childhood
Memories of first steps
First kisses, first mistakes, first lovers
You left everything you were
To reinvent yourself, grow, anew
You left, your motherland, your beloved motherland

Thirty year old Chicana, Who are you?
You roam the streets silently, pretending to know everything
Walking with your briefcase. Segura. High-heels, black skirt
Timely at work with your clients
Ejecutiva plena de metas definidas
Back in the car, close the damn door
You have to make the deadline
You have to meet your quota
Recuerdas lo que dejaste
Canción de Luismi en la radio
Tears come down your cheeks
You cry, you weep –you don´t know why
You left behind a tu padre
He´ll be fine
You left behind a tu madre
She´s just alright
And you comeback for your memories
Caja de cartón forrada de rosa
What the hell do I do with this stuff?
You pick up the pieces
That you lost on the way
You moved them, you fold them
You tore them, you glued them back together

That was me? Oh, God!
You burned them, you won't need them anyway!
La nueva tú lo tiene todo
New car
Nueva casa…on the hills
Nuevo job, Senior Level Executive
Nueva lengua, finally mastered without an accent… Almost!
But you are mute. You don't speak, you just cry.

Chilancana de cuarenta años, ¿Quién eres?
Eres la niña, la mujer, la madre
Chilanga, Mexicana, Americana, Chicana
And you comeback to yourself, you recognize yourself
You comeback to your things
Your pen and paper
Your letters, your verses, your letters
Once again
Your gods once again, your loves, once again
You are tortilla and taco
You are Xochimilco and Xochicalco
You wet your feet in Chapala and Xico
You are cotton and linen
White and colorful
Blue, stars, foam
Good night

Y tú, that left everything behind
You comeback to get it and forgive yourself
You buried your father
And you cried him
And you digged him up
And you cried him
And you brought him back with his jazz and his marimba
With his Rockeford cheese and his salsa chimichurri
And you wrote him
And you cried him
And you pour everything on a piece of paper
And you celebrated him

And you came back to your mother
Your loved, distant mother
And you hugged her
And you cried her
Your beloved madre
And you celebrated her

R.E. Toledo received a B.S. in Communications from the University of Texas at Austin (1994), a M.A. in Hispanic Studies from the University of Tennessee (2000) and a M.F.A. in Creative Writing from NYU (2012). Currently, she teaches at the University of Tennessee. She was co-editor of *Imanhattan*, the literary magazine of NYU's Creative Writing Program. Her poetry and short stories have been published in *Letras Femeninas*, *Label me Latino/a*, and other publications. Her first two poetry collections *Pregonero despertar de voces* (Abismos, 2013) y *Azules sueños naranjas* (miCielo, 2013) were published and presented in Mexico City during the *Feria Internacional del Libro del Zocalo*, Mexico, D.F. October, 2013. She is currently working on the translation of Billy Collins' *The Trouble With Poetry* and continues to develop her third poetry collection *Vacíos*.

Nos pasamos de la raya
de Lori Celaya y R.E. Toledo se terminó de imprimir
en mayo del 2015 en los Estados Unidos de América,
la edición estuvo a cargo
de Casa Editorial Abismos y de las compiladoras.
Se imprimieron 500 ejemplares.

Made in the USA
Las Vegas, NV
30 January 2021

16797152R00148